Bienvenidos a Cíes

PELLO LATASA
CHRISTIAN BORRELLI

Bienvenidos a Cíes

VERSÁTIL
narrativa

Título: *Bienvenidos a Cíes*
© 2026 Christian Borrelli y Pello Latasa

Diseño de la cubierta: Eva Olaya

1.ª edición: mayo 2026
Derechos exclusivos de edición en español
reservados para todo el mundo:
© 2026: Ediciones Versátil S. L.
Calle Muntaner, 423
08021 Barcelona
www.ed-versatil.com

ISBN: 979-13-991859-5-9
Depósito legal: B 9463-2026
Impreso en España
2026 - Estilo Estugraf Impresores

«Descubrí que la mayoría de las muertes habían ocurrido a escasa distancia de la bomba de agua».

John Snow, epidemiólogo británico (York, 1813)

«No sabes nada, Jon Snow».

Ygritte, guerrera del pueblo libre, Más Allá del Muro

Prólogo de Fernando Simón, epidemiólogo curtido en más de una crisis sanitaria

Un día recibí un correo de Pello contándome que Christian y él habían escrito un libro y que le gustaría que escribiese el prólogo. No me sorprendió, me refiero a lo de que escribiesen un libro, claro. Hace tiempo que los conozco y además de saber de su profesionalidad, su capacidad de trabajo, sus amplios conocimientos de salud pública y epidemiología, también sé de sus inquietudes más allá de su profesión y de su trabajo, y de la facilidad que tienen para sacar horas de debajo de las piedras o robándoselas al sueño, si es necesario, para llevar sus proyectos adelante.

Unos días más tarde, por motivos de trabajo, pasó por mi despacho y aprovechó para traerme una copia del libro que habían escrito y cerrar el acuerdo. Es una «flipada» que se nos ocurrió a Christian y a mí —me dijo—, teníamos ganas de escribir «de lo nuestro» después de estos últimos años tan intensos, pero también queríamos divertirnos en el proceso, y el proceso, además de divertido, ha sido muy interesante. Nos lo hemos pasado muy bien. Evidentemente, me comprometí a escribir este prólogo.

Y vaya si es una «flipada», una flipada que no quieres parar de leer, una flipada de la que te quedas con ganas de más. Una flipada que te deja una sonrisa tontorrona, cuando no una carcajada, durante toda la lectura.

«Ay, Marcelino, piensa Marga mientras desliza sus rechonchos dedos sobre el viejo retrato de su difunto esposo. Este ritual, que repite varias veces al día, le proporciona el mismo efecto que un amuleto de la suerte o que una buena dosis de diazepam». Estas son las dos primeras frases de la novela y Marga es la protagonista, la heroína. No por casualidad, Marga es, además, epidemióloga, aquello que, durante unos meses en 2020, casi toda la población del mundo pensó que también era. Pero Marga es epidemióloga de verdad, igual que su Sancho Panza, Pedrito. Y son más héroes —y más epidemiólogos— que esos a los que nos han acostumbrado las películas, porque lo son sin superpoderes, lo son siendo personas, ni mejores ni peores que cualquier otra.

Casi todas las personas que en un momento u otro de nuestra carrera profesional nos dedicamos a enseñar epidemiología, como Marga, acabamos diciendo una frase parecida a «un buen epidemiólogo tiene siempre las botas manchadas de barro» o «para ser una buena epidemióloga hay que patear mucho el terreno». Conocí a Pello y a Christian hace ya muchos años, en su periodo de formación como médicos especialistas en medicina preventiva y salud pública y, desde luego, ha habido mucho barro y mucho terreno desde entonces. Sinsabores cuando no se ha conseguido «dar con la tecla», alegrías y sentimiento de orgullo cuando se ha conseguido mejorar de alguna manera la vida de las personas, reducir el impacto de los riesgos para la salud o incluso retrasar, para algunos grupos de población, su fecha de caducidad. Pero sobre todo, ha habido mucho afán por aprender y por traducir lo aprendido en acción.

Las epidemiólogas y los epidemiólogos, en muchos casos, nos introducimos en este mundo, un poco, por curiosidad. Descubrir la causa de las cosas —si eres sanitario, de la salud y de las enfermedades—, aun sabiendo que siempre hay algo más por aprender que se te escapa, es un incentivo y un reto difícil de rechazar. Si además, te das cuenta de que ese descubrimiento tiene un impacto positivo en las personas y que es fundamental para mejorar su vida, la epidemiología se hace irresistible para los que nos adentramos en ella.

No es un camino fácil. La ciencia, y la epidemiología es una ciencia, implica un arduo proceso de aprendizaje en el que tenemos que poner a prueba conceptos y convicciones que creíamos sólidas, aprender a pensar, a razonar y a separar creencias de evidencias, opiniones de pruebas, cual detectives de la salud.

Nos tenemos que dejar acompañar en ese camino por quienes lo han recorrido antes, tener la difícil humildad de ser sus aprendices en la escuela de la epidemiología, cual modernos Lazarillos de Tormes, y aprender que este saber nuestro conecta la ciencia con las humanidades, que la «epistemología de la ciencia» es filosofía.

Pello y Christian demuestran con esta novela que han recorrido el camino. Bienvenidos a Cíes es una novela divertida, muy divertida, ágil, que, en una trama sorprendente, une el conocimiento de la epidemiología con una redacción cercana y actual, y que, gracias a un estilo fresco, parecido a la polivisión del cine o a una multivisión, consigue mantener el foco y la tensión en todas las derivadas de la trama principal.

Recuerdo dos frases que se atribuyen a Eduardo Mendoza (y cuando leáis la novela veréis que el autor no está elegido al azar), una creo que la dijo cuando recibió el Premio Cervantes, la otra no recuerdo dónde la leí. Dicen algo así como «Una novela es lo que es: ni la verdad ni la mentira» y «Muchos de mis escritos son humorísticos y creía que eso me salvaría de responsabilidades. Ya veo que me equivoqué».

Y al final, como todo, los dos días y un epílogo de Bienvenidos a Cíes se acaban, dejándonos con ganas de más.

PRÓLOGO

—¿La reconoce? —pregunta el comandante.

Marga toma la tableta electrónica con una mano. Con la otra desplaza la pantalla arriba y abajo.

Cayetana Polo
@petateypalacaye
Blogger de viajes
«Viajar es mi vida y mi vida es mi viaje»
Seguidores 225k

Los dedos de Marga navegan entre sus últimas publicaciones. Un vídeo en el ferri de Vigo a las islas Cíes. Una foto posando en la playa de Rodas. Otra al atardecer en el Faro Principal. «Nos han cancelado el ferri de vuelta. ¡Nos quedamos una noche más!». La última publicada, buscando a los enfermos desaparecidos. Marga mira de nuevo al comandante.

—Este vídeo se publicó un par de días después, cuando se restableció la conexión —apunta el militar mientras pulsa en la pantalla para que inicie la reproducción.

INSTAPIC

Cayetana Polo

@petateypalacaye

[Vídeo en directo]

¡Qué maravilla, los enfermos han aparecido! Están volviendo al camping. No sé si lo podéis ver. ¡Qué ilusión! Los reencuentros con la familia y los amigos son lo mejor. Cari, enfoca, enfoca bien. ¿Qué pasa? ¿Por qué no apuntas?

¡No se acerquen a los enfermos!, se oye gritar a una señora. **¡Todo el mundo a la cafetería!**, grita un chico a su lado.

Cara de confusión. A @petateypalacaye se le borra la sonrisa. Mira fijamente a cámara, **Está pasando algo raro. No sé qué sucede, voy a preguntar. Hola, disculpa, soy Caye...**

La imagen se emborrona. La cámara ha caído al suelo. Un yerbajo ocupa el primer plano. Se oyen gritos cada vez más altos. Piernas corriendo. Un chorro de sangre salpica la cámara. Fundido a rojo.

CAPÍTULO I

_Mañana del primer día

Ay, Marcelino, piensa Marga mientras desliza sus rechonchos dedos sobre el viejo retrato de su difunto esposo. Este ritual, que repite varias veces al día, le proporciona el mismo efecto que un amuleto de la suerte o que una buena dosis de diazepam. Los ojos de Marga se detienen sobre las pupilas azules de Marcelino y un suspiro se escapa de la arrugada comisura de sus labios.

Solo han transcurrido unas pocas horas desde que su jefe la haya llamado para avisarla de un posible brote epidémico en el camping de las islas Cíes. Diarrea, vómitos, fiebre, dolor de cabeza... Varias personas han consultado al equipo médico de la isla esa misma mañana con idénticos síntomas, por lo demás, no muy específicos. Todo apunta a una intoxicación alimentaria producida por un virus o una bacteria. Una de esas situaciones que toca investigar casi a diario en el Servicio de Epidemiología en el que Marga trabaja.

Una contaminación del agua potable de las fuentes públicas hubiese afectado a más personas, así que está casi descartado. Otra opción plausible es esa insoportable ola de calor que castiga las Rías Baixas desde hace unos días. Si esto fuera cualquier otro lugar de España, la población estaría acostumbrada a estas temperaturas, piensa Marga. Pero aquí, en el norte, el termómetro pasa de los treinta grados y la gente se lleva las manos a la cabeza. El calor no le preocupa. Como dicen sus amigas del club de lectura, ¿nos van a venir a hablar de sofocos a estas alturas de la vida? Por favor.

En cualquier caso, la temporada turística está a punto de empezar y desde la Xunta de Galicia quieren que las cosas se hagan de un modo especialmente meticuloso. Marga no sabe qué quieren decir con eso, si ella es siempre meticulosa en su trabajo, hasta la saciedad. Hay que cortar el brote por lo sano, le han dicho, identificar la fuente de infección y acabar con ella. *In situ.* Así que han decidido enviar a una epidemióloga veterana a la isla. ¿Y a quién iban a enviar si no a Margarita Erauso? ¡Hay que pisar el campo, ese es tu lema! Con lo que te gusta viajar, ¡si no paras quieta! La misma cantinela de siempre. ¿Que hay que dar una charla en un colegio sobre higiene de manos? Que se encargue Marga. ¿Que hay que vacunar a un grupo de trabajadores irregulares expuestos a una meningitis? La doctora Erauso es la más indicada. ¿Que hay que controlar a alguien que se quiere saltar la cuarentena por tuberculosis? Venga, Marga, con lo que te gusta a ti estar a pie de calle. ¿Pero tiene que pisarlo siempre ella? *In situ, in situ.* A sus sesenta y pocos años, Marga está de barro hasta las rodillas. La epidemióloga se pone de mal humor solo de pensar en todo el trabajo que se le está acumulando en su despacho.

Mientras surca la ría, Marga alza la vista y mira por la ventana del ferri. Las aguas del Atlántico reflejan, plateadas, los rayos del sol de mediodía. Cada vez más cerca, las islas Cíes se elevan como verdes gigantes emergidos del océano, vestidos de pinares, rodeados de playas de una arena tan blanca como la piel de Marga y aguas tan azules como los ojos de Marcelino.

La megafonía del ferri anuncia la llegada al muelle de Rodas, en la isla Norte. Los motores reducen la marcha. La nave se balancea con un leve vaivén. Mientras atraca la embarcación, Marga echa una última mirada a Marcelino antes de guardar el marco dentro del bolso. En la cola para el desembarco, un cartel publicitario reza:

Bienvenidos a Cíes

LAS ISLAS DE LOS DIOSES

||

Radio El Olivo, todo sobre la ciudad de Vigo.

¿Cansado de que el perro de tu vecino se coma las flores de tu jardín? ¿Preocupado porque los okupas entren en tu casa cuando bajes a comprar el pan? ¡Contrata nuestras verjas electrificadas y deja ya de preocuparte! Con SEGUROS RANDE, tu tranquilidad al instante. (No nos responsabilizamos de posibles electrocuciones de los usuarios. En caso de electrocución, consulte con un especialista. SEGUROS RANDE, S. A.).

Radio El Olivo, todo sobre la ciudad de Vigo.

La ola de calor que los meteorólogos habían pronosticado ya está aquí. Hoy nos hemos despertado con casi treinta grados en todas las capitales de provincia y se espera que a lo largo del día se alcancen más de cuarenta grados en muchos puntos de la geografía gallega.

El panorama político amanece también acalorado en relación con el acto de presentación de la candidatura de la ciudad de Vigo para convertirse en sede de los Juegos Olímpicos de verano. Y es que, según fuentes consultadas por este medio, el presidente de la Xunta de Galicia, Álvaro Yáñez-Santiso, no acudirá al evento, algo que se ha interpretado como un rechazo a los planes del alcalde de la ciudad, Caín Fidalgo. Este, por su parte, no ha querido hacer declaraciones al respecto.

En el ámbito deportivo, el Celta ha vuelto a perder y ocupa puestos de descenso a solo dos jornadas del final de La Liga...

Marga, de verdad, no te preocupes por nada. Cuando llegues al embarcadero, alguien del camping irá a recogerte. Te van a tratar como a una reina, Marga, ya verás. Las palabras de la directora general de Salud Pública resuenan aún en su cabeza. Sin embargo, a ella no le sorprende en absoluto estar esperando, muerta de calor y como una tonta, a que alguien aparezca de una vez. ¿Cuántas veces ha ido a intervenir en un colegio por un brote de meningitis y las madres no sabían nada? ¿Cuántas a hacer pruebas de Mantoux por una tuberculosis a una empresa y los de salud laboral no tenían ni idea de que iba a ir? Marga tiene claro que nadie irá a buscarla. Siempre la misma historia. Si en vez de ser funcionaria de epidemiología fuera de Hacienda, ¡ja!, otro gallo cantaría. Si es que siempre ha habido clases.

De darse la vuelta, comprar un billete de regreso a Vigo y mandar a todos, a la directora general y al dichoso camping incluidos, a tomar viento fresco, le sobran ganas. Pero es consciente de que con eso solo conseguiría empeorar las cosas. Con la mala suerte que tengo, piensa Marga, entre que encuentro la caseta donde venden los billetes de regreso a Vigo y vuelvo al embarcadero, seguro que el barco ya ha zarpado y tengo que quedarme igualmente. No, no le queda otra que resignarse, hacer de tripas corazón, tragarse su orgullo de funcionaria nivel veintiséis y doce trienios, y buscar una solución pacífica al conflicto que se fragua en su interior. Resígnate, Marga, se dice. Si nadie ha venido a buscarte, tendrás que buscarte tú sola. Como siempre haces.

Con un bufido, se coloca las gafas de sol, agarra con una mano su maleta de ruedas, ajusta el bolso bien pegadito a su costado, gira y echa a andar en busca del camping.

Lo primero que se encuentra es un panel informativo, señal inequívoca de que su fortuna empieza a cambiar. O eso cree. Busca en el panel un mapa, a ver si —por casualidad aunque fuera— a algún lumbreras se le hubiera ocurrido poner una bolita roja que anuncie un *USTED ESTÁ AQUÍ*, o un *YOU ARE HERE* por lo menos. ¡Qué menos! Pero su racha de mala suerte no cesa. El cartel solo presume de la ilustre lista de celebridades que han visitado las islas atlánticas a lo largo de la historia de la humanidad:

Julio César venció aquí a los herminios;
Roldán, sobrino de Carlomagno, terminó en estas islas su vida;
el pirata Francis Drake hizo de estas aguas sus dominios;
y hasta Julio Verne escribió sobre esta ría.
¡Quizás este cartel, algún día,
recuerde tu nombre entre estos ripios!

Algo le dice a Marga que no hay nada que hacer: el Día del Juicio está cerca.

INSTAPIC
Cayetana Polo
@petateypalacaye
[Vídeo]
Suena *Felicità*, de Al Bano y Romina Power
Una pasarela de madera une el muelle de Vigo con el barco de pasajeros. Dos pies enfundados en sendas sandalias caminan briosos por

el pantalán. En el agua oscura del puerto se acierta a ver las aletas de algún pez despistado que chapotea solito.

Cambio de toma. Una mochila recién estrenada apoyada en una mesa con una cantimplora metálica a juego. Unas manos pasan las páginas de un libro. Paralela al barco, una gaviota sobrevuela la ría.

Cambio de toma. El barco atraca en un puerto de aguas limpias, donde bancos de peces nadan en armonía.

Comienza el verano en el paraíso. Durante las vacaciones somos felices.

#cies #ciesislands #viajera #travelinfluencer #vigo #galicia #galiciacalidade #beach #blueocean #bluesky #travelphotography #traveling #travelgram #gaviota

13.412 corazoncitos

Post publicado

Marga continúa caminando y encuentra, por fin, la salida del embarcadero a través de una larga pasarela de madera que lo une con el arenal de la isla. Avanza con resignación, pero no tiene prisa ni nadie que se la meta. Eso sí, arrastra su maleta de ruedas bajo un sol que haría desfallecer al mismísimo diablo. Al llegar al final, toca preguntarse: ¿Izquierda? ¿Derecha? Un hombre pasa delante de ella.

—Joven, ¿sería tan amable de indicarme cómo puedo llegar al camping? —El hombre ignora a Marga y continúa su camino como quien oye llover.

¡Qué mala cara tiene este tipo!, piensa Marga para sus adentros. Unas profundas ojeras surcan un rostro amarillento. Tiene pinta de no haber pegado ojo en toda la noche. Dichosa ola de calor. Marga sigue al hombre con la mirada. En un punto, este gira hacia su izquierda, sale del camino y, torpemente, se interna entre los árboles.

La epidemióloga decide tomar el camino contrario, en dirección a la playa, por una especie de carretera asfaltada. Y mientras los turistas buscan refugio en la sombra o en las refrescantes aguas del Atlántico, Marga camina y camina, y se inunda y se inunda, en sudor por fuera y en resignación por dentro. Después de cinco minutos, ya está harta de arrastrar esa maldita maleta. Le duele el antebrazo más que si hubiese estado toda la tarde jugando al tenis contra Manolo Santana. ¡Qué tiempos aquellos en los que podía pasarse horas dando raquetazos a diestro y siniestro sin santiguarse ante los dolores que tendría al día siguiente! Quizá cuando se jubile...

Oteando el horizonte, Marga divisa una sombra a la derecha del camino, donde varios bancos y una mesa de piedra forman un megalítico merendero moderno, ocupado por una adorable familia portuguesa. Los *tuppers* rebosan de ensaladas, filetes rusos, *bolinhos de bacalhau* y otras maravillas culinarias. Marga no quiere ni mirar, engorda solo con verlas. Pero ha tenido que saltarse el tercer desayuno de la mañana y el hambre, que no perdona, ya empieza a hacer mella. Los niveles de azúcar en sangre, desplomados, llaman a la puerta del centro de saciedad de su cerebro, que envía señales a un estómago cerrado por el calor, pero que se doblega fácilmente ante los olores de la gastronomía lusitana. Los carrillos comienzan a llenársele de jugosa saliva y Marga se rinde sin remedio, a los deseos de su organismo. Con la mano todavía dolorida busca dentro del bolso algo que llevarse a la boca.

A escasos metros, una gaviota patiamarilla la observa, curiosa.

A pesar del intenso calor, el manto gris que la cubre no le molesta. Moviendo sus delgadas extremidades, camina altiva por el asfalto, siempre atenta a los movimientos de las personas que la circundan. Las observa mientras rebuscan entre sus pertenencias, extrayendo artículos de lo más deliciosos de sus bolsas, mochilas y neveras portátiles. ¿No me darán algo de esas riquísimas viandas, por el amor de Dios? ¡Si al final siempre les acaba sobrando algo! Bien lo sabe ella. Desde que cerraron los vertederos municipales más cercanos, encontrar alimento se ha vuelto cada vez más difícil. Y aunque no se hallara en el mejor estado precisamente, una comida es una comida. Justo ahora, cuando tiene varias bocas que alimentar. El hambre aprieta. Con toda probabilidad, sus crías estarán famélicas, esperando en el risco norte de la isla, lejos de las miradas indiscretas y las manos largas de esos bípedos de orondas extremidades inferiores. Esos ruidosos monstruos de dos patas que tanto la molestan. Pertenecen, sin duda, a esas especies invasoras de las que tanto ha oído hablar. Por fortuna, solo tienen que soportar su fastidiosa presencia durante una pequeña parte del año. Ellas, sin embargo, guardan la isla también durante el largo y lluvioso invierno. ¡Ay, si cada turista me diera una galleta!

¿Qué tendrá esa humana que busca y rebusca en el interior de su extraño capazo? A juzgar por las circulares dimensiones de su porteadora, debe de ser algo altamente nutritivo. Sola y con una maleta a su cargo, se le antoja la víctima perfecta.

¡Dame tu galleta, humana! ¡Déjame meter el pico en tu capazo! ¡Peor es resistirse!

Una furgoneta se aproxima y pasa tan cerca que casi la atropella. ¡Habrase visto tal maltrato! Por suerte, aún se conserva ágil. Un salto y un batido de alas a tiempo le han permitido esquivarla, pero más le vale estar ojo avizor la próxima vez, me cagho en Dios. ¡Mira, un bocadillo de calamares!

La furgoneta cuatro por cuatro con señal de la Consellería de Medio Ambiente de la Xunta de Galicia se detiene en seco. De la puerta del conductor desciende un hombre que sale en auxilio de Marga, todavía en *shock*. La familia de portugueses, que acaba de presenciar el duelo entre una gaviota y una señora, resguarda sus enseres entre la risa y el terror.

—¡Santo Dios! Pero ¿qué les pasa a estas gaviotas? —exclama la epidemióloga.

—Están muy pesadas en esta época del año —confirma el hombre, en cuyo polo puede leerse guardabosques—. Es época de cría, ¿sabe? Ponen los nidos en cualquier sitio. Tanto les vale en un risco como en el medio de la carretera. Muchos huevos han eclosionado ya y su instinto las vuelve muy protectoras. Tenga cuidado si se las cruza por la isla o acabará recibiendo un picotazo... ¿Está usted bien?

—He tenido días mejores —responde con gestos de obviedad—. Es usted un trabajador de la Xunta por lo que veo. ¡Ya era hora de que vinieran a buscarme! He estado un buen rato esperando en el muelle, hasta que me he hartado y he decidido sacarme yo solita las castañas del fuego. Tenga —resume Marga alcanzándole la maleta de mano— y lléveme de una vez al camping, que no tengo todo el día.

Sin mediar palabra, y todavía algo sorprendido, el guardabosques recoge el bulto de Marga y lo introduce en el asiento trasero. Mientras, ella ha rodeado el morro de la furgoneta y ha abierto la puerta del copiloto.

—Cuidadito con las gaviotas —aconseja Marga a la familia lusitana—. Ya lo han oído, que están muy agresivas —sentencia intentando recuperar así algo de la dignidad perdida en la ornitológica batalla y cerrando la puerta del cuatro por cuatro.

Ya en la furgoneta, Marga puede, por fin, observar a su interlocutor con algo más de atención: un hombre de aspecto rústico y maduro que le parece que tiene un buen mirar... y en otro tiempo y en otro lugar, tendría tal vez algo más. Marga intenta enarbolar una sonrisa. Resulta fingida incluso para ella. El guardabosques le devuelve la sonrisa, más natural y sincera —y no menos importante, con todas las piezas dentales—, y arranca la furgoneta en dirección al camping. El cuatro por cuatro avanza dejando la playa a su izquierda y una ladera poblada de pinos, zarzas, toxos y helechos a su derecha.

—Disculpe que no le dé la mano, señora, pero vengo de desatascar unas tuberías y las tengo llenas de roña —se lamenta el conductor.

Marga echa un ojo, no sin cierta desconfianza, a las uñas sucias del apuesto chófer. Con un gesto automático, introduce la mano en el bolso. Sorteando las facturas que ha ido recopilando para justificar sus gastos de viaje, extrae el paquete de toallitas jabonosas de pH neutro que siempre lleva encima.

—Toma, majo, te dejo unas toallitas en el salpicadero para después, ¿no querrás ir por ahí esparciendo gérmenes?

—Gracias. Me llamo Eusebio, soy el guarda forestal.

—Un guardabosques en una isla. ¡Qué exótico! —responde Marga a la vez que le tiende una toallita.

—Estamos en un parque natural, señora.

—Señora, señora... ¡Si seremos de la misma quinta! —responde mirando al robusto y apuesto conductor. La epidemióloga alza la mano y señala la playa de Rodas—. ¡Qué bonito es esto! Trabajar aquí debe de ser todo un lujo. No me extraña que la hayan nombrado una de las mejores playas del mundo. ¡Es un auténtico paraíso! —sentencia con patriótico orgullo.

—Pues... depende. ¿Es su primera vez en las Cíes? —pregunta Eusebio.

—Como si lo fuera. Hace muchísimos años que no piso estas islas... —Marga hace un silencio—. Tengo que admitir que soy de las que prefiere pegarse un viajazo de esos bien largos —y enfatiza alargando la «e» de «bien», como lo haría un maestro de ceremonias—. Me subo a un avión que me lleve muy lejos, lo más lejos posible, ya sea para disfrutar de los templos de Java o de las selvas de Costa Rica y, vamos, es que no hay quien me pare en semanas. ¡Todo el día de aquí para allá! ¡Lo que me echen! El caso es que una acaba conociendo los sitios más lejanos y, sin embargo, apenas conoce lo que tiene a la vuelta de la esquina. Paradojas de la vida moderna, supongo. Pero yo ya no me privo, ¿sabe? Siempre he pensado que lo importante es vivir experiencias, especialmente desde... bueno, desde el fallecimiento de mi Marcelino. ¡Ay, Marcelino!

—La acompaño en el sentimiento —contesta Eusebio con sincera condolencia.

—No se preocupe. Fue hace ya demasiado tiempo —replica rápidamente Marga—. Al fin y al cabo, la vida sigue con o sin nosotros. ¿No cree?

—Supongo.... ¡Mire! Ya casi llegamos. Este dique que estamos cruzando conecta la isla del Norte con la isla del Faro. Como puede ver, el complejo de dunas también hace de nexo entre ambas islas. Entre este dique y las dunas se genera ese pequeño lago —señala Eusebio con el mentón hacia la ventanilla izquierda del cuatro por cuatro—, nutrido por el agua del mar que pasa entre las rocas del dique. Hace años, los críos se bañaban aquí en lugar de en la playa, por eso lo llaman O Charco dos Nenos. Pero hoy en día, el baño está prohibido por motivos de conservación. Es como un acuario a cielo abierto. Seguro que se encuentra con muchos turistas observando pulpos y hasta centollos moviéndose con libertad entre las rocas.

—¿No me diga? Lo encuentro la mar de curioso —bromea Marga, aunque ni ella misma se ríe de su gracia.

Al llegar al final del dique, la camioneta asciende por una pequeña cuesta. Tras ella, el camping se hace visible por completo. Desde esta entrada, franqueada por la garita de recepción y el importantísimo puesto de los enchufes, se contempla una zona de amplias tiendas estilo canadiense, todas con el techo color verde oscuro y las paredes de una tela marrón claro que, en conjunto, se mimetizan con los colores del pinar en el que se asientan. Han llegado a su destino.

—Gracias por venir a recogerme. Y por ayudarme con la gaviota. Si no llega a aparecer usted, creo que me habría devorado.

—¡Seguro que sí! —ríe Eusebio—, solo que yo no iba a buscarla, simplemente pasaba por allí —Marga se sonroja de vergüenza—. Pero me alegro de haberla conocido. Tenga cuidado con las gaviotas, con este calor parecen más alteradas de lo normal. —Marga concuerda y asiente. Aunque a decir verdad, a lo que más teme es a los especímenes humanos de la isla.

Junto al puesto de recepción, Marga espera a ser atendida.

—Buenos días, ¿tiene reserva? —pregunta una joven menuda, vestida con una camiseta de tirantes y el pelo ondulado al más estilo isleño.

Marga resopla una vez más y eleva una silenciosa plegaria a la Virgen de la Resignación, patrona de los funcionarios. Su cara no es de reserva precisamente.

—Buenos días, bonita. No, no tengo reserva. Soy la epidemióloga que ha enviado la Xunta para gestionar el brote alimentario que tenéis en el camping —responde con sequedad. En la boca y en el tono.

—Ah, disculpe, es usted... —responde la joven, mirando hacia los lados, esperando que nadie la haya oído, y remueve unos papeles. Finalmente encuentra un papelito con un nombre anotado a bolígrafo—. Margarita... Erauso, ¿verdad?

—Doctora Margarita Erauso —corrige.

—Doctora, doctora...

—Me dijeron que vendríais a recogerme al embarcadero. Llevo un buen rato dando vueltas y perdiendo el tiempo y, por si fuera poco, me ha atacado una gaviota. Así que de buenos días, poco, cariño —expone Marga dejando caer el pesado bolso sobre el mostrador.

—¿No ha ido nadie a buscarla? —Berta se queda boquiabierta—. Lo siento muchísimo. El gerente del camping me dijo que se encargaría él mismo. De haberlo sabido... —la joven abandona su puesto en la caseta de recepción y sale para situarse junto a Marga—. Mi nombre es Berta, soy la responsable del camping —dice Berta, la responsable del camping, tendiéndole la mano.

—Encantada —responde Marga, colocando el asa de la maleta en la mano tendida de Berta—. Supongo que me habréis reservado una tienda de esas tan cómodas que he visto, ¿verdad?

—¿Piensa quedarse muchos días? —pregunta Berta sorprendida ante el gesto de Marga y el tamaño de la maleta.

—Espero que no. Créeme que yo soy la primera en querer volverme a mi casa. Pero con estas cosas nunca se sabe, cariño —responde mirando dentro del bolso. Saca la cartera y coloca su carné de identidad sobre el mostrador. Marga capta la sorpresa en los ojos de la responsable y decide cambiar de tema—. ¡Qué bien que haya personas de tu edad con responsabilidades! Me encanta trabajar con gente tan joven.

—Bueno..., cada vez soy menos joven. Tengo ya veinticuatro años.

Marga da la espalda a su veintegenaria interlocutora.

—Di que sí, bonita —responde más para sí misma que para Berta, colocando los brazos en jarra y recorriendo el lugar con su mirada—. Veinticuatro años ya es toda una edad.

No ha terminado de decir su frase, que el cerebro de epidemióloga ya se ha puesto en funcionamiento y realiza una primera panorámica de la situación del camping. Su escáner visual arroja un resultado aparentemente normal: parejas jóvenes con hijos, algún grupo de jubiladas risueñas y demasiado arregladas para la ocasión, posadolescentes fingiendo que no consumen drogas, todos entretenidos con cosas y con nada a la vez. Marga no va de acampada desde que estudiaba con las monjitas, pero todo se mantiene igual, como congelado en el tiempo de los campings. Sin embargo, bajo esa aparente normalidad, algún germen está haciendo de las suyas, saltando de una persona a otra hasta encontrar un huésped en el que causar estragos. Esos malditos bichos van siempre un paso por delante, modelados por la evolución biológica para sacar provecho de las debilidades fisiológicas e inmunitarias del ser humano. Aunque no los vea, Marga puede sentirlos causando esa electricidad en el ambiente, ese olor a enfermedad que puede percibir gracias a su olfato de sabuesa veterana. ¿Algo transmitido por alimentos, tal vez? ¿Un norovirus? No puede decirlo con exactitud, pero su instinto epidemiológico le dice que algo está ocurriendo. Su instinto y la notificación que ha recibido en Salud Pública, claro.

Marga no quiere perder más tiempo con formalidades, así que pide a Berta que su maleta sea trasladada directamente a una tienda de campaña, de esas con somier y cama incorporadas, que una ya tiene una edad, y, sin más retrasos, que la acompañe a las tiendas ocupadas por las personas afectadas.

Berta guía a Marga a través de las distintas secciones del camping, instaladas bajo un verde pinar. La luz del mediodía y los reflejos del mar se filtran entre las copas de los árboles. Si no fuera por este calor inhumano, nadie diría que alguien pudiese enfermar en un lugar como este. Marga extrae el pañuelo de hilo del bolso, con sus iniciales bordadas en un esquina, y se lo pasa por la frente. En su mano izquierda reposa una carpeta con los cuestionarios epidemiológicos que debe administrar a los enfermos. Así se le llama a recoger toda la información posible sobre su estado actual, antecedentes, síntomas... La diarrea, los vómitos y el dolor de cabeza la esperan.

La diarrea, los vómitos y el dolor de cabeza no pueden esperar en tu interior. Pelean por salir a toda velocidad desde tus entrañas. Desean explotar en un arcoíris marrón, rojo y amarillo, ser expulsados a través de tu boca, tu ano, tu duramadre. No puedes contenerlos más. No puedes luchar contra la llamada de la naturaleza. La derrota es inevitable.

La moneda gira, da vueltas en el aire, para caer inevitablemente en la palma de su mano. Podría estar así todo el día, pero hay cosas que hacer. Casimiro baja los pies del escritorio de su oficina y, aprovechando el impulso, hace rotar la silla sobre su eje de izquierda a derecha. Da dos vueltas completas hasta que planta súbitamente sus dos pies en el suelo. Echa un último vistazo a la agenda y la cierra con poderío. No puede negar que hoy está de muy buen humor. Es un gran día para Casimiro. Sí, es cierto, puede que haya unos cuantos enfermos en su camping y sí, puede que se hayan intoxicado con algo de la cafetería, pero si es así, ¡tanto mejor! Como enseñan en su curso de *coaching* para emprendedores, no hay problemas, solo oportunidades. Y esta puede ser su oportunidad de realizar una excelente gestión y demostrar a todo el mundo que no está ahí por ningún tipo de enchufe. Meritocracia. ¿Quién sabe? Puede que incluso algún pez gordo de la Consejería se dé cuenta de su *savoir faire* y decida ofrecerle un puesto más digno, acorde a de sus altas capacidades. Lo cierto es que —y lo sabe todo el mundo— es solo cuestión de tiempo que algún cazatalentos lo descubra y se lo lleve consigo. Todas las miradas están puestas sobre él. ¿Por dónde iba? Ah, sí, cosas que hacer.

De un salto se planta frente a la puerta de la oficina, que da directamente al camino que conduce al camping. Lanza un último beso hacia el espejo y éste le manda otro de vuelta. Abre la puerta con brío juvenil. Es lo bueno de trabajar con gente joven, repite siempre Casimiro: la juventud es contagiosa, te llena de vitalidad. Hay que rodearse de personas vitamina. El intenso calor de la calle abofetea su cara disminuyendo drásticamente sus ganas de vivir. Pero un poco de calor no va a aguarle la jornada. La única diferencia entre un buen día y un mal día es tu actitud.

Como si le esperase su cochero frente a la iglesia mayor, a trotecito lento recorre el paseo que lo lleva hacia la recepción del camping. Quizá no debería haberse puesto los zapatos nuevos. Le aprietan un poco y van a llenársele de polvo. Pero ¿quién puede resistirse a estrenar unos nuevos mocasines de piel de carpincho de Pestian Zamarelli? A Casimiro le gusta ir elegante. Por detrás y por delante. Ninguno de esos provincianos sin gusto se daría cuenta, está claro. Así que es evidente que no lo hace por presumir. Pero cuanto mejor te sientas contigo mismo, menos necesidad tienes de buscar validación externa. Además, trabaja duro y se merece un capricho de vez en cuando.

Al fondo del camino adivina la figura de Berta. En mal momento había claudicado ante los ruegos de su hermana para que contratase a la simplona de su sobrina. No puede decir que no le tenga cariño, que no aprecie su obediencia anodina, su capacidad para trabajar en equipo, su pacata dedicación. De algo le había servido eso de estudiar enfermería. Algo que, además, puede poner en práctica de tanto en vez, cuando algún campista se pone enfermo, como es el caso. Pero lo que no soporta de Berta es, precisamente, que es su sobrina. ¡Meritocracia, maldita sea!

Empleando su superior inteligencia, ha prohibido a Berta hacer ninguna mención respecto a su supuesto parentesco —uno nunca sabe— so pena de que los pongan a los dos de patitas en la calle. Y eso es algo que no puede suceder. Siempre que se encuentra con Berta por el camping, por la isla, o en el ferri, Casimiro se pone de los nervios ante la posibilidad de que a Berta se le escape un «hola, *tiíto* querido» o un «¿cómo está mi idolatrado tío, la fuente de mi inspiración, mi modelo a seguir?». Casimiro no se fía del córtex prefrontal de su sobrina. No se fía del lóbulo frontal de nadie, a decir verdad. No es nada personal. Pero esa sensación de desasosiego es lo que le irrita. Odia sentirse impotente, vulnerable. ¡Qué bueno sería controlar el cerebro de los demás de vez en cuando, verdad?

Total, que allí está Berta, sí, su sobrina. Y colgada de su brazo, una señora que no puede ser otra que la epidemióloga esa que han dicho que iban a enviar para hacer todo ese paripé de las encuestas y el estudio epidemiológico y bla, bla, bla. Madre mía, pero si parece un botijo. En fin. Si por él hubiese sido, habría metido a los enfermos en el primer ferri y los habría mandado a su casa y asunto arreglado. Pero resulta que eso no es legal: negar a alguien un servicio por tener una enfermedad. Qué bobada, qué sabrán esos picapleitos. Muy bien, habrá que achantarse a la norma. Pero esa absurda idea de avisar a Salud Pública por cuatro o cinco personas enfermas, ¿a quién se le ha ocurrido semejante sandez? Ah, sí, a su sobrinita querida, que tiene que jugar ahora a ser la Barbie enfermera. Justo cuando va a empezar la temporada alta. A su sobrina sí que debería haberla metido en el primer ferri y mandarla a casa con su madre, con su propia hermana. Le extraña que con su torpeza todavía no haya prendido fuego el camping. El nepotismo le está saliendo caro, tiene que reconocerlo.

—Normalmente, esto de las encuestas epidemiológicas se haría por teléfono —explica Marga a Berta mientras caminan—, pero se ve que un brote en un lugar como este y justo a principios de la temporada turística es algo bastante sensible para los de arriba, tú ya me entiendes. —Marga sonríe cómplice. Posa la mano sobre el brazo de la responsable del camping y lo aprieta levemente—. Pero basta de cháchara, ponme en antecedentes.

—La verdad es que tampoco tengo mucha idea —confiesa Berta mientras guía a Marga a través de las distintas secciones del camping, instaladas bajo un verde pinar—. Yo me he enterado esta mañana, a primera hora, gracias al vigilante del turno de noche. Según nos ha contado, haciendo la ronda se encontró con varias personas vomitando fuera de sus tiendas, entre los árboles. Les ayudó a acercarse al baño, y allí había otras personas en la misma situación y, bueno... con diarrea, me imagino. Prefirió no darme demasiados detalles y yo tampoco quise tirarle de la lengua. Esta mañana me he pasado por las tiendas preguntando cómo se encontraba la gente. Yo es que... he estudiado enfermería y recordé que ante una agregación de casos, lo mejor era dar parte a Salud Pública, así que eso he hecho. Supongo que ahí fue cuando te llamaron.

—O sea que tú eres la culpable de que me hayan traído hasta aquí, ¿eh? — Berta ríe nerviosa—. ¡Y no me digas que eres enfermera!

—Sí soy, aunque... no he podido ejercer mucho, todavía. Estoy en la bolsa de trabajo del Servizo Galego de Saúde y eso. A ver si me llaman. Mientras, pues trabajo aquí.

—Muy bien, muy bien. Entonces vamos a ponernos con ello. Quizás puedas echarme una mano. Ya ves en qué condiciones me han enviado, más sola que una rata. Lo primero es llevar a cabo la encuesta epidemiológica para ver cuántas personas están afectadas, ver qué síntomas tienen y, quizás, determinar el tipo de transmisión y un posible agente etiológico. Lo más habitual en estos casos suelen ser los norovirus, que se transmiten como la pólvora. Sí, sí, esto tiene pinta de ser un virus pasajero. Por suerte, esto de aquí —Marga extrae el botecito de gel higienizante que siempre lleva en el bolso— evita la transmisión de un montón de bichos.

—Con bichos se refiere usted a bacterias, virus, hongos, parásitos...

—Claro, Berta, no me voy a referir a cucarachas y moscas de la fruta. Por bichos, ya se entiende... Aunque no hay que subestimar el poder disuasorio del gel hidroalcohólico. ¡Vamos!

Caminando llegan a la primera tienda. Antes de entrar, y sujetando la tela de la entrada con una mano, Marga se vuelve hacia Berta.

—Voy a necesitar un plano del camping señalando dónde se alojan las personas con síntomas. Quiero pasar la encuesta epidemiológica a todas las personas afectadas de inmediato. Y no te preocupes —añade—, seguro que al final serán solo dos o tres casos...

INSTAPIC

Cayetana Polo

@petateypalacaye

[Foto posando en la orilla de la playa de Rodas].

En la mejor playa del mundo. Y no lo digo yo, lo dice el *Weekly Post*.

¡En estas aguas, se bañó Julio César! Y yo no voy a ser menos. Vini,

vidi... ¡bikini!

#cies #islascies #juliocesar #influencer #vidivinibikini #imperioromano

6.793 corazoncitos

Post publicado

El chico que ocupa la tienda de campaña no tendrá más de veinte años. Según las notas de Marga, durante la noche, su novia tuvo que solicitar rollos extra de papel higiénico para atender debidamente a las exigentes demandas de evacuación de sus alterados intestinos. Ahora la novia permanece fuera, caminando por el avance de la tienda, sin alejarse demasiado y sin dejar de mordisquearse las uñas.

—Hola, Paloma, ¿verdad? Soy la doctora Erauso y vengo a hacerle unas preguntas a... Borja —explica Marga revisando el censo de casos y contactos que le han dado—. Está dentro, me imagino.

—Sí. No quiere salir. No quiere ver a nadie. Anoche lo acompañé a por el papel higiénico que nos dieron las chicas del camping y, desde entonces, no ha salido de la tienda. Esta mañana no ha querido ir a la playa ni comer en el merendero. Ni siquiera le mola que yo esté dentro con él y no lo entiendo, porque estamos mazo *in love*, ¿me entiendes?

—Entiendo... Venís de Madrid, ¿verdad?

—Sí, ¿cómo lo sabes?

—Intuición —responde Marga con una sarcástica sonrisa—. En fin, cariño, no te preocupes. Voy para adentro. Si no te importa, entraré yo sola —dice lentamente, esperando que su interlocutora pueda entenderla en su estado de profundo nerviosismo—. Iré con cuidado para no perturbar más de lo necesario el descanso del enfermo —y guiñando un ojo, desaparece en el interior de la tienda.

Así, con otras nueve personas enfermas.

Marga escribe en su cuaderno la fecha y el lugar, seguido de varios datos:

Número total de casos: 9.
Distribución por sexo: cinco hombres y cuatro mujeres.

34

Rango de edad: entre 18 y 43 años.
Sintomatología: diarrea, vómitos, fiebre, dolor de cabeza. Fotofobia intensa.

Marga pasa su bolígrafo de publicidad de Seguros RANDE, tu tranquilidad al instante, por encima de este último síntoma, marcándolo con un círculo azul: fotofobia intensa. La luz les molesta y les causa una sensación de «pinchazo en el *celebro*», tal cual le ha referido uno de los hombres encuestados. Marga sabe bien que los hombres suelen ser más quejicas. Sin embargo, es probable que este rechazo a la luz sea lo que lleve a los enfermos a no querer salir de sus tiendas, a pesar del insoportable calor que caldea su interior. Es un síntoma poco habitual, pero ya lo dijo el filósofo: «cuanto peor, mejor para todos». Al permanecer en sus tiendas, será más difícil que contagien a otras personas y propaguen la enfermedad al resto de campistas. Los síntomas, junto con el hecho de que hayan empezado a encontrarse mal el mismo día y estar alojados en el mismo lugar, no es lo único que comparten las personas enfermas. Marga ha creído identificar también una característica común: todas han cenado en la cafetería del camping la noche anterior. Esto confirma sus sospechas iniciales, pero, por desgracia, lo complica todo.

Los rayos de sol se clavan como alfileres en tus retinas. Necesitas algo de oscuridad. O mejor, oscuridad total para dejar de sentir esa punzada que te atraviesa el cerebro, rasgando tu cuerpo calloso neurona a neurona. Te arrastras entre los helechos, te acurrucas entre las espinas de los tojales, arañándote y clavándose en tu piel. Todo es mejor que la insoportable luz del día. Y, sin embargo, algo de positivo hay en todo ello. Quién te iba a decir que los continuos vómitos, y la profusa diarrea sanguinolenta, te habrían llevado a esa sensación de bienestar que produce el sentir que tu cuerpo y tu voluntad ya no te pertenecen. Que no eres más que un espectador de tu propia vida y de tus acciones. Debes seguir esa voz que te llama. Esa voz que te guía y te conduce hacia lo que más te conviene. Y te abandonas a esa premisa como quien se entrega, sin saber el momento exacto, al apacible sueño de la noche oscura.

¿Dónde se habrán metido ahora?, se pregunta Casimiro. Suda a chorros debido al intenso calor, pero no se quita la chaqueta ni a tiros. Antes muerto que sencillo. *Be different*. Saca un pañuelo del bolsillo interno de la chaqueta y se lo restriega por la cara con su consabida gracia natural.

Cuando vuelve a abrir los ojos, una señora ha invadido su campo de visión, caminando entre las tiendas de campaña, con un mapa y vestida como si fuese a un safari. Hay que ser ridícula, piensa. Es el botijo de antes, aunque ahora que la tiene más cerca, en movimiento, le recuerda más bien a un *bulldog* francés persiguiendo una pelota. Qué ocurrencias, Casimiro. Se ríe para sí mismo. La señora le pasa por delante sin reparar en su presencia. Hasta ahí podíamos llegar.

—¡Oiga, usted! Sí, sí, a usted le digo. Je, je, buenos días. ¿Qué tal? Hola, ¿cómo está? Es usted la funcionaria que ha enviado la Junta, ¿verdad? Ya me lo suponía. Disculpe que no la haya recibido, pero es que no se imagina lo ocupado que estoy, justo ahora que estamos empezando la temporada turística. Hay que ponerlo todo en movimiento, dinamizar los equipos, inventariar los *stocks*, evaluar los sistemas, analizar las debilidades, amenazas, fortalezas y oportunidades, ya me entiende. O no... Permítame que me presente. Mi nombre es Casimiro Carneiro. Como ya sabrá, soy el gerente de todo esto. Bueno, del camping... del camping más importante de toda la costa atlántica. ¡Ahí es nada! ¿Y usted es? Ah, no se preocupe, la verdad es que soy pésimo para los nombres. Se me olvidan antes de haberlos escuchado. No estoy orgulloso de ello, pero es lo que tiene ser una persona tan ocupada, no retengo, no retengo. Además, me imagino que no tendrá intención de quedarse mucho por aquí, así que tampoco vamos a regodearnos en los formalismos, ¿no cree? Le recomiendo que no pierda usted el tiempo. Supongo que tendrá un marido esperándola en casa. ¿Cómo? ¿Que es viuda? Bueno, pues unas hijas echándola de menos. Ah, que no tiene hijas. Mi propia madre está en una residencia de mayores, pero hace tiempo que no la visito. Seguro que tiene usted una madre que cuidar. Tampoco. Pero tendrá plantas. Las plantas de interior necesitan un estricto cuidado, y más con estas temperaturas. ¡Ojalá me regasen a mí como a un ficus! Sí, el calor. Es evidente que la culpa de todo esto la tiene este insufrible calor. ¡El tiempo está loco! No me malinterprete. Apruebo que la hayan enviado. Casimiro Carneiro es el primer interesado en que se vea que en este camping garantizamos que todo funciona como debe funcionar. Además, usted debe de ser la piedra de Rosetta de la epidemiología. Quiero decir, que se la ve muy experimentada. Usted viene, hace su informe y santas pascuas. En fin, no puedo entretenerme más con usted, que tengo un lío tremendo. Ah, no, no hace falta que se disculpe, tranquila. ¡Tenga un buen viaje de vuelta!

—¿Qué coño es eso de que Yáñez-Santiso no va a asistir al acto de candidatura de Vigo a los Juegos Olímpicos? ¿Me lo puedes explicar, Prado? —la voz del jefe de gabinete de Caín Fidalgo, alcalde de Vigo, satura el auricular de Prado, la jefa de Gabinete de Yáñez-Santiso, Presidente de la Xunta de Galicia.

—Pues como lo oyes, querido Vidal —contesta Prado, haciendo un exigente acto de contención—. Es una pena, porque el Presidente tenía muchísimas ganas de acudir, pero está ocupadísimo ocupadísimo. Hay muchos eventos: actos que clausurar, inauguraciones a las que asistir, cintas que cortar, problemas que resolver... Estamos liadísimos aquí. Liadísimos. Ya sabes cómo es el día a día en el Palacio de Montepío. Pero ¡eh!, no os preocupéis: entendemos que es un acto importantísimo para nuestra región y por supuesto, os vamos a enviar a alguien en representación de la Xunta que dé empaque al evento —Prado ojea su libreta y sonríe—. ¿Qué os parece la conselleira de Cultura y Deporte? ¿O el conselleiro de Turismo?

—¡No me jodas, Pradito, no me jodas! No estoy para *caralladas*. ¿Tú sabes el cabreo que tiene el alcalde? ¡Que son las putas Olimpiadas! Que vienen miembros del Comité Olímpico Internacional. Tienen que ver que Galicia está unida en este proyecto, Prado. ¡Y nos queréis enviar a una *merda de conselleiro*!

—Uy, uy, uy, ese tonito, Vidal —contesta Prado, intentando disimular el placer que le produce ver a su rival político tan irritado—. ¿Se te ha olvidado tomarte la pastillita esta mañana? Sin acritud te lo digo, que me caes bien y no quiero que te dé algo, pero es que te veo alteradísimo alteradísimo. Vamos a ver, Vidi —odia cuando lo llaman Vidi—, contéstame a una pregunta: ¿va a acudir la Presidenta del Gobierno del Estado al acto? —Prado sabe perfectamente la respuesta.

—No... —contesta Vidal después de un pequeño silencio.

—No... Entiendo, entiendo. Y ¿va a asistir algún Ministro al menos? —Prado saborea cada palabra. También conoce la respuesta.

—No —admite Vidal contra las cuerdas.

—¡Pues ahí lo tienes, cariño! El Presidente de la Xunta no puede acudir a un acto que, viendo la lista de personalidades, no se puede categorizar como de *alto nivel*. Por eso hay que priorizar otros eventos. ¡Si tú sabes de esto mejor que nadie, Vidal! No es nada personal. Es política —sentencia Prado, y Vidal puede percibir la sonrisa de oreja a oreja que se dibuja en el rostro de su contrincante al otro lado del hilo telefónico. *«No es nada personal, es política»*, repite Vidal para sus adentros. Esa frase la ha aprendido de él. Vidal permanece en silencio por lo que Prado continúa—. Bien, pues si no puedo ayudarte en nada más, permíteme que te cuelgue porque estamos hasta arriba con el Campeonato Mundial de Quesos, el *World Cheese Awards*. Nos hemos gastado un pastizal en el *spot* publicitario que acabamos de difundir en diecisiete idiomas y se celebra en un par de semanas. Dice: ¡Que te la den con queso! *Take it with cheese!* Una maravilla. Somos unos genios del *marketing*. Y esta ola de calor, uf, me tiene chorreando desde primera hora. Hasta el cuarenta de mayo no te quites el sayo, pero yo estoy por quedarme en picardías en la oficina, qué quieres que te diga. ¡Que tengáis un buen día!

—Gracias, Prado, por la imagen mental.

—De nada y ¡casi me olvido! —exclama Prado antes de colgar—. Si al final van a clausurar el acto con un concierto de las Chuchungueiras, avísame e igual me acerco. ¡Biquiños!

Vidal se queda solo, apretando el auricular y con el tu-tu-tu de la línea cortada al otro lado.

Después de encuestar a los enfermos y analizar la información, Marga ha podido consolidar sus sospechas. Todos cenaron la noche anterior en la cafetería, así que lo más seguro es que el brote esté relacionado con dicho establecimiento. Es y no es una buena noticia.

—Buff... Eso habría que hablarlo con el gerente —masculla Berta mordiéndose las uñas.

—¿Pero no eras tú la responsable de camping? —contrólate Marga.

—A ver, yo me ocupo de la recepción y de algunas cuestiones logísticas —reconoce Berta con una risa nerviosa—. No somos muchos aquí, así que todos hacemos un poco de todo, especialmente ahora que la temporada todavía no está en su máximo apogeo, ¿sabe? —apunta Berta.

—Ya. Piensa que tenemos suerte de que así sea. Si esto hubiera pasado en julio o en agosto, podríamos estar ante un brote mucho más grande y, por tanto, más difícil de controlar en muchos sentidos. Como te imaginas, cuantas más personas estén expuestas, más probabilidad hay de que la enfermedad se transmita y no queremos eso, ¿verdad que no? Me parece que hay que empezar a poner un poquito de orden por aquí. Si hasta creo que me he cruzado con un enfermo cuando venía hacia el camping, ahora que lo pienso. Dime, ¿dónde está esa gente del puesto de salud?

Berta ríe nerviosa.

—En Cíes no hay un puesto de salud como tal. Los socorristas se ocupan de los primeros auxilios y esas cosas. Cuando hay algo mínimamente grave, hay que solicitar que evacuen al enfermo, ya sea por mar o por aire. Aquí en el camping, suelo ocuparme yo... Como he estudiado enfermería... Además de la recepción, me encargo también de atender algunas incidencias sanitarias, tomo la tensión, doy algunos puntos si hace falta y el paciente se deja... En fin, esas cosillas.

—Pluriempleada. Pues sí que estamos buenos.

—También hay un camarero de la cafetería que me echa un cable o *se* está pendiente cuando yo no estoy —continúa Berta—, aunque alguien me ha dicho que hoy está enfermo, justamente.

—¿Un camarero de la cafetería? ¿De la misma cafetería en la que han cenado el resto de enfermos? ¿Y... no estaría trabajando ayer por casualidad? —Berta asiente con tibieza—. ¡¿Y cuándo pensabas decírmelo?! —Respira, Marga, que te va a dar algo—. Está bien. Necesito ver a este camarero. ¿Se aloja también en el campamento? ¿Podrías indicarme dónde se encuentra su tienda en el mapa?

—Ehm... Sí, la mayoría nos alojamos aquí, en el camping. Pero las tiendas del personal, en la sección D, no aparecen en este mapa. ¿Está segura de que esto no tiene nada que ver con el calor? —Marga la atraviesa con la mirada.

Siguiendo el camino en línea recta desde la zona de acampada, pasan por delante de la cafetería. De ella entra y sale gente a troche y moche. Marga la mira con recelo. Algo le dice que pronto tendrá que pasar por allí, y no para saciar el hambre que ya aprieta. A paso ligero llegan al final del recinto, donde se instala el personal del camping durante el verano. A vista de pájara, Marga observa que esta zona tiene más terreno por tienda, aunque también está bastante más desordenada, con bombonas de campingaz, lámparas y hornillos, tablas de *bodyboard* y neoprenos, ropa tendida y otros utensilios de campista cuya utilidad no es capaz de identificar. A la sensación de caos contribuye también lo distintas que son las tiendas entre sí, mucho más heterogéneas que en la zona *glam* del camping: iglús modernísimos de materiales aislantes, tipis de tela gruesa más bien tirando a *hippies*, canadienses con doble techo de distintos colores, tiendas de automontaje para personas perezosas, tiendas túnel haciendo las veces de almacén. Donde otras personas ven desorden, Marga ve riesgo de incendio.

—Esta es la del camarero del turno de noche —dice Berta señalando una tienda estilo canadiense de color azul, en la esquina del fondo.

Al menos está alejado de los demás, piensa Marga.

—¿Hola... —Marga lanza a Berta una mirada interrogante.

—Xan...

—... señor Xan? ¿Se encuentra bien? —el silencio por respuesta—. Voy a entrar. —A Marga todo aquello no le huele bien. Literalmente. Le huele a enfermedad. Tomando algunas precauciones extra, se ajusta unos guantes de látex y se tapa la nariz y la boca con el pañuelo que lleva al cuello. Así, cual bandolera furtiva, abre lentamente la cremallera de la entrada. Antes de penetrar, se gira hacia Berta—. Quédate aquí fuera.

Hace un calor de mil demonios dentro de esa tienda. Todo el día bajo el fogoso sol de junio que, con esto del calentamiento global, cada vez aprieta más. Un batiburrillo de pantalones, camisetas y ropa interior hecha un gurruño hacen del interior de la tienda un lugar todavía más asfixiante. Y por si fuera poco, ese olor, una mezcla entre sudor, sangre, bilis, calcetines usados y vete a tú a saber qué otros fluidos, no lo mejora. La atmósfera de Venus sería más respirable en comparación.

A pesar de su pañuelo de bandolera, Marga siente cómo el hedor penetra por sus fosas nasales y se lía a patadas con su bulbo olfatorio, queriendo desatar una descarga parasimpática. Hay cosas a las que una nunca acaba de acostumbrarse. Suerte que la edad y, sobre todo, la experiencia le otorgan un elevado nivel de autocontrol. Al fondo de la tienda, en penumbra, Marga acierta a ver un colchón cubierto por una montaña de mantas. Este zagal tiene fiebrón.

—Perdona, ¿Xan? Soy la doctora Erauso. ¿Estás bien? Tengo que hacerte unas preguntitas. Serán cinco minutos de nada.

Silencio.

Marga decide acercarse sigilosamente. A medio camino, su pie aterriza sobre unos restos de comida, que se deshacen en migajas bajo la suela de su zapato, y patea una caja de galletas. Algo se retuerce bajo las mantas. Gime. Marga se detiene un momento y levanta la cabeza.

—¿Xan?

Marga estira una mano, toma la esquina de la tela con sus enguantados dedos y tira de ella para destapar al enfermo.

CAPÍTULO II

_Tarde del primer día

OÍCHES PÓDCAST.
Tu plataforma de audio contenido, de Galicia a tu oído.

—Buenos días y *benvindos* una vez más a nuestro *poscast* Residencia de Mayores El Paraíso. Como en otras ocasiones, con ustedes para servirles, Carmiña, sí, yo misma, periodista jubilada pero nunca retirada y conductora de este *poscast* que nos da tanta vida a todos los residentes de Residencia de Mayores El Paraíso. Para este programa hemos invitado, como hacemos siempre, a un compañero o compañera de la residencia y hoy contamos con una de nuestras más queridas colaboradoras. ¡Fina! ¿Cómo estás, Fina? ¿Cómo te trata la vida?

—Pues te diría que bien, Carmiña, pero con *esta* calor, no he pegado ojo en toda la noche. Me he despertado con el camisón empapado en sudores y eso que ya estoy usando el de verano. Esto no es ni medio normal, ¡ni en esta época del año ni en ninguna! A dónde vamos a llegar.

—Qué razón tienes, Fina, más razón que el Papa. Y si no, que baje Dios y los Santos y lo vean, si habremos tenido estas temperaturas alguna vez en la vida, ¿verdad?

—No sé, no sé, Carmiña, igual tú que eres bachiller, pero ¿yo? Ya te digo yo que memoria *dello* no guardo... También es verdad que la cabeza me va cada día peor y a veces se me olvida hasta el nombre de mis hijos, ¡que a ver si me visitáis más, desgracia-

45

dos! Pero es lo que tiene la edad, Carmiña, no nos vamos quejar... ¿De qué hablábamos? Ah, sí, sí... *d'esta* calor infernal que me tiene hasta el...

—Fina, Fina. Tú, ¿qué consejo le darías a las personas que nos escuchan? La mayoría, pues, personas de nuestra edad, ya sabes, como nosotras, maduras. ¿Qué consejo les darías para sobrellevar estos calores, estas altas temperaturas? Ya sabemos que la gente de nuestra edad está considerada como población de riesgo.

—Sí, sí, Carmiña, yo riesgos los tengo todos. Tengo la *diabetis* desatada y el colesterol ¡por las nubes! El malo, ¡el malo! Pero tengo consejos, sí que tengo consejos para el calor.

—Claro, Fina, claro que tienes. Por eso hemos invitado a nuestra compañera Fina, porque ella es de Ourense, ¿verdad que sí, Fina?

—Sí, sí. Bueno, ser ser, yo soy de Finisterre, pero es verdad lo que se dice, que viví mucho tiempo en Ourense. Fui cuando era joven a trabajar en la casa de la prima de mi abuela que se estaba quedando medio ciega y no veía ni tres en un burro. Sería también de la *diabetis*, digo yo, que nos viene de familia según se ve. Aunque ver, ella no veía. Le encantaba el dulce. ¡Ay, cómo le gustaba el dulce a la prima de mi abuela! Ya me dijeron, mira que es muy golosa, pero hasta que no lo viera no lo creí, porque era difícil de creer lo mucho que le gustaba el dulce. Se pirraba ¿sabes por qué? Por las filloas de sangre.

—Fina, hablábamos del calor.

—De *la* calor, sí, sí.

—Los consejos.

—Sí, los consejos. Pues le encantaban, eh. Las filloas de sangre. Si no las comía a menudo, se ponía mal de los nervios. Lloraba por aquellos ojos pequeñitos pequeñitos. Todos los días, pero todos los días, bueno, igual un día sí, un día no, me pedía, *ay, filliña,* no me harás unas filloas de sangre que yo no veo ni torta y ya no puedo. A mí me las pedía, a mí que no sabía, por aquel entonces, porque que era yo muy nueva, ni freír un huevo sabía. Pero ella me enseñó. Era como un libro de recetas la mujer. Como un libro de esos de ahora, que te hablan.

—Un audiolibro. Pero lo del calor, Fina.

—Un libro parlante de cocina era ella. Y me enseñó a cocinar muchísimas cosas. El caldo gallego, pulpo *a feira,* porque ella tenía familia en Carballiño, tortilla de patatas. Y filloas. Venga hacer filloas. Pero filloas de sangre. De las otras no quería. Yo le echaba poco azúcar, porque la señora tenía prohibido por el médico probar el azúcar, como yo ahora, fíjate, y ella no me veía pero me decía, nena, échale un poco más de azúcar que no me echaste nada. Pero en realidad, a ella lo que más le gustaba era la sangre de cerdo.

—¿La sangre de cerdo?

—Para las filloas, mujer. Me hacía poner un litro de sangre de cerdo en una olla durante una hora para que se concentrara bien concentrado. Y cuando veía yo, porque ella no veía, que aquello tenía una consistencia espesa, espesa, espesa, entonces la mezclábamos con la harina, los huevos y el azúcar y hacíamos las filloas. Y ella se las comía como quien come un pedazo de cielo.

—Caviar, ambrosía...

—¡Filloas te dije! ¡Filloas de sangre! Masticaba las filloas a dos carrillos y se relamía los dedos y se quedaba en trance, mirando al infinito, con la boca roja, con los dientes y los labios rojos, con las puntas de los dedos rojos hasta el puño. Yo era muy nueva, *daquella.*

—Qué cosa, Fina. Si quieres en otro momento hablamos de recetas. Pero ahora queríamos que nos dieras recetas pero contra el calor.

47

—Uff, qué calor hace, Carmiña. Qué mal dormí anoche. Yo viví en Ourense, no sé si sabes. Aquello sí que era calor también. Fui cuando era muy nueva, a cuidar de una prima de mi abuela que estaba sorda, la pobre, no oía ni la sirena de un barco. Una auténtica tapia la *mulleriña*...

||||||||||||||||||||||||||||||||||||||||||||||||||||||||||||||||||||||||||||||||||||||||||||||||||||||||||||||||||||||||||||||||||||||||||

Marga sale de la tienda del camarero llevando un hermoso felino negro entre sus brazos.

—Creo que Xan se ha convertido en un lindo gatito. ¿Eres tú Xan, michi? ¿Eres Xan, gatito de meiga? —dice Marga acariciando la cabecita de su nuevo amigo. Este le responde posando una patita blanca sobre el brazo de la epidemióloga—. ¡Pero si tienes una patita blanca! Te salvaste de la hoguera, michi bonito.

—¿Y ese gato? Xan se va a llevar una buena bronca. ¡Está prohibidísimo traer animales de compañía! Estamos en un Parque Natural de la Red Natura 2000 —lamenta Berta—. Como se entere mi... Como se entere el gerente.

—Prohibido debería estar ser tan lindo, ¿verdad, granujilla? En cualquier caso, el camarero no está aquí, pero sin duda está enfermo —agachándose deja el gato en el suelo. Ronroneando, se refriega contra las piernas de Marga, que se sonroja pensando en la última vez que un bulto negro se restregó contra sus piernas—. Ha dejado el colchón hecho un auténtico asco. Definitivamente, lo que está pasando tiene algún tipo de relación con esa cafetería. ¡No se hable más! Hay que poner el establecimiento en cuarentena hasta que tengamos toda la información —añade algo ensimismada, reafirmando los próximos pasos a seguir.

—¿En serio? —pregunta Berta alarmada a la vez que intenta atrapar al gato.

—Yo siempre hablo en serio, querida —responde sacudiendo

la cabeza. Es Marga quien atrapa el brazo de Berta, y el gato, de un salto, desaparece entre las tiendas colindantes—. Y más me duele a mí que no he comido en todo el día. Tengo un hambre que da calambre. Pero necesitamos mantener el local en cuarentena hasta que venga un equipo de inspección sanitaria a tomar muestras para que tracen el origen de todas las provisiones que se han introducido en la isla. Llama a la gerencia ahora mismo. Quiero convocar una reunión cuanto antes. Mientras, voy a acercarme a la cafetería para asegurarme de que nadie más entra. Acto seguido daré parte a la Xunta. Venga, querida, que no tenemos todo el fin de semana.

INSTAPIC

Cayetana Polo

@petateypalacaye

[Foto en la playa de Rodas, leyendo un libro bajo una sombrilla y con una pamela].

Estoy enganchadísima al último libro de Pestian Zamarelli, CARNAVALITO. Así me voy ambientando para mi próximo viaje al Noroeste argentino. Escalofriantemente divertido.

#cies #ciesisland #viajera #travelinfluencer #vigo #galicia #galiciacalidade #beach #blueocean #bluesky ##travelphotography #traveling #travelgram #pestianzamarelli #carnavalito

1.234 corazoncitos

Post publicado

La epidemióloga, funcionaria nivel veintiséis y chorrocientos trienios, avanza con paso lento pero decidido hacia la cafetería. No cabe lugar a dudas. Los datos de las personas encuestadas indican que la cafetería está de algún modo relacionada con la epidemia y tiene que cerrarse. Y cuando a Marga se le pone algo entre ceja y ceja es como un miura que arremete contra todo aquello que se interpone en su camino. Un miura con pantalones de Coronel Tapioca. Luego ya se encargará de hablar con la inspección. Más vale pedir perdón que pedir permiso, especialmente cuando la salud poblacional está en juego.

Berta y Eusebio charlan junto a las escaleras de la cafetería. Marga pasa a su lado. Eusebio hace un gesto a Berta y comienzan a caminar detrás de la epidemióloga. Un guardabosques sabe más por viejo que por guardabosques: huele a movida.

—¡Buenos días a todo el mundo! —exclama Marga intentando alzar la voz por encima del bullicio de la cafetería—. O buenas tardes, porque ya no sé ni en qué hora vivo. Tengo que comunicarles que, a partir de este momento, la cafetería queda clausurada hasta nuevo aviso.

Poco a poco el ruido de cuchillos y tenedores va menguando hasta apagarse del todo. Un camarero silencia la televisión. Marga va a continuar cuando...

—¿Y tú quién eres, si puede saberse? —un hombre se levanta de su silla.

—Sí, sí puede saberse. Soy la que va a cerrar este chiringuito —le responde, identificando la apariencia de usuario de *foroautos. com* de su interlocutor—. Soy la doctora Margarita Erauso y vengo en representación del Servicio de Epidemióloga de la Xunta de Galicia y de la Autoridad Sanitaria...

—Ay, ya estáis los políticos metiendo el hocico donde nadie os llama —interrumpe a voz en grito el mismo hombre, que tiene pintas de compartir sus opiniones sin que nadie se las haya solicitado. Mientras blande en el aire un tique con una serigrafía en tinta térmica de una playa y un gigantesco sol poniéndose tras ella, pregunta—: ¿Sabe usted el dineral que he pagado por esta comida?

Marga le arranca el tique de la mano.

—¡Caray, pues sí que está caro esto! —otorga Marga al cuñado y, armándose de paciencia, contesta—: Entiendo su enfado, pero tengo una información bastante importante que transmitirles a todos ustedes. En primer lugar, dejar claro que no, que yo no soy política, señor mío. Soy epidemióloga.

—Epi... ¡*epidermióloga*! ¿Y qué hace aquí un médico de la piel?

—A ver, no quiero que se alarmen —reanuda Marga—, pero deben saber que se ha detectado un brote epidémico y todo parece indicar que esta cafetería está afectada. Así que, por favor, dejen lo que están comiendo y salgan ordenadamente.

—¿Pero qué dice, señora? —continúa el otro—. A ver, ¿dónde está el brote ese? Que yo lo vea. Aquí estamos todos perfectamente, disfrutando de nuestras vacaciones y no vas a venir tú a decirnos lo que podemos o no podemos hacer. Yo cumplo con la ley, levanto la persiana todas las mañanas y pago un montón de impuestos. ¿Y tú? Una aprovechada que chupa de la teta del Estado, que viene aquí a meterse donde no le llaman. Y cuidadito conmigo, que soy abogado y conozco mis derechos.

Marga se acerca al hombre, cuenta hasta tres y controla la ganas de darle un zurriagazo con el bolso en toda la cara. Estira su dedo acusador señalando al abogado.

—Si eres abogado, supongo que conocerás la Ley de Medidas Especiales en Materia de Salud Pública. Mira, cariño, esta cafetería se cierra ahora mismo contigo dentro o fuera. ¡Tú eliges!

Marga y el hombre se miran como dos gallos a punto de lanzarse el uno sobre el otro, cuando una bandeja de macarrones con chorizo, huesos de pollo asado, patatas fritas mordisqueadas, tenedores y cuchillos cae al suelo con estrépito. Alguien se ha desplomado en la cola del autoservicio y la cafetería se queda en completo silencio.

Cuando Xacobe vuelve en sí, el local está vacío. Sobre su cara, siente impactar una y otra vez la palma de una mano enguantada.

—Ay, pero déjalo al pobre que le vas a tirar los dientes —escucha decir a una señora... la misma señora que gritaba antes... Le cuesta pensar.

—¡Xacobe! Espabila, hombre, no te hagas de rogar —es la voz del guarda forestal, el dueño de la mano enguantada que golpea su cara como un chuletón de ternera gallega de un kilo.

—¿Qué pasa? —acierta a decir el pobre Xacobe, que ya no quiere más chuletazos en su cara—. ¿Qué ha pasado? ¿Dónde estoy?

—Estás en la cafetería del camping de las Illas Cíes. Te has desmayado, cariño, nada más —responde la señora—. Me llamo Marga. ¿Cómo te encuentras?

—Empecé a verlo todo blanco, con una especie de moscas que daban vueltas a mi alrededor y después nada. Perdón... Me duele la cabeza como si me fuera a estallar. Me duelen los ojos. ¿Qué tengo en la boca? —pregunta.

—Te hemos puesto una mascarilla. Parece que has pillado algún virus que hay por aquí y que está infectando a otros campistas. Vamos a acompañarte a tu tienda para que descanses.

—Tienen que avisar a Iria —dice Xacobe inquieto.

—Sí, luego hablamos con tu novia, no te preocupes —responde Marga tratando de calmarlo.

—Iria no es mi novia. Todavía no —sonríe —. Iria es una arqueóloga muy inteligente de la universidad que estuvo ayer en el antiguo convento. Cenó aquí anoche. No duerme en el camping. Está alojada en el campo de trabajo, para estar más tranquila...

—No te preocupes, cariño. Nosotros nos encargamos. Berta, por favor, que alguien ayude a este chico a llegar a su tienda. Eusebio, ¿te importaría acercarme hasta el campo de trabajo? Tenemos que ver cómo está esa tal Iria.

Es llegar la época de cría y esos malnacidos vuelven a desembarcar, otro año más, en la isla. Su isla. Hartita la tienen. Si no fuera por sus deliciosos bocadillos, hace tiempo que ella y sus hermanas les habrían picoteado los ojos a todos esos molestos y malolientes bípedos. Esos bocadillos, tan sabrosos y que tanto les gustan a sus polluelos recién salidos del cascarón, con sus mantos moteados, peludos en lugar de emplumados. Qué adorables son. Se le enciende una cálida llama en el corazón cada vez que se acuerda de ellos. A menudo piensa también en el futuro que les espera. Cuando crezcan, podrán robarles los bocatas a los turistas ellos mismos. ¡Hay que ver cómo se ponen por un bocadillito de nada! Algunos se asustan, se cagan en las patas, al verlas picotear entre sus cosas, al darse cuenta con asombro de que ellas no tienen ningún miedo de esos pedazos de carne rosada. ¿Qué se piensan que son? ¿Palomas? ¡Ja! Otros sacan unos aparatos y les apuntan con ellos. Al principio les daba un poco de reparo por si fuera un arma o algo así, pero con el tiempo han aprendido que son solo unos trozos de plásticos de colores que suelen emplear para protegerse de la lluvia. Será alguna superchería mamífera. Los menos se hacen con un arma de verdad, un palo o una piedra, o les tiran arena para espantarlas. Pero, amigo, ya es demasiado tarde. Ya tienen lo que veníamos a buscar. ¡Tu comida! Y, de paso, se llevan una parte de tu dignidad porque, claro, siempre hay otros pedazos de carne rosa observando el morboso espectáculo, entre risas y miradas de desaprobación. Y ahí se quedan, compuestos y sin bocata, con cara de tontos, mientras ellas vuelan de regreso al nido con alimento para toda la semana. Exactamente como ahora. Sus alas cortan el aire, vuelan risco abajo. Allí, entre las rocas, la esperan piando como posesos sus pequeñines. Tomad, polluelos, comed. Son calamares de la ría, a la romana o en tempura, qué más da. Tomad y comed todos de él.

Mientras Eusebio sube a la cochera a buscar el todoterreno, Marga aprovecha para pasarse por la tienda de campaña que le ha asignado Berta. Necesita sentarse un momento, sacarse las botas y restregarse los pies con un poco de vinagre.

Una sombra revolotea frente a sus ojos y la aparta de sus pensamientos. Marga lanza ambas manos al aire y las junta en una palmada. Cuando las separa, posa su vista sobre el cuerpo aplastado de un insecto, reventado por el abdomen. Una mancha de sangre roja tiñe las palmas de sus manos. Qué asco.

Con un gesto de repelús, Marga posa el cadáver del mosquito en la mesilla de noche y busca las toallitas higiénicas entre sus cosas. Mientras se frota y limpia la piel de sus arrugadas manos, observa las características morfológicas del insecto. Las alas, torcidas por el golpe, seis patas homogéneamente negras y un amenazante pico de hembra hematófaga. Las hembras, haciendo siempre el trabajo duro, buscando la sangre de los animales mientras los mosquitos macho se alimentan de polen y néctar de flores. Qué típico.

Subidos al todoterreno, Marga y Eusebio dejan atrás el campamento. Conducen en silencio. El guardabosques mira fugazmente a la epidemióloga. La ve pensar. La maquinaria lenta pero continua de un buque que zarpa adivinando el rumbo entre la niebla. Necesita despejar la bruma que se cierne sobre este brote. Eusebio quiere preguntar, pero no le gusta molestar, así que calla. Tiene curiosidad, pero no quiere parecer un cotilla. Porque no lo es. Él a lo suyo.

Conduce deshaciendo el camino hasta el puerto principal, en el cual, pocas horas antes, había encontrado a la doctora Erauso batiéndose en duelo con una gaviota patiamarilla, y continúa, ascendiendo por una pendiente de tierra, dejando la costa continental de la isla siempre a la derecha. Más allá del estrecho, la ciudad de Vigo prosigue con su diaria agitación.

Eusebio vuelve a mirar a Marga. Esta vez, ella le devuelve la mirada. Está más seria que nunca.

—¿Cuánto tardaremos en llegar al campo de trabajo? —Marga no quiere expresar preocupación, pero ya empieza a cansarse de interpretar el rol de epidemióloga dicharachera.

—Poco. Unos cinco minutos hasta la entrada del camino. Luego tendremos que continuar a pie, porque esta camioneta no puede recorrer el trecho que lleva al campo de trabajo. Serán otros cinco minutos de bajada... o puede que un poco más —dice mirando de reojo las piernas de Marga.

—¡Oiga! —sonríe—. No debería subestimarme. Que estas piernas tienen mucho más recorrido de lo que usted se piensa, ¿eh? Desde la muerte de mi Marcelino —ay, Marcelino—, no han dejado de viajar por el mundo. Decidieron no quedarse en casa a llorar, sino visitar todo lo que no habían podido ver hasta entonces. Reconozco que no son las más rápidas, ni las más largas, pero le aseguro que siempre llegan a su destino. Y nuestro destino ahora es ese campo de trabajo. Necesitamos saber cómo está la arqueóloga.

—Iria...

—Eso, Iria.

—Antes de salir hice un par de llamadas y nadie la ha visto en todo el día. Claro que eso no tiene por qué significar nada. Es posible que se haya marchado ya en alguno de los barcos de la mañana. También puede haberse quedado trabajando en sus cosas sin salir del campo de trabajo. Es un lugar bastante agradable, sobre todo si quieres estar alejado del resto de turistas de la isla. Pocos se acercan hasta allí teniendo otros entretenimientos como las playas, los faros, los acantilados... ¿Cree que puede estar en peligro?

—No lo sé —responde Marga, pero aprieta el bolso inconscientemente—. Es posible que el calor esté mediando en toda esta situación, pero los síntomas manifestados por las personas enfermas no terminan de cuadrarme con ninguna infección concreta. Lo más seguro es que no sea nada grave, pero hay que estar alerta. Y si Iria hubiera salido ya de la isla, podría estar en la ciudad teniendo contacto con otras personas y, Dios no lo quiera, propagando la infección.

—Si es que está infectada, quiere decir.

—Bueno, está probado que ella estuvo en el restaurante con el camarero desaparecido, así que debe ser considerada como un contacto directo y, por tanto, existe la posibilidad de que esté infectada, ¿me sigue?

Eusebio mira a Marga y se queda pensativo. Tiene que reconocer que le está cayendo bien la doctora Erauso. Inteligente, con determinación y don de gentes, sin miedo a hacer, decir o defender lo que cree que es correcto. Inquieta, activa, provocativa. Y se lo está pasando bien ayudándola en su investigación. Está a punto de decir, «le sigo a donde usted me diga», pero logra contenerse. A esta edad no, Eusebio, se dice para sí mismo. ¡Tú a lo tuyo!—. Le sigo —acierta a decir.

—¿Dónde se habrá metido ese maldito camarero?

—Xan...

—Sí, Xan... —afirma Marga con los ojos cerrados, mecida por el dulce traqueteo del cuatro por cuatro.

||||||||||||||||||||||||||||||||||||||||||||||||||||||||||||||||||||||||||||||||||||||||||||||||||||||||||||||||||||||||||||||||||||||||||||||||||||

Radio El Olivo, todo sobre la ciudad de Vigo.

Supermercados Adriano. La carne más fresca, del súper a tu mesa; de vaca o de cerdo, estamos de acuerdo; la carne roja es la más sabrosa, la sangre jugosa, ¡de tu boca rebosa! Aprovecha nuestra promoción de carne fresca en Supermercados Adriano, donde la carne más fresca la tienes a mano.

Radio El Olivo, todo sobre la ciudad de Vigo.

Volvemos de publicidad para dar paso a cuarenta minutos de música sin interrupciones y vamos a empezar este bloque de temazos con uno de nuestros clásicos favoritos. Uno de esos temas que se meten en la cabeza y se quedan parasitando tu cerebro para toda la vida...

Another head hangs lowly,
child is slowly taken...
In your head, in your head...

||||||||||||||||||||||||||||||||||||||||||||||||||||||||||||||||||||||||||||||||||||||||||||||||||||||||||||||||||||||||||||||||||||||||||||||||||||||||||||||||||

Estoy en mi despacho. La mesa está repleta de papeles. Una intensa claridad entra por la ventana iluminando la estancia. Alguien me llama desde el otro lado de la puerta: ¡Marga! ¿Qué?, contesto yo, ¿No ves que tengo trabajo que hacer? ¡Marga! La voz insiste. Así que me acerco al umbral y me asomo al pasillo. Pero no hay nadie, tan solo un gato negro con una pata blanca que mira, atento, con sus ojos amarillos. Se acerca, juguetea entre mis piernas y se frota emitiendo un sonoro ronroneo. Se sienta y me observa. Abre la boca para maullar, pero de su pequeña garganta emerge el rugido de un león. El felino se cuela entre mis pies y entra en el despacho. Al darme la vuelta, la oficina ha sido sustituida por una playa, una playa de arena tan blanca como nieve recién caída. Únicamente queda el escritorio, cubierto de papeles. El viento del mar sopla y los levanta en el aire. Corro para recogerlos, pero es inútil.

Una muchacha camina por la ribera. Descalza por la arena parece una rianxeira. Su camisón ondea al albur de la brisa marina. Quiero preguntarle dónde estamos, pero el repicar de unas campanas provoca que la muchacha recoja el bajo de su vestido y salga corriendo a toda velocidad. La sigo, a duras penas, por la playa. Persiguiéndola, llega-

mos a un convento. Un grupo de mujeres vestidas de negro, unas monjas, entran en la capilla. Desde el interior, vuelvo a oír la misma voz que me llama ¡Marga! Así que entro yo también. La joven de la playa está en el último banco. Me acerco a ella y, al sentarme a su lado, me doy cuenta de que no es una monja, es tan solo una novicia. El resto de hermanas rezan. Pero ella, en silencio y con los ojos cerrados, sujeta un trozo de tela raída. Veo, entonces, que mi ropa ha cambiado. El traje de dos piezas ha sido sustituido por una sotana con armadura. Una espada me cuelga de la cintura. Quiero preguntarle a la joven dónde estamos, así que acerco la boca, tan pegada a su oreja que casi podría morderla. Abro los labios, y en lugar de una pregunta, un susurro se escapa de mis adentros:

¿Cómo podes, auga da ría,
agochar tantos segredos
sendo tan cristalina?

Un frenazo y un tirón de la palanca de cambios anuncia la llegada al inicio del sendero. Marga cabecea y despierta súbitamente de su sueño.

—Disculpe, creo que me he quedado dormida. Ha sido un día largo y yo es que la siesta no la perdono —admite Marga con esa llana sinceridad sin complejos que se gana con los años.

Todavía somnolienta, abre la puerta del cuatro por cuatro, se agarra de la asadera con la mano derecha y, en una muestra de su geriátrico atletismo, pega un saltito para aterrizar en el suelo; un diez en la ejecución. Las clases de pilates de los últimos meses han merecido la pena. Eusebio rodea el coche por la parte delantera. Con una grácil rotación externa de su brazo izquierdo y una pequeña inclinación de cabeza, señala en una reverencia el camino a Marga. Un ancho sendero a medio asfaltar y cubierto de hierbajos discurre entre pinos y desciende abruptamente, perdiéndose de vista.

—Por favor, doctora Livingston... —dice Eusebio con retranca.

—¡No se cachondee, anda! —responde Marga, que no puede evitar esbozar una inocente sonrisa.

La epidemióloga y el guardabosques inician un empinado descenso entre matorrales hacia el campo de trabajo. Haces de luz se cuelan entre las copas de los árboles y caen como cortinas blancas colgadas desde sus ramas.

Tras tantas horas de hostigante calor, un espeso sudor inunda la nuca de Marga. Las uñas, pintadas de un rojo *obsession* #224, rebuscan entre el enmarañado pelo hasta alcanzar el cuero cabelludo, que se rasca sin compasión. Un extraño silencio envuelve la senda. Incluso el mar parece haber detenido su eterno vaivén. Eusebio no aguanta más y decide romperlo.

—Doctora, ¿usted ha sido siempre epidemióloga o ha ejercido alguna vez como médico?

—La epidemiología es parte de la medicina, Eusebio —responde Marga poniendo los ojos en blanco.

—Sí, no, disculpe. Quiero decir, en el hospital o eso —se apresura a corregir Eusebio.

—Trabajé durante un tiempo en un centro de salud, pero siempre me gustó más eso de cazar epidemias. ¿Por qué lo pregunta? —añade Marga, siguiéndole la conversación. Ella también se siente con ganas de hablar.

—Es solo que me resulta curiosa esta excursión. Verá, cuando era joven vine a este mismo campo de trabajo como voluntario. Tendría unos veinte o veintiún años. Yo estudiaba Administración de Empresas por aquel entonces. Vine aquí de voluntario siguiendo a una chica de la facultad por la que estaba colado.

Fátima. Ella me propuso venir y le dije que sí sin pensármelo. Únicamente quería pasar tiempo con ella. Y ella me invitaba a acompañarla a una isla paradisíaca, ni más ni menos —ríe Eusebio—. ¡Ya entonces era un bobo! Fue llegar aquí y nos pusieron a trabajar como monos, a limpiar la isla, de basuras y de malezas, de sol a sol. Dormíamos en unas tiendas de campaña que se ponían ahí abajo —dice Eusebio señalando un claro entre los pinos—. Los monitores nos hacían trabajar todo el día, hiciera sol o lloviera. Por si fuera poco, yo era un chaval de ciudad y no estaba acostumbrado a esas tareas. Era duro. «El señorito» me llamaban. Al principio me preguntaba, ¿qué hago yo aquí? Fátima no me hacía ni caso. Ella solo quería ser mi amiga. Lo curioso es que, irónicamente, encontré el amor. Pero me llegó en forma de archipiélago. Me enamoré de estas islas. De sus días soleados y sus noches estrelladas. De sus vistas a tierra y al infinito. Cuando terminó el verano le dije a mi padre que dejaba la carrera y que estudiaría para ser guarda forestal en las islas.

—Por lo que veo, se lo permitió.

—¡En absoluto! —ríe Eusebio con una sonora carcajada—. El viejo tenía otros planes para mí: heredar su empresa, expandir su imperio, y no iba a consentir que su primogénito se convirtiese en *un paleto echado al monte*, como me dijo. —La voz de Eusebio revela, de pronto, cierta melancolía—. No tuve más remedio que terminar la carrera. Lo hice lo más rápido que pude y me puse a trabajar para ganar mi propio dinero y, al mismo tiempo, prepararme para las oposiciones a guarda forestal. No fue sencillo, pero... ¡lo que hacemos por amor, ¿eh?! El día que conseguí la plaza en el cuerpo de forestales, yo dejé la empresa y mi padre dejó de hablarme. Supongo que se sintió traicionado o algo así.

—Lo siento mucho —responde Marga sin saber muy bien qué decir. Eusebio acaba de abrirse y ella no se lo esperaba en absoluto. Le había puesto otra etiqueta, de más cerrado. Como una lata de conservas. Qué hambre tiene. Marga quiere decirle algo, cualquier cosa que lo anime, pero bastante tiene en la cabeza, y más ahora, que necesita centrar su atención en bajar esta pendiente sin terminar con el culo en el suelo—. Entiendo que está usted entonces en una relación seria. Me alegro por usted —acierta a decir finalmente.

Eusebio levanta los brazos en gesto de satisfecha resignación. Sin previo aviso, tal y como él se ha abierto, se abre ante ellos un apacible claro que, entre pinares, se va entregando al mar. Un par de casetas conforman la instalación, junto con algunos bancos y una serie de plataformas que sirven de base para colocar las tiendas del voluntariado en verano, todo ello construido en madera. Eusebio señala a Marga la caseta en la que suelen alojarse quienes vienen a hacer alguna tarea extraordinaria a las islas.

Ella mira con suspicacia a la caseta y luego al resto del campamento. No hay rastro de la arqueóloga, esa tal Iria. Marga olfatea el aire, que se cuela por su hocico de perra vieja. Algo le huele raro. Sacando una mascarilla quirúrgica de su bolso y unos guantes de látex, sentencia:

—Miremos en su interior.

///

OÍCHES PÓDCAST.

Tu plataforma de audiocontenido, de Galicia a tu oído.

Residencia de Mayores El Paraíso, presentado por Carmiña, periodista jubilada pero nunca retirada.

—Entonces, Fina, nos ibas a dar consejos sobre cómo sobrellevar este calor.

—¡Uy, *la* calor! Sí, ya *me recuerdo*. Yo, cuando llegué a vivir a Ourense, era muy nueva y no había salido de mi casa. Me fui allí en primavera. *Me recuerdo* porque fue justo después de mi cumpleaños, el veintisiete de abril.

—Tauro.

—*¿Lo qué?* Bueno. Al principio bien. Pero luego, ¡ay, luego! El termómetro subía y subía más cada día. Y yo que venía de Finisterre, de la Costa da Morte, ¡alucinaba, eh! El mercurio le decían. Mercurio sí que era aquello. ¡Qué calores! Y yo que no estaba acostumbrada, me faltaba el aire, me sudaba todo el cuerpo. Y la gente me veía por la calle y se reía. Ahí viene *La Pasionaria*, me decían los señoritos, de lo roja que me ponía. Roja como el pimentón. Y yo solo tenía esos faldones negros de paño, largos hasta los tobillos. Hasta las bragas las tenía de paño, Carmiña. De encaje de Camariñas me hubiera ido mejor. Porque allí había *mucha* calor, *mucha* calor en verano. También mucho frío en invierno. Pero en verano *mucha* calor. Lo que viene siendo una auténtica sartén puesta al fuego. Para fundírsete los *miolos,* Carmiña. Y la gente allí, fíjate, se iba a las termas, bueno, yo también, que son unas piscinas naturales que hay al lado del río, del Miño, que en realidad son unas aguas calentitas, pero siempre más frescas que los cuarenta grados o yo qué sé que podían dar de aquellas.

—¡Qué curioso, Fina! O sea, hace calor y uno se va a un *jacuzzi*, prácticamente.

—Bueno, un *jacusi*, un *jacusi* tampoco era, pero sí que me parece *amparadójico*, como dicen. Y que sepas que esto ya lo hacían los romanos, así que tan malo no debe de ser, Carmiña.

—Sabiduría ancestral, ¿verdad que sí, Fina? ¿Y quién mejor que nosotras para traspasar este conocimiento?

—¿Lo dices por lo antiguas que somos o qué? Ancestral a mí no me llames, que estoy mejor que nunca.

—¡Qué cosas dices, Fina! ¿Y qué otros consejos nos darías?

—Bueno, pues lo típico, ¿no? Beber mucho. De agua, no de vino, la gente que no se confunda. Ventilar la casa por la mañana, cuando el día está joven y la mañana más fresca; evitar

salir en las horas más calurosas del día, para que no te dé un ja-
macuco o un soponcio. Esas cosas. Dicen que no hay que hacer
ejercicio físico, así... intenso, a esas horas, pero yo nunca *fuera
de hacer* mucho ejercicio, no te voy a mentir, ni en invierno ni en
verano, ni de joven ni de mayor...

—Ay, Fina, cómo eres, Fina, ¡cómo eres!

—Eso sí, Carmiña, *unha cousa vou-te dicir*, pero que quede entre nosotras dos.

—Entre nosotras y quienes nos escuchan, Fina.

—Sí, sí, también. ¿Tú sabes lo que pasa cuando llega el calor?

—Claro que lo sé. Que los chicos se enamoran.

—No, *muller*, bueno, sí, eso también. Pero yo me refiero a otra
cosa. Cuando hay tanta calor es cuando suceden las cosas más
extrañas. ¿*Oíches?* Presta atención. Cosas extrañas y no para
bien, te aviso. Acuérdate *ben do que che digo...*

—————————————————————————————

Como siempre, se le ha vuelto a hacer tarde. Haz Medicina Preventiva, decían. Será tranquilo, decían. Y un *carallo*. No hay día
que salga ni cerca de su hora. Si hubiera aceptado el consejo de
su padre y hubiera continuado la carrera de piano... Pero ya no
hay tiempo para hubieras o hubieses. Y menos siendo Jefa de
Servicio. Son más de las cinco y todavía está en el trabajo. Y aún
por encima sin comer. Eso la pone de un humor de perros. Ya
debería estar acostumbrada y eso la cabrea todavía más si cabe.
Rebusca con la mano derecha dentro del bolsillo de la bata y
saca el móvil. Desliza los dedos por la pantalla táctil hasta encontrar esa aplicación en la que salen vídeos de gatitos y la abre,
pero enseguida se arrepiente y deja caer el teléfono sobre el escritorio lleno de papeles. Fichas de pacientes aislados debido a
alguna bacteria multirresistente a medio rellenar, resultados de
los dispositivos de bioseguridad que miden los niveles de asper-

gillus en los quirófanos sin comunicar, planos de las obras que se acometerán en el pabellón C del hospital sin revisar, notificaciones a salud pública de enfermedades de declaración obligatoria sin enviar, calendarios de vacaciones del personal del servicio por aprobar, actas de esa comisión de la que nunca debió aceptar ser la presidenta sin firmar... Maldice el momento en el que permitió que el residente se fuese a su hora porque había quedado con unos amigos para salir a navegar en un velero por la ría. Ella también tiene planes para esa noche. ¡Su primera cita en meses! ¿Pero qué iba a hacer? Tampoco es una bruja.

Por desgracia, su momento de autocompadecimiento es interrumpido por el desagradable chillido del teléfono fijo que reclama su atención desde un rincón del escritorio. Lentamente se vuelve hacia el aparato y se imagina arrancándolo de cuajo y lanzándolo por la ventana. Está al borde de un ataque de nervios. Pero en el último instante, desiste, toma el auricular y dibuja una sonrisa apretada.

—Medicina Preventiva. [...] Ah, Marga, eres tú. —¿Quién iba a ser, si no, un viernes por la tarde?—. Y nunca es para tomarnos una empanada de grelos con chorizo precisamente. Pues que sepas que tengo una pila *así* de enfermedades de declaración obligatoria que enviarte. [...] Sí, mujer, ya sé que no es tu culpa, pero es que siempre me llamas por marrones y en el peor momento. Dime, a ver, ¿qué pasa en la trinchera?

Los ojos de Carmela se precipitan al borde de sus órbitas. A la mierda la cita.

—¡No te oigo, perdona! ¿Cómo dices? —grita Marga, intentando superar los decibelios escupidos por las aspas del helicóptero que despega en esos instantes—. Sí, ya se la llevan para allá. La chica está en estado de coma. No responde. ¿Estarás tú para recibirla? [...] Que la ingresen en una habitación de aislamiento, con filtros HEPA, presión negativa y todo lo que tengáis. Que nadie entre sin mascarilla, guantes y equipos de protección... ¿Qué? Es el helicóptero medicalizado. ¡Qué barullo que mete, la madre que...! —Marga camina intentando dar la espalda al ruido y al viento que bate todo el campo de trabajo—. Carmela, sí, me da igual, que la vayan habilitando si está cerrada. No me gusta nada todo esto. No está en condiciones para una anamnesis y, sin conocer sus antecedentes de viajes, no quiero arriesgarme a que sea alguna fiebre hemorrágica o algo así. Y, por favor, habla con el Servicio de Microbiología, y en cuanto sepáis qué bicho es, me llamas sin importar la hora que sea. Yo creo que es un virus pero vete tú a saber. [...] Sí, sí, el paraíso, ya ves tú qué suerte tengo. Venga, seguimos en contacto.

Ya en el aire, el helicóptero gira sobre su propio eje y sale disparado de vuelta a tierra firme. Poco a poco, el rumor de las olas va sustituyendo el ruido de la aeronave. Esta se aleja llevándose consigo el estruendo de su mecánico aparato. El agua vuelve a lamer los cantos rocosos de esta parte de la isla, redondeados por su eterno esculpir. La calma isleña regresa. Eusebio camina hacia Marga, se coloca a su lado y ambos observan el helicóptero mientras cruza la ría de vuelta a la ciudad de Vigo.

—Estaba al teléfono con Carmela Peleteiro, la jefa del Servicio de Medicina Preventiva. Ella me mantendrá informada de las novedades que vayan surgiendo. Se la llevan al Hospital Central de Vigo —explica calmadamente, esbozando ese tono de cansancio que solo se permite cuando ha terminado una ardua tarea—. Eusebio...

—He encontrado esta mochila —interrumpe Eusebio azorado—. Creo que pertenece a la arqueóloga.

—¿No se han llevado sus pertenencias con ella? Vaya... Está bien —responde Marga con cierto fastidio mientras busca algo en su bolso—. Por suerte siempre llevo a mano una bolsa de plástico, ya sabe, por si empieza a llover. Metamos el petate aquí y así evitaremos contaminarnos. Menos mal que usted lleva siempre esos guantes de trabajo.

—La obsesión por los guantes, otra cosa que tenemos en común, doctora —añade Eusebio con galantería.

—Ande, ande, ande, Eusebio. No me venga con zarandajas, ¿quiere? ¿Sería usted tan amable de cargar con la mochila?

—Descuide. ¿Qué iba a decir? Me parece haberla interrumpido —añade Eusebio tratando de cambiar de tema.

—Sí. Iba a preguntarle si conocía usted a la arqueóloga.

—No, no. Es la primera vez que la veo. No suelen venir por aquí muchos arqueólogos. Xacobe dijo que había estado investigando algo en el antiguo convento.

—¿Qué convento? ¿Hubo un convento aquí en la isla?

—Así es: el convento de San Estevo. Por lo que se ha podido estudiar hasta ahora, apenas quedan restos y no hay yacimientos ni excavaciones activas en la actualidad. Hoy en día se utiliza como centro de visitantes, donde trabaja Xacobe como guía.

—El chico que se desmayó en la cola de la cafetería y nos alertó sobre la arqueóloga. —Marga intenta seguir el relato de Eusebio.

—Exacto. Parece que algunos materiales del antiguo convento se utilizaron para construir el que hoy en día se conserva. A principios de la semana pasada empezaron a hacer una reforma en un trastero de la parte de atrás de la nave, y al tirar una pared, apareció un agujero que parecía descender y dar a un pasaje soterrado. La empresa que hace la reforma dio parte a Patrimonio. Dijeron que seguramente no sería nada, pero que enviarían a algún técnico a inspeccionar y que, mientras tanto, nadie entrase debido al riesgo de derrumbamiento o yo qué sé —Eusebio empieza a liarse.

—Entonces, la arqueóloga...

—Iria...

—...Iria vino a revisar los posibles daños causados por la obra. Espero que tengan un buen seguro —bromea Marga.

—A revisar los daños y, me imagino, a evaluar la aparición de algún resto más antiguo. Verá, el convento original se erigió en algún punto de la Edad Media, se cree que hacia el siglo XI. El edificio actual es de origen clásico y se construyó sobre las ruinas del cenobio del medievo. Ese pasaje podría conducir hasta algún pasadizo subterráneo. ¿Se imagina? Sería un pelotazo.

—Sí... Increíble. Parece que sabe usted muchas cosas sobre esta isla. Si algún día se cansa de vigilar el bosque, podría dedicarse a ser guía turístico —comenta Marga, dando una palmadita sobre el hombro de Eusebio—. Pero no hemos venido aquí a hablar de historia, ¿verdad? Si no conocía a la arqueóloga, ¿por qué está tan preocupado? Le veo especialmente afectado.

—Esa pobre chica. Estaba como muerta, ¿no cree? —titubea Eusebio.

—Había bastante sangre a su alrededor, pero solo está inconsciente. Es posible que esté sufriendo un *shock* hipovolémico o, tal vez, un *shock* séptico si la infección ha alcanzado su flujo sanguíneo y...

—No, no parecía en coma —la interrumpe Eusebio—. Parecía muerta. Sí, ya sé que tenía pulso y respiraba, pero había algo en ella que... Bueno, serán tonterías mías, doctora. No me lo tenga en cuenta. Tampoco suelen pasar estas cosas por aquí, ¿sabe?

—No se apure, Eusebio. Una persona en ese estado puede impresionar mucho. ¿Qué le parece si vamos volviendo al camping? —añade Marga tratando de tranquilizarse a sí misma.

Eusebio se da cuenta de que el cerebro de Marga empieza a acelerar y piensa que es mejor dejarle espacio. Señala un cubo y unas maderas, indicando que va a recogerlas y se aleja arrastrando los pies hacia la cabaña.

Una pregunta ronda la epidemiológica mente de Marga. ¿Está el caso de Iria relacionado con los demás? Su cuadro sintomático es mucho más grave que el del resto de personas afectadas. Solo en la tienda del camarero ha encontrado sangre, aunque en mucha menor cantidad. ¿Debe sumar la hemorragia al listado de síntomas? Cuando se enfrenta a un nuevo brote, Marga se considera como uno de los pocos vestigios que quedan ya de la vieja escuela de la epidemiología. Sus colegas más jóvenes han sido seducidos por el espejismo de complejos modelos matemáticos a la vez que esperan a que salgan los resultados de los análisis microbiológicos, pero ella sabe que eso podría tardar semanas en llegar y ella nunca ha tenido tiempo que perder. En su época, Marga no podía esperar a que salieran los resultados de laboratorio para tomar decisiones, así que se plantea listados abiertos de síntomas para ir acotándolos poco a poco, colocando un cerco fenomenológico sobre el microorganismo con la esperanza de poder identificarlo, echarle el lazo y volver a meterlo en la Caja de Pandora de la que nunca debió salir. Sin embargo, hay un síntoma en concreto, la fotofobia, que descabala todas sus sospechas. Que ella sepa, en Galicia no hay muchos agentes patógenos de origen biológico que debuten en epidemias de infecciones gastrointestinales agudas con fotofobia y hemorragia. ¿Puede estar el calor alterando los síntomas de algún modo? Un suspiro se escapa de su boca de fresa. Todo aquello le huele cada vez peor y no está segura de que sean las algas en descomposición de la costa. Su mente va ya a cien por hora. Decide frenar antes de derrapar en seco.

Absorta en sus pensamientos, Marga deambula como una sonámbula por el terreno, haciendo tiempo mientras espera a que Eusebio esté listo para reemprender el camino de vuelta al camping... hasta que la ve. Al principio no sabe qué es exactamente. Desliza con lentitud la montura de las gafas hasta la punta de la nariz para sortear los sinsabores de la presbicia. Agudiza todo lo que puede la vista e incluso el oído. La figura, grotesca en todos los sentidos, parece devolverle la mirada. Marga se acerca a ella, pudiendo observar mejor su rostro, desfigurado, cuya boca sonríe mostrándole su afilada dentadura. Pero lo que más la atrapa son sus ojos, unos ojos rodeados de surcos, exoftálmicos al punto de querer saltar de sus enormes y arrugadas cuencas. Parece hablarle como en un susurro. Marga intenta escuchar, pero no acierta a entender. El susurro se hace cada vez más fuerte, cada vez más confuso, un gemido, un chillido, cien alaridos, mil aullidos.

Marga da un respingo y suelta un exabrupto al sentir la mano de Eusebio sobre su hombro.

—Veo que ha hecho una nueva amiga. Es la estatua de la sirena —explica Eusebio.

—Sí, ¡pues menuda sirena! No es como la de Hans Christian Andersen que digamos...—responde Marga con jocosidad, pero sobresaltada.

—¿Acaso no lo sabe, doctora? Así eran las sirenas para los marineros. Seres terribles que hipnotizaban con sus cantos y los atraían a las rocas para que encallaran y, a continuación, devorarlos vivos.

—Ya... Algo había oído. ¿Y qué hace esta sirena aquí? Resulta... extrañamente magnética.

—¿No habrá oído el canto de la sirena? —ríe Eusebio—. Las sirenas gallegas no son como las de esos cuentos. Nuestras *sereas* son casi siempre seres bondadosos que nos recuerdan los peligros del mar, de no entregarnos a nuestra imprudencia, que avisan a los marineros de posibles amenazas, los rescatan de los naufragios o, incluso, previenen las tormentas.

—¿Y cómo ha llegado esta cosa hasta aquí?

Eusebio hace una pausa y esboza una sonrisa.

—Fui yo mismo quien la instaló hace muchos años para que nos protegiera de los males del mar. Ahora que lo pienso, en cierto sentido me recuerda usted a esta sirena.

—Espero que no lo diga por el parecido físico.

—En absoluto —vuelve a reír Eusebio—. Pero como ella, usted ha llegado del mar para protegernos y alertarnos de un peligro, ¿no es así?

Marga calla un momento y sonríe para sí misma.

—Supongo que, expuesto de esa manera, sí, puede que esta sirena y yo tengamos algo en común. Pero le aseguro que yo no tengo poder para evitar las tormentas y me he quedado sin la bolsa con la que protegerme el peinado —ríe Marga—. ¿Le parece que nos pongamos en marcha de una vez?

—¿Tormenta? Pero si está el cielo despejadísimo —responde Eusebio confuso mirando hacia arriba. Marga lo mira con los ojos en blanco—. Ah, que se refiere a una tormenta metafórica de esas. Ya me parecía.

Todo esto escuchas tú, Xan, agazapado entre los pinos. Más que escuchar, oyes. Más que oír, sientes. Sientes frío, sientes la piel helada y, a la vez, un calor que te sube por los costados, desde los pies hasta la coronilla. Sientes algo más, pero ¿qué será? Aunque, para ser sinceros, no eres muy consciente de nada de ello. Todo se percibe como una sensación lejana, transmitida a través de un canal, una proyección de la realidad, una resonancia en el vacío. Los acontecimientos parecen llegar a tu cerebro mucho después de haber sucedido. Y el retraso es cada vez mayor.

¿Cuándo has llegado al bosque? Todavía con la ropa de la cafetería te has encontrado subiendo a través de un pinar, buscando un lugar oscuro o con algo de sombra. Viste las heridas de tus piernas, de caminar entre la maleza, mucho más tarde, cuando ya habían dejado de sangrar. Cuando su fluir, ya frío y espeso, se había coagulado sobre tu piel, sucia por la tierra, el polvo y la hojarasca. *A sangre fría.* Lo habías leído hacía un par de veranos, en tu tienda de campaña. ¿O había sido *Sangre a borbotones*? Ya no te acuerdas. ¿Por qué no te has quedado en la tienda de campaña? Estás hambriento y asustado. Más hambriento que asustado, a decir verdad. ¿Dónde te encuentras? Destellos del campo de trabajo chisporrotean, fugaces, en tu cabeza. Una señora, un hombretón, una horrible y encantadora sirena. Una amiga volando sobre la ría en un insecto de metal. Ella te llamaba, pero se había marchado antes de poder encontrarla. Ahora eres tú quien tiene que llamar a otros. ¡Sí! Eso es lo que sientes. La llamada.

El bolso de Marga corta el aire cayendo con aplomo sobre la cabeza de aquel hombre. Sus brazos se abalanzan una y otra vez sobre la doctora, ignorando los golpes que caen y recaen sobre su cabeza. Marga se defiende al mismo tiempo que intenta encontrar el camino de vuelta al coche, subiendo la pendiente que antes habían bajado. Camina hacia atrás, cuesta arriba y en un sendero cubierto de hierbajos y raíces, mientras sacude el bolso en todas direcciones. Su sistema nervioso central busca la mejor trayectoria hacia la cabeza del tipo, dicta órdenes piramidalmente a los brazos para que intenten evitar las manos de su atacante, afina su oído interno para no perder el equilibrio y envía señales que aumentan la producción de adrenalina y cortisol. Su corazón bombea sangre a ciento treinta y cinco pulsaciones por minuto, que perfunden sus músculos preparados para la acción. Y todo ello en milésimas de segundo. Al mismo tiempo, su garganta trabaja a pleno pulmón.

—¡Apártese, tarado! Pero ¡¿qué hace?! ¡¿Qué quiere?! —acierta a gritar Marga jadeante.

Repentinamente, el agresor sale volando cuesta abajo, catapultado por la embestida de Eusebio. Empujado por una fuerza inesperada, el cuerpo cruza varios metros por el aire, como un peso muerto, hasta caer por la pendiente y rodar cuesta abajo otros tantos metros, quedando completamente inmóvil.

—¿Qué ha ocurrido? ¿Está usted bien, doctora? ¿La estaba atacando? —pregunta alarmado Eusebio.

—Sí, no sé, eso creo. Ha ocurrido todo muy deprisa —responde Marga aún sin resuello.

—Respire, respire.

—Ese hombre ha salido de la nada, corriendo hacia mí como un energúmeno, quería agarrarme, así que he empezado a golpearle con el bolso. Pero él seguía acercándose, echándoseme encima... ¡Ay, que me va a dar un parraque, se lo juro! Necesito sentarme.

—Creo que lo mejor es que volvamos al coche, quedan solo unos pocos metros.

Marga apenas recupera la respiración.

—¡Que me da algo aquí mismo! —aúlla Marga apoyándose en un árbol que linda el camino—. Deme un segundo, por favor. —Eusebio se acerca en ademán de protección, pero ella lo retira y vuelve la mirada a la pendiente—. ¿Dónde está?

—Estoy aquí, Marga. Estoy aquí mismo.

—¡No, usted no, hombre! ¡El tarado! ¡No está! ¿Dónde se ha metido? —Marga mira a su alrededor.

—Pero ¡si estaba ahí hace un momento!

—Eusebio, ¿quién es ese tipejo?

—No puedo asegurárselo, pero juraría que era Xan, el camarero. O una versión bastante desmejorada.

—¿El enfermo que no estaba en su tienda? —pregunta Marga sorprendida.

—El mismo.

Un largo silencio se hace entre ellos. Marga se lleva una mano a la cabeza y pone morros de pato. En algún lugar había leído un artículo científico según el cual, durante las olas de calor intenso, los episodios de agresiones aumentan, especialmente en poblaciones menos aclimatadas. Podría ser. Podría ser eso, pero también que aquel hombre tuviese algún tipo de trastorno de personalidad límite o antisocial que hubiese aflorado por el calor o por la reciente infección. El estado de la tienda de Xan era lamentable, indicando un autocuidado más que deficiente. Pero ¿y si se debiera a la infección en sí misma? La lista de síntomas se hace cada vez más absurda. Casi sin poder evitarlo, la mente de Marga se pone en funcionamiento. Se imagina al germen viajando a toda velocidad por el torrente sanguíneo, invadiendo tejidos nerviosos, subiendo a través de los largos axones neuronales hasta el encéfalo, instalándose en el hipotálamo y produciendo alteraciones neurobiológicas que afectan al comportamiento. El mínimo desequilibrio en una pequeña parte del cuerpo puede inducir a una propensión a la conducta agresiva como la que se da en la infección por el virus de la rabia. Así de frágil es el ser humano. No, eso no tenía ningún sentido. O sí. ¿Qué pieza del rompecabezas se está perdiendo? ¿Qué narices tiene delante?

—Está bien, Eusebio —admite Marga por fin, saliendo de su breve ensimismamiento—. Lléveme de vuelta al campamento, por favor.

—Sí, ese tipo puede volver en cualquier momento. Deme su brazo, la ayudaré a terminar de subir la cuesta.

Un par de minutos después, alcanzan el cuatro por cuatro de Eusebio. Este le abre la puerta a Marga, que se sube al asiento del copiloto, todavía en silencio, un poco en *shock* y otro poco por las ideas que siguen burbujeando en su cabeza, como un refrescante vaso de agua con gas, limón y hielo. Qué sed tiene.

Eusebio cierra la puerta y da la vuelta por la parte de delante del coche para no perder de vista a Marga, se sube al asiento del conductor y pone en marcha la camioneta. El crepúsculo ha ido cediendo a la oscuridad. Al hacer contacto con la llave, los faros automáticos se encienden iluminando la silueta de un hombre entre los árboles que, impulsivamente, se protege el rostro de la luz hasta ponerse de espaldas.

—¡*Fillo de puta*! ¡Ahí está! —grita Eusebio echando la mano derecha a la clavija del cinturón de seguridad para librarse de él—. Se va a enterar de lo que vale un rastrillo, este *paspallás*.

—¡Eusebio, no! —lo interpela Marga.

—¿*Non o qué*? ¿No quería usted hablar con él? ¿Pasarle la encuesta epidemiológica?

—¿Qué encuesta voy a pasarle con lo violento que está? Lo que no quiero son peleas de gallitos, que bastante complicada está la situación. Este hombre está muy agresivo y la seguridad es lo primero. Ya daremos parte a la Policía y que se encargue ella de lidiar con este tipejo.

Xan sigue de espaldas a la camioneta, inmóvil. Durante unos segundos, Marga y Eusebio lo observan sin mediar palabra. Un escalofrío recorre la espalda de Marga como una sacudida, erizándole el vello. Algo no va bien. Finalmente, Eusebio retira la mano de la clavija del cinturón de seguridad para depositarla en la palanca del freno de mano. La baja, pone la marcha atrás y en una maniobra coloca el vehículo en la calzada en dirección al camping. Mete primera. A la vez que arranca, Xan, el camarero, corre y se abalanza contra el automóvil, solo para chocarse contra la puerta trasera derecha mientras la camioneta se aleja ya por el pavimento. Marga echa la vista atrás y Eusebio observa por el retrovisor. El camarero se detiene en medio de la calzada. Ellos se alejan.

—¿Pero qué le pasa a ese hombre? —pregunta Marga.

—No sé, nunca lo había visto así. ¿Cree que estará cabreado con usted por haber cerrado la cafetería? Es lo único que se me ocurre —cavila Eusebio.

Marga introduce la mano todavía temblorosa dentro del bolso, palpando su interior, esquivando un cuaderno, el teléfono móvil, un paquete de pañuelitos perfumados, gel hidroalcohólico, un lápiz, los tiques del ferri, un caramelo, hasta dar con el marco de la foto de Marcelino. Intacto. Por fin Marga recupera algo de alivio y suelta un suspiro mientras piensa, ay, Marcelino.

CAPÍTULO III

_Noche del primer día

Queridos fieles que me escucháis en esta homilía:

Hace calor esta semana, ¿verdad? No tenéis de qué preocuparos, pues aquí en la Iglesia, en la casa del Señor, que también es vuestra casa, estáis a buen recaudo de las altas temperaturas de estos días. Estas iglesias fueron construidas con gruesos muros de piedra para que podáis acudir a ellas en estas tórridas horas, y aun así, sentir sobre vuestras almas la misericorde y fresca caricia de nuestro Creador. ¡Sed bienvenidos! El Señor enfriará vuestras penas. Resguardaos de esos infernales calores que azotan la Tierra sin compasión. Sí, me habéis oído bien. ¡¿Qué calentamiento global ni qué ocho cuartos?! Es el calor del mismísimo Infierno.

Las puertas del Infierno se han abierto de par en par, y el calor de sus fraguas, donde arden las almas pecadoras, campa ya por la Tierra a su antojo, como campan los demonios y los ángeles caídos, los monstruos de Belcebú, los espectros diabólicos y otras huestes de Satanás. Los cuatro jinetes del Apocalipsis están de camino: la peste, el hambre, la guerra y la muerte. ¿No oís sus cascos al galope? ¿No escucháis las espuelas azuzantes de sus monturas? Pues yo sí las oigo, ¡alto y claro! ¡Las oigo cada día! ¡En la televisión, en internet, en esas redes sociales, en los videojuegos, en la misma calle, contaminadas todas ellas por el vicio que corrompe las almas de los más débiles!

Abandonad la senda del pecado, hijos míos. Puede que todavía estéis a tiempo. Puede que todavía haya salvación para vosotros. Regresad a la senda del Señor, regresad por el camino del Bien.

Yo os lo mostraré.

—Ni Carmela ni Carmelo —aclara la doctora Peleteiro sujetando con fuerza el teléfono. Habla con el director médico del hospital—. Escucha, Martiño: si te digo que hay que ingresarla en la Unidad de Aislamiento de Alto Nivel, es porque hay que ingresarla en la Unidad de Aislamiento de Alto Nivel. Este sistema no se ideó solo para el ébola. ¡Me da igual que no tenga un resultado microbiológico confirmado! La paciente está fatal y tiene pinta de ser una enfermedad infecciosa de alto riesgo. Y precisamente esto se pensó para actuar ante la sospecha de cuadros contagiosos que pintan fatal. He hablado con la coordinadora de la Unidad y está de acuerdo. He hablado con Salud Pública y están de acuerdo. ¿Qué más quieres, Martiño? Además, en mi condición de secretaria de la comisión de seguridad del paciente y de la comisión de infección hospitalaria, te digo que tener a esta mujer en un nivel de aislamiento inferior es inasumible. Sería poner en riesgo al resto de personas ingresadas en este hospital, por no hablar de los profesionales que la atiendan. [...] Pues si todavía no te han llamado de la Consejería, los llamas tú a ellos y les dices que te pones en marcha. Un poquito de resiliencia, Martiño, coño.

Carmela hubiera querido decir iniciativa, pero a veces se le mezclan todas esas palabrejas que llenan informes e informes. El que entendió, entendió. La relación con el director médico fluye como fluye el magma incandescente dejando a su paso rastros de tierra quemada, donde únicamente al cabo de mucho mucho tiempo vuelve a crecer algo. Ese director al que se le llena la boca recitando manuales de buena gestión clínica, pero cuando es necesario realizar un gasto inesperado, se entrecruza en su austero camino la excusa de la contención del gasto. La verdad verdadera es que la dichosa Unidad de Aislamiento de Alto Nivel ha sido siempre una entelequia, un espacio en el hospital que, cuando se activa el protocolo, hay que montar casi desde cero, subiendo camas especiales, revisando el hermetismo de las esclusas, cambiando los filtros de las tomas de aire, validando la presión negativa, impartiendo cursos acelerados sobre cómo ponerse y quitarse los equipos de protección individual y sobre cómo procesar los residuos... Una se exhausta solo de pensarlo. Y, para más inri, en Vigo hasta ahora nunca habían necesitado más que el nivel básico de aislamiento y la paciente que le envía Marga requiere el nivel avanzado. Vamos, que montar toda la parafernalia implica un lío de tres pares de narices. Es verdad que Marga no le ha dado demasiadas explicaciones, pero a Carmela le ha bastado escuchar la preocupación en la voz de su colega para entender que el caso que les ha caído entre manos tiene bemoles y algún sostenido.

Tras la llamada de la epidemióloga de campo, la preventivista del hospital se ha remangado la bata. El helicóptero medicalizado está a punto de llegar y Carmela sabe que la única forma de tener lista la Unidad a tiempo es contar con el puño de hierro de la persona que más manda en el hospital. ¿Martiño?, ¿el director médico? ¡Ja! No, hombre, no. La subdirectora de enfermería. Rosalía vino con los cimientos del hospital. Con la misma forma que tienen las columnas, cilíndrica, sostiene sobre su cabeza el peso de la historia con hache minúscula. Ganársela significa ganarse al hospital entero. Toca el silbato y todo el personal se pone firme, incluido el director médico, ese que se quiere hacer el remolón con la activación de la Unidad. Por suerte, Carmela ha trabajado codo con codo con ella desde hace muchos años.

Ambas comparten la misma pasión por la seguridad del paciente, por el control de las infecciones en el hospital y por los vídeos de gatitos. Pero nunca se sabe.

—Rosalía, ¿te puedo robar un minuto? —suplica Carmela en el umbral del despacho de la subdirectora de enfermería—. Me temo que vamos a estar entretenidas durante los próximos días: se nos viene un marrón de lo lindo.

—Dime qué necesitas y nos ponemos a ello —responde Rosalía.

Carmela respira profundamente, sabiendo que lo que va a pedir le costará muchas cajas de bollos suizos y mini cruasanes.

—Necesito activar la Unidad de Aislamiento de Alto Nivel. Salud Pública nos envía una paciente con un cuadro infeccioso de origen desconocido en estado muy grave. Piensan que puede tratarse de una fiebre hemorrágica y nuestro director médico...

—¿Cuándo llega la paciente? —la corta en seco Rosalía.

—En media hora si todo va bien. La dejarán en el helipuerto del hospital y tendremos que trasladarla desde ahí hasta la Unidad de Aislamiento. Esto... Rosalía, todo esto tiene una pinta muy rara. Necesito a las enfermeras más preparadas. Lo último que necesitamos es que se infecte alguien de nuestro equipo.

—Carmela, mis chicas son las más preparadas. Yo me encargo de los de mantenimiento para que movilicen el material y de las supervisoras de enfermería para que liberen al personal necesario para el operativo. Tú asegúrate de que el servicio de salud laboral tenga a punto todos los equipos de protección individual para antes de ayer, porque vamos a tener lío seguro cuando esto llegue a los sindicatos si la gente no tiene el material a mano. Otra cosa: no esperes demasiado del pan sin sal de nuestro director médico. Está ahí porque debe ser el cuñado de alguien de la Consellería. Ya sabes cómo es esto —y hace un gesto con las manos y la boca sugiriendo algo que Carmela no llega a entender—. Ya sabes lo que se dice: en el país de los ciegos, el tuerto es el rey.

—¿Lo dices porque lleva un ojo de cristal?

La subdirectora de enfermería le dedica un guiño a Carmela y comienza a caminar. Se puede acojonar hasta el apuntador, pero mientras el hospital siga en pie, Rosalía seguirá allí tirando del carro, de todos los carros que haga falta.

Al pie del helipuerto está la propia doctora Peleteiro, junto a la médica de guardia de la unidad de cuidados intensivos y las dos enfermeras que ha conseguido Rosalía. El equipo de microbiología está también preparado para recibir las primeras muestras. Mientras se visten con los monos blancos de astronauta, el personal de salud laboral supervisa el proceso con una lista de verificación para asegurarse de que se cumplen todos los pasos, uno a uno. Carmela aprovecha el momento para hacer una breve recapitulación de la situación: mujer, de unos treinta años, arqueóloga de profesión, hallada hace unas horas inconsciente con hemorragias múltiples en el contexto de un brote infeccioso en las Illas Cíes. La intensivista empieza con una batería de preguntas. La respuesta a todas es la misma: desconocido.

INSTAPIC

Cayetana Polo

@petateypalacaye

[Foto posando en Faro Principal al atardecer]

Afortunada y agradecida al sol por darnos este maravilloso *sunset*.
#cies #islascies #faro #feliz #influencer #puestadesol #humble&blessed

7.936 corazoncitos

Post publicado

—¿Cómo se atreve a cerrar la cafetería? —barrita enfurecido Casimiro Carneiro dejando caer el puño cerrado encima de la mesa con rabia—. Pero ¿quién se ha creído usted que es? —Casimiro alza los brazos al cielo, consciente de ser el centro de atención. Simula una pausa dramática y busca los ojos de Marga—. Hay muchas familias que dependen de esta cafetería y de este camping, el más importante de la costa atlántica. ¿Qué va a ser de ellas? ¿Se lo va a explicar usted? ¿Nos lo quiere explicar a todos los aquí presentes? —exclama Casimiro con las manos tendidas hacia Marga.

—Bueno, ti... jefe —interviene Berta—. En realidad está proponiendo el cierre cautelar de uno de los tres bares que hay en el camping, el resto no parece que....

—Berta —la corta rápidamente Casimiro fulminándola con la mirada—, ¿sabes que con la boquita cerrada estás más guapa? Además —continúa con el mismo ímpetu hacia Marga—, la temporada alta está a punto de empezar. ¿Es usted *mí-ni-ma-men-te* consciente de las pérdidas millonarias que puede ocasionar la mala reputación que nos va a dar esta medida? Nos obligan a pagar sus platos rotos —grita Casimiro con la cara roja de ira—. ¿Acaso no se supone que son ustedes quienes deben prevenir que estas cosas sucedan? Justos por pecadores... ¡Justos —exclama conteniendo el aliento— por pecadores... —susurra, displicente.

—Mire, Casimiro, esta no es una situación que agrade a nadie —responde Marga, que tiene muchos años a sus espaldas como para no reconocer a un histriónico cuando lo ve—. Pero ya tenemos doce personas enfermas en menos de veinticuatro horas, de las que al menos dos son parte del personal de la isla. Uno de los enfermos se ha desplomado hace un rato en la propia cafetería y otra ha tenido que ser evacuada al hospital en helicóptero, en estado de coma. Aún no sabemos de qué enfermedad se trata, pero sabemos que debuta con síntomas digestivos e incluso hemorrágicos. No sabemos cuál puede ser la causa del contagio, pero todos tienen en común el haber cenado en la cafetería. Con esta información, antes de que todo salte por los aires, el principio de precaución nos aconseja adoptar medidas para cortar...

—¡Usted no sabe nada! —contesta Casimiro apuntando a Marga con el dedo—. Todo lo que tiene son meras conjeturas y me habla de un principio de precaución que implica una catástrofe económica para las familias que viven de esta isla, poniendo en riesgo toda la temporada turística, no solo de las Cíes, sino de toda Galicia. ¿Qué cree que van a decir los medios de comunicación? ¡Esto es un auténtico despropósito!

—Y eso que no le he hablado del principio de proporcionalidad —continua Marga—. Debe saber que si los casos siguen aumentando, en unas horas podríamos estar hablando de cerrar más instalaciones o incluso todo acceso a las islas...

—¡Qué disparate! —interrumpe Casimiro presa de una histérica consternación—. ¿Qué digo disparate? ¡Qué barbaridad! ¡Qué desproporción! Está usted culpando a la cafetería de la supuesta epidemia sin ninguna prueba y, sobre todo, sin ninguna autoridad...

—Mire, vamos a aclarar las cosas —resopla Marga, dispuesta a llevar la representación al siguiente acto—. En unas horas puedo tener una resolución firmada por mi jefa, la *Directora Xeral de Saúde Pública* de la *Consellería de Sanidade*, que dictamine el cierre en firme de esta cafetería por el poder que nos otorga el Estatuto de Autonomía de Galicia. En caso de que esta instrucción se contravenga, estaría incurriendo en un delito contra la salud pública que puede acarrear penas de prisión para usted y todas aquellas personas que se le opongan —expone Marga paladeando todas y cada una de las letras que emanan de su boca—. Si por algún motivo, la firma de mi jefa se retrasa, facilitaré el acta de esta reunión a todos los afectados explicando que usted tenía conocimiento del riesgo al que quiere exponer a los usuarios de estas instalaciones y que, a pesar de haber sido informado de todo ello, se negó a tomar las medidas recomendadas. Así podrán denunciarlo por la vía de lo penal. ¿Le parece eso un disparate o quiere que vayamos echando ya el cerrojo? —pregunta Marga, cerrando su discurso con una inocente sonrisa.

Un hostil silencio se instala en la oficina de Casimiro. La tensión se masca en el ambiente como un chicle de menta grumoso al que ya no le queda ni pizca de sabor.

—Está bien. La cafetería permanecerá cerrada —responde finalmente—. Pero esta se la guardo. Las cosas no se van a quedar así, doctora —replica Casimiro apretando los dientes.

—En eso le doy toda la razón, Casimiro —sentencia Marga—. Aún pueden ir a peor.

Mientras tanto, en Santiago de Compostela, un Consejo de Gobierno extraordinario convocado a última hora está a punto de comenzar. Conselleiros, conselleiras, gabinetes y el mismísimo presidente, Álvaro Yáñez-Santiso, se sientan ya en torno a la gran mesa de juntas del Palacio de Montepío. Las noticias vuelan rápido y más aún cuando van en helicóptero.

Marga, que es perra vieja, ha ido informando puntualmente a Uxía Ulloa, la directora xeral de Saúde Pública, sobre cada uno de sus pasos, no vaya a ser que esta sienta que no controla la situación.

Pero como es de esperar en estas coyunturas, la directora general ha entrado en pánico, activando la cadena de mando. Es decir, una llamada a la conselleira de Sanidade; quien, a su vez, ha entrado en pánico también, y siguiendo la cadena de mando, ha llamado al mismísimo presidente de la Xunta. Este proceso es lo que en el argot político-administrativo se denomina «tirar la mierda hacia arriba». Cuando la cadena de mando se convierte en la cadena del retrete. Este procedimiento solo puede ponerse en marcha en determinadísimas circunstancias. Por eso cuando se hace, se hace mal. Cuando se tira la mierda hacia arriba, se corre el riesgo de salpicar a mucha gente, y en el peor de los casos, de que la mierda vuelva a caer sobre ti mismo.

En momentos de crisis, piensa Yáñez-Santiso, lo mejor es sentarse y evaluar la situación... y si tercia una buena rueda de prensa de por medio, ¡pues mejor que mejor! Radios, periódicos, televisión. Luces, cámaras, acción. El presidente da bien en pantalla y su actitud de extrema moderación encanta a señoras y viejecitos.

Un tenso silencio sobrevuela el ambiente del Consejo de Gobierno extraordinario. Uxía Ulloa, directora xeral de Saúde Pública, ha terminado de relatar los hechos relacionados con el brote, la evacuación de una afectada al Hospital Central de Vigo y su pronóstico, así como las recomendaciones a seguir según el Servicio de Epidemiología. A ello le siguen muchas miradas fulminantes y mucha palabrería. Después, la estrategia está preparada. Una maniobra orquestada desde el insigne Palacio de Montepío, tan absolutamente redonda, que mete miedo. El cierre parcial de las islas Cíes, uno de los mayores atractivos turísticos de Galicia, debido a una presunta intoxicación alimentaria no es una buena noticia y se corre el riesgo de que trascienda a los medios de comunicación hostiles al Gobierno y empiecen a tirar del hilo. Pero como animal político que es, el presidente siempre ha sabido sacar partido hasta de las situaciones más desventajosas. Solo hay que saber anticiparse, ser los primeros en manejar la información, establecer un discurso, generar un relato, crear una noticia mayor, menearla ante los ojos de los medios, ávidos de desinformación, desviando su atención y hacer pasar desapercibidas otras infames cuestiones. La estrategia de la tinta del calamar, como dice su jefa de gabinete. A Yáñez-Santiso no le gusta la expresión. Toda sustancia negra que flota en el agua del mar le trae recuerdos en los que preferiría no tener que pensar *nunca máis*. Pero acepta que, en la política en general —y en las crisis en particular— la confusión es la mejor estrategia. ¡Mira, un burro volando! Y a poder ser, haciendo gala de esa sensación de autoridad y capacidad de maniobra que en él tanto admira el gentío. Que sientan que todo está controlado, que nada va a quitarles el partidito del domingo o la tapita del bar. Por todo ello, y según el plan establecido, Galivisión anunciará a bombo y platillo que la conselleira de Transportes y el conselleiro de Turismo comparecerán en una importante rueda de prensa. Sin preguntas por parte de los medios, por supuesto. Con esta aparición, sus conselleiros estrella ganarán el tan ansiado protagonismo político y mediático que desean y se sentirán públicamente resarcidos y desagraviados por ese lío de la cafetería del camping de las islas Cíes.

A pesar de todo esto, el presidente no está tranquilo. Dos problemas rondan por su atribulada mente: el astuto Caín Fidalgo, alcalde de la ciudad de Vigo, y esas incontrolables redes sociales. Algo hay que hacer con todo eso.

Amortajada en un ataúd de plástico transparente, como envuelta en un gigante profiláctico, la paciente llegada de las islas Cíes es transportada dentro de un arca de aislamiento. La cubierta sintética refleja los últimos rayos de sol del atardecer. Iria Barreiro, que así se llama la enferma, muestra un aspecto de lo más extraño incluso para quien está acostumbrada a mirar a los ojos a la enfermedad, día sí, día también. Una piel amarillenta, casi mortecina, con un pulso débil, seguramente relacionado con la pérdida de volumen sanguíneo. Tiene los párpados cerrados, pero bajo ellos, sus ojos parecen moverse en un auténtico frenesí.

Carmela se acerca al equipo de evacuación. El protocolo es

claro en ese sentido. Todas las personas que entren en contacto con la paciente deben tomarse la temperatura dos veces al día y reportar de manera urgente cualquier síntoma que desarrollen.

—Cuando os quitéis los chismes —dice Carmela refiriéndose a los equipos de protección individual—, bajad a salud laboral y yo luego me coordino con ellos. Avisad a mantenimiento. Todo lo que hay ahí —señala a la aeronave— va a limpieza y desinfección, y lo descartable va como residuo biosanitario especial, helicóptero incluido.

Las esclusas de la Unidad de Aislamiento de Alto Nivel se abren de par en par, engullendo la camilla que transporta a la paciente. Una vez dentro, se cierran herméticamente. Vestidos con sus escafandras de plástico, los auxiliares rodean el arca de aislamiento y extraen el cuerpo casi inerte de Iria. De un movimiento, lo colocan sobre la cama de la habitación. Con cuidado, una mano enguantada palpa el interior del brazo. Unos dedos, cubiertos por una doble capa de nitrilo, se deslizan sobre la sudorosa y brillante piel de la paciente. De súbito, se detienen y hunden una afilada aguja que penetra su epidermis para, acto seguido, canalizar un catéter en el interior de una vena. Una vía periférica. Otra mano aplica un antiséptico sobre la piel, entre la clavícula y el pecho derecho. Tras varios segundos, la mano clava un dispositivo provisto de una gruesa aguja. Una vía central. A través de la nariz de la paciente introducen un tubo hasta su estómago que la enferma llevará hasta que pueda masticar y tragar por sí misma. Una sonda de alimentación nasogástrica. Si la saturación de oxígeno en sangre cae, a lo peor también tienen que intubarla y conectarla a una máquina de ventilación mecánica como medida de emergencia. Pegan electrodos a su tórax para controlar el ritmo cardíaco. Un pulsioxímetro colocado en el dedo índice de la mano derecha vigila las constantes vitales de manera ininterrumpida. Junto al aparato de monitorización se sitúa una bomba de infusión continua en la que las enfermeras están cargando medicación. Otro tubo, deslizado a través de su uretra, conduce un líquido espeso y rojizo desde la vejiga de Iria a una bolsa transparente colocada junto a su cama. Una sonda urinaria.

Recogen muestras de todo y se las llevan al laboratorio de microbiología, pasando junto a Carmela, que observa al otro lado del cristal. A pesar de los años que lleva visitando los servicios de medicina intensiva, colaborando en la revisión de catéteres y apósitos para prevenir su infección por organismos multirresistentes, la preventivista no acaba de acostumbrarse a ver a los pacientes de este modo, y más aún cuando son jóvenes, llenos de tubos, enganchados a máquinas que pitan sin cesar, como modernas campanas de una iglesia que tratan de ahuyentar a la muerte.

Carmela toma el ascensor hasta la planta baja y sale por la puerta de Urgencias para despejarse un poco. Aún ardiente y seco, el aire de la calle apenas le oxigena el cerebro. Tras ver un par de videos de gatitos, vuelve a tomar el ascensor, esta vez camino a su despacho. Se sienta, agotada, frente al escritorio. Los primeros resultados de la analítica urgente ya han empezado a salir. Todos los marcadores de inflamación están disparados, seguramente debido a una infección. Habrá que esperar a ver lo que dice el microbiólogo de guardia. Han puesto a cultivar de todo, a ver qué crece, pero va a ser difícil si no tienen una sospecha clínica que pueda orientar el diagnóstico. Frustrada, deja caer las manos y la cabeza, y suelta, por fin, un largo suspiro. Tiene tres llamadas perdidas del gerente. Tiene que preparar el informe de lo que ha pasado para mandarlo a salud pública. Tiene pendiente revisar varios de los aislamientos del día. Tiene que pasar a limpio el acta de la comisión de seguridad del paciente. Tiene más sueño que un recién nacido... Mira el reloj del móvil, que marca las cuatro de la mañana. Un mensaje parpadea en la pantalla. Su cita... ¡Se había olvidado de escribirle! Un nuevo triunfo de la servidumbre hospitalaria sobre su vida personal. Apoya la cabeza y los brazos sobre el escritorio con ánimo de cagarse en todo. Pero ni para eso le quedan fuerzas.

Vidal recibe un CharlApp® de Caín Fidalgo para que se presente cagando leches en su despacho. Su jefe debe de estar subiéndose por las paredes. Helicópteros, ruedas de prensa, Consejos de Gobierno Extraordinarios... *Os collóns*. Para extraordinario ya está él. Están levantando la carpa del circo mediático y se está quedando fuera... por el momento.

Mientras avanza por los pasillos del Concello de Vigo, Vidal termina de poner en orden sus pensamientos. Su amigo de los salesianos, editor principal de *El Lucero de Vigo*, le ha hecho el favor de pasarle un artículo que van a publicar dentro de unas horas en su versión digital y mañana en la versión en papel. El titular lo dice todo: «Caos veraniego en el Hospital Central de Vigo».

El sindicato ha enviado un comunicado quejándose de la falta de personal sanitario, de suministros, de presupuesto y de liberados sindicales para poder hacer frente a las vacaciones de verano que están en ciernes, a las demandas extraordinarias derivadas de la insoportable ola de calor y a las emergencias extraordinarias como esta. Plantean, si no son escuchados, ir a la huelga y han programado una protesta para el día siguiente frente al estadio de fútbol en el que se celebrará el evento de candidatura de la ciudad de Vigo a sede de los Juegos Olímpicos. Una jodienda, sí, pero hasta ahí todo normal, piensa Vidal. Siempre falta un hielito en el mosto para que esté en su punto. Además, la competencia de los servicios asistenciales, hospitales, centros de salud y todo ese coñazo son autonómicas, son de la Xunta, no del Ayuntamiento. No depende de ellos. Que se coman el marrón con cachelos. Pero los sabuesos de *El Lucero* han llamado al hospital para rascar eso de las «emergencias extraordinarias como esta». ¿Qué carallo querrán decir? De entrada, no han soltado prenda. Pero, ah, preguntando directamente a uno de esos matasanos de bata blanca se le ha escapado que la paciente evacuada de las Illas Cíes tiene pronóstico reservado y aún no se han esclarecido las causas de su deplorable estado de salud. Lo sabía. El cabrón de Yáñez-Santiso oculta algo que está pasando en la ciudad, su ciudad, había remarcado Fidalgo. ¿No tendrá que ver con la candidatura de Vigo a sede de los Juegos Olímpicos? Si se cree que va a poner en peligro su legado, está muy equivocado, y sin haberlo deseado le ha salido un pareado.

Por suerte, el magnánimo alcalde y poeta cuenta con Vidal. Su experiencia previa como jefe de gabinete del presidente de la Xunta de Galicia lo sitúa en una posición privilegiada para hacer fontanería fina y desatascar los problemas más complejos. Vidal tiene dos reglas muy sencillas para que no lo pillen en un renuncio: dentro del equipo de gobierno, primero, nunca mentirse, y segundo, nunca ocultarse nada. De cara a la prensa, a la opinión pública o incluso al partido —sobre todo al partido— es ya otro cantar. Toda esa historia le huele a chamusquina podrida, así que propone a Caín la siguiente hoja de ruta: recabar toda la información posible, y al menor atisbo de que se esté inflando el globo de la crisis, ¡pum!, ser los primeros en reventarla y dominar el espacio comunicativo. Preparan una lista de nombres, marisabidillas y soplones a los que apretar las tuercas. Cantarán *La Traviata*. Pero antes de arrancar con el plan, Caín tiene una nueva idea. Presionar al adversario para que cometa un error. Vidal está encantado con la propuesta, que, tan prosaico como su puesto lo requiere, la resume perfectamente. Que el pintamonas de Yáñez-Santiso sienta nuestro aliento en su cuello y sepa que, si algo nos huele mal, le vamos a arrancar la yugular de un mordisco. No hay más que hablar. Esto se arregla de fontanero a fontanero.

—Buenas noches, Prado, ¿cómo va eso? —pregunta Vidal, más por cortesía que por interés.

—¿Qué pasa, Vidal? Hoy bien que me llamas por mi nombre cuando antes de ayer nos llamasteis de todo desde vuestra bancada en el pleno municipal: corruptos, ladrones, amigos de los traficantes. Pero todo bien, ¿eh? Está recogido en el diario de sesiones sin faltas de ortografía, para que quede claro lo barriobajeros que sois.

—Venga, Prado, no te pongas así. ¿No ves que nosotros somos gente de barrio? No tenemos vuestra clase, personas de bien, de hípica, tenis y club de golf. Y aun así, fíjate en todo el amor que nos dieron vuestras señorías en el anterior pleno parlamentario: hipócritas, mentirosos, derrochadores, traidores, *guerracivilistas* y perlas por el estilo. —Vidal puede escuchar a Prado sonreír al otro lado de la línea—. Así que, ¿podemos dejarnos de chorradas y entrar a tratar un tema importante para tu jefe y el mío?

—Venga, escupe, que ya te noto la boca llena de saliva —responde Prado impaciente.

—¿Qué coño está pasando en el Hospital Central de Vigo y qué mandanga está pasando en las Illas Cíes? Está llegando ruido de todas partes —pregunta Vidal a bocajarro.

—Nada que sea de vuestra competencia. Es mala costumbre hacerle tanto caso al ruido y poco a las nueces —responde Prado secamente.

—Pradiño, no me jodas, sabes que nos vamos a enterar tarde o temprano. Mejor tirar de colaboración institucional que no ponernos palos en las ruedas los unos a los otros, ¿no crees?

—Insisto, Vidaliño, nada que sea de vuestra competencia.

Pero para que veas la clase que tenemos, vamos adelante con la colaboración institucional. Esta misma tarde desde SOS Galicia atendimos una evacuación de las Islas Cíes y la persona afectada ha sido trasladada ya al hospital de Vigo. Tenemos todo bajo control. Como bien sabes, emergencias y sanidad son competencia del gobierno autonómico. Si quieres más información, tendrás que buscarla en otro sitio.

—Pero... ¿tan mal estaba que tuvisteis que evacuarla?

—Ay, Vidal, no te me pongas dramático. Sabes tan bien como yo que no existe un servicio de atención continuada las veinticuatro horas del día en las Illas Cíes y en caso de cualquier emergencia se llama al 112 y santas pascuas.

—Prado, no has respondido a mi pregunta... ¿Tan mal estaba? —repite Vidal—. Además, los arenales de Cíes son de nuestra competencia y llevamos desde aquí los contratos de los servicios de socorrismo.

—El estado de la paciente es reservado. No puedo revelar datos médicos, Vidal. Parece mentira que me estés preguntando estas cosas... Si tu jefe te presiona, no es problema mío. —Prado suspira para sus adentros. No puede mostrar debilidad ante el adversario político. Añade a la conselleira de Saúde un punto negativo en su libreta negra mental por no informarla de este marrón con más detalle.

—*Caos veraniego en el Hospital Central.* Es el titular de mañana de *El Lucero* de Vigo. ¿Y me dices que no pasa nada?

—Bueno, bueno, bueno. Ya sabes que siempre hay lío con las suplencias de las vacaciones de verano, por no hablar de la insoportable ola de calor que tenemos encima, el verano más cálido de los últimos doce mil años según GaliMet. Tengo el *entreteto* como las cataratas del Niágara. Y, ¡ah! —añade Prado con fingida sorpresa—, el hospital también es competencia de la Comunidad Autónoma. De lo demás tampoco hay mucho que contar.

—Siempre hay más, Prado, siempre hay más. Y una cosa es que no sea nuestra competencia. Y otra muy distinta que no nos incumba. Pero no te preocupes, que ya nos enteraremos —responde Vidal, a lo que le sigue un expresivo silencio al otro lado del teléfono. Vidal ha conseguido justo lo que quería, ese silencio incómodo. Esa sensación de estar siendo interrogada y observada ha calado hasta los huesos de Prado y solo es cuestión de tiempo que transmita esa sensación, queriéndolo o no, a Yáñez-Santiso. La política es cuestión de sensaciones—. Una última cosa. Si estáis haciendo esto para jodernos el acto de mañana, que sepas que desde aquí también sabemos ponernos chungos. Adiós, María del Prado, seguimos en contacto.

Esta vez es Vidal el que cuelga el teléfono. Golpea la punta del bolígrafo de publicidad de Radio El Olivo contra la libreta con mafiosa satisfacción. Cuando ha preguntado por el hospital, Prado ha contestado bastante rápido, pero no lo suficiente. Ha sido tan solo un segundo, pero a veces, los segundos pueden determinarlo todo. Esa conversación también le ha servido para sondear lo que ya sospechaba su jefe. Caín tiene razón, algo se está cociendo en el Palacio de Montepío. Se lo dice su intuición desde lo más adentro de sus políticas entrañas y el silencio de Prado ha terminado de confirmárselo.

—¿Cómo de limpio creéis que está el cielo de las islas Cíes? —se oye preguntar a Noela, la guía que dirige al grupo de turistas a las afueras del camping—. Limpio, limpio, limpio... ¡Mirad, mirad qué despejado está! El anticiclón de las Azores está de nuestra parte. Y además, esta noche hay luna nueva, perfecta para ver las estrellas. ¡Estamos de suerte! ¡Los dioses del cielo nos sonríen! —celebra Noela, a lo que el grupo de turistas asiente y concuerda con sí, sí, sí, sí, qué suerte tenemos, Mari, la verdad, sí, sí, sí, sí—. La luz del camping es la única fuente de contaminación lumínica de la isla, bueno, además de las luces de los faros. Así que venga, venga, vamos a ir alejándonos del camping para que su luz no interfiera con nuestras tareas de avistamiento. ¡Síganme los buenos! —añade la guía haciendo un teatral aspaviento.

El rebaño de turistas desciende desordenadamente la cuesta, camino del dique que enlaza la isla del Faro y la isla Norte. Este dique crea un pequeño remanso de agua que, cual marisma, se extiende hacia la playa de Rodas, reflejando la bóveda de un firmamento infinito. Una vez que todas las reses han llegado al final del dique, la guía retoma su discurso.

—Un *Destino Starlight* —señala en un hollywoodiense gesto hacia las rutilantes estrellas, levantando las manos, llegando bien arriba—. Eso es en lo que se convirtieron las islas Cíes, hace ya más de diez años, cuando obtuvimos este sello que nos califica como uno de los mejores destinos del mundo para observar el firmamento. A lo que yo pregunto: ¿tenemos algún intolerante a la lactosa?

—Yo.

—Y yo.

—¡Pues no miréis hacia allí! —dice señalando al este—. Es la Vía Láctea.

Un Destino Starlight, repite la guía de las estrellas una y otra vez cuando Catuxa, Lois, Bieito y Xulia pasan a su lado. Se dirigen hacia la isla Norte. Cada uno lleva un botellín de cerveza Astro Galaico, las únicas estrellas que, después de un largo y caluroso día de trabajo en el camping, están dispuestos a contemplar. Un paseo nocturno con las chavalas, ¿eh?, comenta uno de los turistas por lo bajini con aire socarrón. Ojalá, piensa Lois, al que no le gusta nada el plan propuesto: salir en busca de Xan, a estas horas, en esta noche sin luna, perfecta para ver las estrellas, sí, pero muy mala para meterse en un bosque a buscar a alguien que se ha escondido, que por algo será. No ha ido a esconderse, tarado, ¿por qué iba a esconderse? Y yo qué sé. ¿Y si está desorientado? ¿No has oído a la doctora decir que podría estar enfermo como la arqueóloga? ¿Y si fue a buscar ayuda y se perdió en el bosque? ¿Acaso a ti no te gustaría que saliésemos a buscarte si te pasara algo? Supongo... pero Lois no puede dejar de pensar que no es una buena idea. Lo siente en la parte baja de su vientre. Una corazonada de esas. Lo que te pasa es que eres un cagón, Loisiño. Cállate, Bieito. No vayas de héroe ahora, que tú tampoco querías venir. Pero eso es porque estaba muy tranquilo en la tienda de campaña. Tengo una maría que *vas flipar*. Risas.

Risas. ¿Qué son las risas? Intentas hacer memoria pero no lo recuerdas. Te quiere sonar. ¿Cuándo fue la última vez que te reíste, si es que te reíste alguna vez? Risas. Se escuchan esos sonidos, escapando de narinas expandidas y bocas abiertas y cercanas. Desde el pinar puedes verlos caminando por la senda asfaltada varios metros más abajo de tu posición. Está oscuro, pero lo ves con suma claridad. ¿Debes pedir ayuda? No. Solo es un dolor de cabeza y frío en las manos. Debes llamarlos para que vayan contigo. Ya habías intentado llamar a la señora aquella que salía del campo de trabajo para que fuera junto a ti, para que se uniera a ti. Pero ella no quiso. Te rechazó a bolsazos. Peor para ella. Ahora se presenta ante ti una nueva oportunidad. Llamarlos, traerlos, unirse. Solo necesitáis conectar.

Lo que me preocupa es lo que dijo la doctora, que Xan les había atacado. ¿Y si está agresivo? Un brote psicótico de esos. Tanto calor puede volver loca a la gente. O yo qué sé. La rabia. ¿Pero cómo va a ser la rabia? La señora dijo que aquí no hay rabia. Yo creo que es una exagerada. Cierra la cafetería. Pide un helicóptero. Dice que la han atacado. La señora doctora me parece a mí que es un poco *drama queen*. Hace de todo un mundo. Quizás Xan estaba pidiéndole ayuda y ella interpretó que la estaba atacando. Ya sabes, esas señoras. ¡Si creo que hasta lleva una bolsa de plástico de supermercado para cubrirse la cabeza por si llueve! Es verdad que es todo un poco demasiado. Y tú, Xulia, ¿no dices nada o qué? No sé vosotros, pero yo no estoy aquí para discutir. Estoy aquí para intentar encontrar a Xan. Si estuvierais callados, quizás podríamos escuchar, si es que está pidiendo ayuda. Pero con el barullo que metéis va a ser imposible oírlo. Eh... Xulia, quizás no haga falta poner mucho la oreja. Mira... ahí... ¿Lo veis? Al final del camino... hay alguien. Sí, yo también lo veo. Está muy quieto. ¿Es Xan? ¡Xan! ¿Eres tú? ¿Por qué no se mueve? Me está dando un mal rollo, tío. Igual está muy débil, vamos. Espera, Catuxa... ¡Lois, suéltame! Necesita nuestra ayuda. ¿Qué hace? Está corriendo... ¡Corre hacia nosotros! Pero qué cojones...

Corres hacia ellos, quieres que vayan contigo, que estén aquí contigo, en tu oscuridad. Corres hacia ellos con una energía cuyo origen desconoces. Los árboles pasan a tu lado tan rápido y a la vez tan lentamente que puedes oler sus primeros brotes antes de que salgan, puedes oler los hongos que pueblan sus raíces y que los comunica con otros árboles. Corres hacia ellos, hacia tus amigos, para conectar como el micelio que conecta la arboleda. Pero ellos huyen despavoridos, caen al suelo y tú te lanzas sobre uno de ellos. Lo llamas, lo invitas a ir contigo, pero parece no entenderte. Se resiste, no quiere hablar contigo, intenta empujarte. Sales despedido por los aires, otra vez, como antes. Puede que a este paso aprendas a volar. Ha sido uno de tus amigos. Una patada en el costado. Un relámpago recorre tu cuerpo. Tus extremidades se tensan, abductoras, extensoras, antigravitatorias.

Vuelves a levantarte y corres, tambaleándote, internándote de nuevo en el bosque.

¿Dónde está? ¡No le veo! Tenemos que volver al camping ahora mismo, joder. Bieito, ¿por qué lloras ahora? Creo que tiene un ataque de ansiedad. Mírame, Bieito. Respira, tienes que calmarte. Ahhh, me ha vomitado encima, joder, qué asco. Vamos, ayudadme, tirad de él, ¡tenemos que volver al camping ya!

«Las cosas no se van a quedar así. En eso le doy toda la razón, Casimiro. Aún pueden ir a peor». Zasca. Marga se ríe satisfecha sobre la cama. Con los dedos entrelazados sobre la barriga, el movimiento espasmódico de su vientre hace que sus manos salten como marionetas. Orgullosa de su respuesta, esboza una sonrisa durante varios minutos sin dejar de pensar en todas esas veces que se ha mordido la lengua antes de dar una contestación y todas la posteriores veces que se ha arrepentido de haberlo hecho. Pero cada vez le da todo más igual. Es posible que se lleve una bronca de la directora xeral de Saúde Pública, pero eso ya no le importa como antes le hubiera importado. Para lo que me queda en el convento... Vuelve a reír. Le encanta ese refrán. ¿O es un expresión? Qué importa. A sus sesenta y pocos años siente la jubilación a la vuelta de la esquina, como si cada día avanzase a lomos de elefante. No es que cuente las horas, ni mucho menos. No es de esas que va tachando los días en un calendario con la mirada fija en el día de jubilarse, que los hay. Pero el retiro se acerca inexorablemente y, el día que llegue, piensa cerrar el chiringuito y no mirar atrás. Por eso, reflexiona, lo mejor es no quedarse callada ahora que puede, y así no tener que arrepentirse después de no haber puesto en su sitio a algún que otro papanatas. Vuelve a recordar el humo que salía de las orejas del tal Casimiro y Marga ríe de nuevo intentando contener las carcajadas para no molestar a las tiendas contiguas. Su risa puede ser contagiosa y ella está ahí para evitar contagios. Así que se pone seria. Abre su libreta y apunta. Apunta, apunta y apunta. Se ha convertido en una máquina de apuntar, una autómata de la epidemiología. Revisa las encuestas epidemiológicas, suma, resta, divide, multiplica y calcula a vuelapluma las odds ratio que le dará el riesgo de qué alimento ha podido ser la causa más probable de esta intoxicación... ¡Viva la estadística! Pero nada parece cuadrar en sus cábalas. Ningún alimento parece tener relación con las personas enfermas. Aunque es cierto que no siempre se llega a encontrar un agente causal en las toxiinfecciones alimentarias, Marga esperaba poder conseguirlo esta vez, ya que no había tanta variedad de alimentos disponibles en la cafetería. No es una boda de alto copete con treinta tipos de canapés y cinco platos, postre, *candy-bar* y recena. Qué extraño... Marga pone morros de pato. Los morros de pato la ayudan a pensar. Hay quien se rasca la barba o se recoloca las gafas. Pero Marga no tiene barba y jamás ha tenido miopía ni astigmatismo, y aunque en los últimos tiempos la presbicia ha hecho grandes estragos que la obligan a jugar con unas pequeñas gafas, sus morros de pato la acompañan desde mucho antes. Piensa, patito, piensa. Una notificación salta en la pantalla de su teléfono móvil. Es la hora de acostarse. *Sleep mode.* Uf, no puede estar más de acuerdo. A dormir, patito. Mañana será otro día y, sin duda, todo se aclarará. Lo más difícil, cerrar la cafetería y ordenar una evacuación, ya está hecho. Apaga la luz. O mejor, cinco páginas más de *Carnavalito*, la última novela de Pestian Zamarelli, y a dormir. Dos maricas que intentan escapar de una muerte segura en el Noroeste argentino. A quién no le va a gustar.

Venga bebé, vamos a hacer bebés. Llevas todo el día sin hacerme ni caso, susurra Paloma al oído de Borja. Venga, ¿no quieres que te dé un poco de cariño? Ya sé que no te encuentras bien, pero cuando yo tengo la regla, bien que a ti no te importa. Borja se revuelve dentro del saco de dormir. Estamos aquí para arreglar lo nuestro. Y llevo todo el día sola, dando vueltas por el camping como una estúpida. Vamos, bebé...

Paloma introduce sus dedos en el cabello ensortijado de Borja. Está empapado, pegoteado. Todo el día sudando dentro de una tienda de campaña malamente cubierta por unos pinos y en medio de una ola de calor. Pues no será por lo caliente que estás. Estás ardiendo. Y yo... yo también, bebé. Borja se gira, quedando boca arriba.

En la oscuridad de la tienda, sutilmente iluminada por la tenue luz de una bombilla ecológica colgada sobre el travesaño central, Paloma apenas adivina la mala cara de Borja, sus profundas ojeras, la ictericia de su piel, la lividez de sus labios, que se le antojan más apetecibles que nunca. Voy a meterme aquí contigo. Necesitas un poco de cariño, cosita, necesitas a tu palomita en el nido. Paloma se sienta sobre Borja. A esta Palomita le encanta incubar, ya lo sabes, incubar tus huevitos así, dándole calor con mi cuerpo de paloma. Paloma gorjea. Borja gruñe. Me pones burra cuando me haces eso, bebé. Voy a meterme dentro del saco, ya verás qué a gusto estamos.

Paloma introduce primero una pierna, luego la otra, para hacerla pasar cerca de la ingle de Borja, y agarrar así el borde de sus calzoncillos entre los dedos de los pies y arrastrarlos hacia abajo. Cara a cara, Paloma le susurra al oído, déjame que te muerda la orejita, así, así, que sé que te pone mazo. Yo sé cómo hacerte sentir bien y tú sabes cómo hacerme sentir bien a mí, amorcito. Ella, ella, susurra Borja. Sí, yo, yo, contesta Paloma.

Ella me necesita, mascula el enfermo de fiebre. Sí, te necesito, replica la enferma de amor.

Paloma acaricia el lampiño pecho de su chico, haciendo descender su mano por el vientre deteniéndose, juguetona, en la entrepierna. Por fin, cuidadosa pero decidida, toma el miembro de Borja y lo frota contra su pubis angelical. Con tanto rito de apareamiento se le ha olvidado quitarse las bragas. Embutida en el saco junto al cuerpo ardiente de Borja, se revuelve pero al final se las baja, como puede, hasta los tobillos. Venga, la puntita aunque sea, bebé. Y aún flácido, Paloma se introduce el pene de Borja en su húmeda y columbina cloaca, porque a una paloma le gusta también un buen gusano. Y flexionando las rodillas sobre la cadera de su jamelgo, va cabalgando agarrada a la grupa de su semental. Aunque aquello no se levanta, Paloma no ceja en su empeño. Pero Borja no puede estar más caliente. Arde por dentro y por fuera. Ha sudado lo que no está escrito y una sed irrefrenable sube ya por su garganta, surca el paladar y llega a su cavidad bucal, anclándose en los dientes. ¿Es sed o es una náusea lo que sube desde su estómago, abriéndose paso por el esófago hasta colgarse de la úvula? ¿Es la lengua de Paloma introduciéndose en su boca llena de llagas febriles hasta la campanilla? Paloma gime, performativa, como ha visto en esos vídeos que tanto le gustan a Borja, e intenta ponerlo cachondo. El peso de Paloma presiona el vientre de Borja, que ya no se resiste más y aprieta los dientes sobre la lengua de Paloma, arrancándosela de cuajo y tragándosela sin masticar. Paloma grita, aúlla, pero Borja ahoga su grito con un vómito sanguinolento que anega la boca de Paloma y desciende cual torrente por su tráquea hasta los bronquios, devolviéndole el apéndice arrancado y bloqueando cualquier flujo de aire. Paloma se revuelve intentando salir del saco, pero no hay espacio para la huida. Los dientes de Borja se hunden en la cara de Paloma, en sus mejillas, en su cuello, en sus orejitas que tanto le gusta morder a su bebé. Los alaridos de Paloma apagados por el vómito y la sangre apenas llegan a traspasar la lona de la tienda.

—¡Idos a un motel! —grita desde una tienda contigua un celoso campista—. ¡Que aquí hay niños! Malditos adolescentes...

La sangre parduzca de Paloma inunda el saco de dormir. El cuerpo de Borja se desliza fuera del saco, primero, y fuera de la tienda, después. Suspendida en el aire de la noche, una voz lo llama.

La moneda gira en el aire. La gravedad la hace descender para caer en la mano derecha de un hombre que, deslizándola sobre la uña de su dedo pulgar, vuelve a lanzarla al aire con ayuda de su dedo índice. Sus pies reposan sobre la mesa del escritorio de una oficina. Un letrero en la puerta reza, CASIMIRO CARNEIRO, Gerente. Debería decir, CASIMIRO CARNEIRO, CEO. También le valdría, CASIMIRO CARNEIRO, Su Alteza. Pero *piano piano*. Todo se andará. Casimiro lanza y lanza la moneda contra el aire, contra el mismo cielo, y la recoge con su gracia natural. Esboza una sonrisa y deja escapar un blanco destello que refulge en su colmillo blanco. En el exterior todo fluye, todo está tranquilo, todo está bajo control. Pero en su corazón crece un resentimiento, y en su psique, un único objetivo.

«Las cosas no se van a quedar así. En eso le doy toda la razón, Casimiro. Aún pueden ir a peor». Esa bruja. Maldito manatí sin cuello. Esa cría de cachalote abotijado, ¿quién se cree que es? ¿Se cree muy importante con su palabrería de funcionaria, con su elocuencia de ventanilla? Sin duda, esa señora, por llamarla de alguna manera, es de esas personitas que ni pinchan ni cortan en su día a día y que, a la mínima oportunidad, no saben cómo hacer para regodearse en su miserable y caduca cuota de poder. Triste, triste criatura salida de las profundidades de una tortuosa caverna. Tiene suerte de haberse encontrado con alguien superior a ella, alguien con una ética y una moral irrefutables. Alguien con saber estar, con *savoir faire*. Otro le habría partido esa libretita suya en la cabeza y la habría mandado de vuelta a tierra firme en una lancha de goma. Pero yo no soy ningún pirata. Soy un truhan, soy un señor. Yo, que ya me había preparado para darle la bienvenida con un juguetón «¿Qué hace una epidemióloga como usted en un camping como este?», y recibirla así con un agradable gesto, haciendo muestra de mi apuesto talante, universalmente reconocido a diestra y siniestra de todo eje moral e ideológico. ¡Y no va la vacaburra y me cierra la cafetería! Valiente paquidermo. Para colmo de males, he hecho que la hospeden en la mejor tienda, a un cómodo medio camino de la playa y de los baños, equidistante al puesto de los enchufes y a la tienda de ultramarinos. Pues pienso pasarle la factura a ese *bulldog* francés hecho mujer, ¡como que Casimiro me llamo!

Envuelto en sus cavilaciones, Casimiro lanza la moneda una última vez y la deja caer sobre su palma. Cierra el puño sin mirarla. Todo lo que sube tiende a caer. La doctora Erauso solo necesita un pequeño empujoncito, imprimir una chispa de energía cinética para, finalmente, caer por su propio peso. Y Casimiro no espera a que las oportunidades aparezcan. Casimiro las crea. Juguémoslo a cara o cruz.

OÍCHES PÓDCAST.

Tu plataforma de audiocontenido, de Galicia a tu oído.

[Cabecera musical misteriosa de los 80]

3, 2, 1... Despegamos... GALICIA ASTRAL. Explora los profundos misterios de Galicia de la mano de Maruxa Cósmica.

—Saludos desde lo más profundo de la *terra galega*. Hola Aine, ¿qué tal has dormido?

—Hola Maruxa, gracias por preguntar. He dormido como el culo.

—Claro, el calor, ¿verdad?

—Correcto, el calor.

—Es que además, aquí en Galicia casi nadie tiene aire acondicionado.

—No estamos preparadas.

—No lo estamos. Bueno, como saben los y las oyentes de mi pódcast, GALICIA ASTRAL, siempre me gusta preguntar a mis invitados que qué tal han dormido. Es mi ritual. Pregúntale a alguien cómo ha dormido y ya estás creando una conexión íntima con ella.

—Demasiado íntima.

—Tal vez, sí. Pero es mi programa, ¿no?

—Sí lo es, sí.

—Pues hablando del programa, vamos a ponernos a ello, que nos liamos a hablar y no empezamos. Antes que nada, para quien escuche esto por primera vez, quiero daros la bienvenida y presentarme. Soy vuestra presentadora favorita, entrevistadora de día y *drag queen* de noche, un poco magufa y un poco maruja también: Maruxa Cósmica. Además de este pódcast semanal donde exploramos el cosmos gallego y más allá, os espero cada domingo en el Bar Roco, en el barrio vigués de Churruca, donde tengo el inmenso horror...

—Querrás decir *honor*...

—Yo sé lo que digo ja, ja. Pero bueno, el inmenso *honor* de presentar uno de los mejores espectáculos que pueda haber. ¿Tú has estado, Aine?

—Sí, sí, lo máximo.

—Un *show* de talentos, un *talent show*, donde podréis ser testigos de los más absurdos, inesperados, desconcertantes, impactantes, disparatados, desastrosos a veces también, talentos, siempre de manos de las mejores y peores *drag queens* y *drag kings* de la zona.

—Una fantasía.

—Una fantasía, no lo habría definido mejor. Pero volvamos a GALICIA ASTRAL, porque el pódcast que hacemos esta noche es un pódcast muy especial, como todos, pero este, ay, hacía mucho tiempo que tenía ganas de grabarlo. Se me eriza el vello púbico. Y tenía tantas ganas porque a mí me han acusado muchas veces de bruja, y aunque es verdad que tengo el poder de levantar cosas sin tocarlas, vosotros ya sabéis, la verdad es que yo de bruja tengo poco. De bruja buena, quizás. No sé. Pero vamos al grano, ¿te parece Aine?

—Ajumm.

—Fenomenal. La historia nos cuenta que muchas meigas fueron ajusticiadas por la Santa Inquisición, confesiones arrancadas sobre potros de tortura, ahorcadas en las ramas de los árboles o en las plazas de las villas con una soga al cuello, amarradas a pesadas piedras y lanzadas a la profundidad de las rías, quemadas en la hoguera atadas a un mástil y a ojos de todo el mundo. Sin embargo, nos cuenta la leyenda que esas fueron las menos, que las meigas, las que de verdad lo eran, consiguieron, de muchas formas y maneras, burlar a los inquisidores, pues eran más hábiles, más astutas y, sobre todo, más poderosas. En esta edición de GALICIA ASTRAL contamos con la suerte de tener a Aine Santos, última descendiente de una larga saga de meigas y que hoy nos presenta su libro *Habelas hainas, consejos de una meiga para el siglo XXI*. Cuéntanos un poco de qué va tu libro.

—Pues como bien decías en tu presentación, *Habelas hainas* es un compendio de enseñanzas que yo como meiga, pero también como mujer de mi tiempo, quiero compartir con todo el mundo... con todo el mundo que quiera leer el libro, por supuesto.

—Claro, claro. Leerlo y aquí, escucharlo, porque este libro aborda temas muy interesantes como el significado de ser una meiga en el siglo XXI y el importante arraigo que tiene en las tradiciones.

—Efectivamente, Maruxa, las meigas participamos de una cultura milenaria transmitida de forma sobre todo oral de madres a hijas. Una cultura rechazada durante mucho tiempo, pero que hoy en día puede admirarse sin prejuicios de falsa moral y de la cual se puede aprender muchísimo.

—¿Y qué tipo de cosas pueden interesar a nuestras oyentes de la cultura meiga como tú la llamas?

—Bueno, como yo la llamo y como la llaman muchas otras brujas del mundo. Brujería, Wicca, Meiga... Cada lugar tiene su denominación, pero, en lo básico, vienen a ser lo mismo. Una cultura de respeto y conocimiento de la naturaleza, de comunión con los elementos físicos, psicológicos y espirituales de lo místico que hay en el ser humano, mujeres y también hombres.

—Ah, qué interesante, o sea que también hay hombres meigas.

—Hay pocos, pero los hay. El problema es que a las mujeres nos educan en el bien común y a los hombres en el individualismo heroico, y claro, las brujerías son un arte comunitario. La hechicería, en cambio, es más individual y suele tener objetivos más, cómo diría, estrechamente vinculados a los intereses personales, hasta perniciosos, se podría decir...

—Entonces las meigas no buscan hacer el mal a nadie.

—Exacto. Las meigas no buscan hacer el mal ni aprovechar sus destrezas para sí mismas perjudicando a otras personas. Este discurso de la mujer malvada, especialmente utilizado en contra de las mujeres empoderadas, ha sido una narrativa espoleada por ciertas instituciones y bueno, sí, lo voy a decir, por la Iglesia y el sistema patriarcal, y que me llamen lo que quieran.

—Bueno, es que nadie puede negar que la Iglesia ha tenido un papel fundamental en la estigmatización de las brujerías, como bien dices. Esto es un hecho que nos devuelve a los años de la Santa Inquisición...

—Eso es, los tribunales de la Inquisición —que de Santa tenía poco o nada—, pero también otras cazas de brujas ocurridas en otros países occidentales así como del África Subsahariana, el subcontinente indio o el Sudeste Asiático, donde estas mujeres siguen siendo perseguidas a día de hoy.

—Parece mentira, chica.

—Parece mentira, pero no lo es. Y que por mucho que nos persiguieran entonces o nos sigan persiguiendo hoy en día, las brujas, las meigas, seguiremos existiendo mientras nuestra cultura permanezca viva.

—Entonces, por lo que comentas, la Inquisición no consiguió erradicar a las brujas.

—Ah, ni mucho menos. Como comentabas antes, la caza de brujas llevada en España, que es como nosotras llamamos a esa institución que se quiere blanquear bajo el nombre de «Santa», cometió un auténtico genocidio, especialmente contra las mujeres que se dedicaban a la medicina tradicional y que vivían de manera autónoma, sin depender de un hombre.

—Cuéntanos más sobre esos casos, porque creo que es lo que ocurrió en tu terruño, ¿no es cierto, Aine?

—Completamente, Maruxa Cósmica. Muchas expertas nos explican que las cazas de brujas representan la lucha de dos regímenes, de dos formas de ver el mundo, de lo antiguo, lo pagano, lo ligado a la naturaleza y al campo, frente a la era moderna, el humanismo, el pensamiento científico y un supuesto progreso económico y cultural. Sin embargo, está más que estudiado que en el sur de Galicia, de donde viene mi familia, no fue esto lo que ocurrió. Verás. A principios del siglo XVII hubo muchas incursiones otomanas en toda la costa gallega, ¿verdad? La ría de Vigo fue una de las más afectadas por estos asedios y muchos hombres murieron intentando defender sus pueblos o fueron capturados y esclavizados por los turcos. Esto dio lugar a la aparición de muchas mujeres viudas y con cierto patrimonio heredado de sus maridos, padres o hermanos. Al mismo tiempo, los tribunales inquisitoriales de Galicia habían sido constituidos por nobles venidos a menos y encontraron en estas mujeres que habían heredado bien el chivo expiatorio perfecto. Acusándolas de brujas, de meigas, estos noblecillos podían requisar su patrimonio. Está comprobado que las acusaban sin pruebas o con algún testimonio comprado de vecinos o vecinas envidiosas y eso era suficiente para ser ajusticiada y sentenciada, no siempre con la muerte, pero sí con la reclusión y con el requisamiento de sus posesiones.

—Quieres decir que estas mujeres no eran meigas realmente.

—No tiene por qué. No digo que no hubiera alguna meiga verdadera entre ellas, pero muchas acusaciones se debían a inventos o confabulaciones por motivos económicos y sociales. Tenemos que entender que, desde tiempos antiguos, estas mujeres empoderadas, estas sanadoras, estas meigas y brujas de todos los lugares han sabido estar atentas a las artimañas que intentan disciplinar a aquellas mujeres que subvierten el orden patriarcal.

—Claro, las mujeres tenían y, desgraciadamente, muchas aún tienen que dormir con un ojo abierto. Cuéntanos, ¿qué hubiera pasado si una meiga, una de verdad, hubiera sido capturada por la Inquisición?

—Bueno, esto es muy poco probable, primero por lo que comento. Una meiga sabe que corre un riesgo solo por el hecho de ser meiga y mujer. Y segundo, porque una meiga de verdad tiene muchos recursos en su mano para salir airosa de esta situación.

—Digamos que tiene muchos trucos dentro de la chistera. Una broma de magos. Pero ahí quería yo llegar. Cuéntanos, Aine. ¿Puede una meiga deshacerse de un grupo de hombres armados gracias a sus poderes?

—Todo depende de las capacidades de la meiga en cuestión, pero conjuros y pócimas muy básicas ayudarían a una meiga a salir airosa de estas situaciones sin ningún problema.

—Pongamos un ejemplo.

—Claro, por supuesto, como digo en mi libro, yo he venido a contar la verdad y toda la verdad sobre las meigas. Mira, la mezcla correcta de ciertos ingredientes muy habituales en cualquier jardín gallego, disueltos en el aire, puede paralizar a una persona no habituada a esta combinación.

—Es decir, que con unos polvos, este grupo de hombres armados quedaría paralizado y ella podría escapar.

—Eso es.

—Yo he paralizado a muchos hombres con mis polvos.

—No me cabe duda, Maruxa, ¡Y qué polvazos! De eso estoy segura. Otra opción, relativamente accesible a muchas meigas, incluso a las menos entrenadas, es la adivinación. Todas las personas, los hombres, las mujeres, practiquen el arte del meigallo o no, estamos conectadas con el universo cuántico que nos rodea. Formamos parte de él. Todo lo que está por pasar ya ha pasado. Por eso, si estás atenta a las señales y, sobre todo, sabes cómo interpretarlas, puedes acceder a los acontecimientos que están a punto de ocurrir o que ocurrirán en nuestro futuro. Quiero decir, que algunas meigas podrían presentir o ver a través de algún elemento de adivinación, como las cartas, el comportamiento de los animales, las estrellas o los sueños que los inquisidores iban a ir a buscarlas. En ese momento, tocaba desaparecer por un tiempo.

—Pues ahora que lo dices, desde hace poco me he enganchado a las cartas del tarot. Me he lanzado a lanzarlas. Y oye, la gente dice que acierto un poco, eh, no te creas.

—Es que, a ver, yo creo que tú eres un poco brujilla, que hay magia en ti. Hay magia en todes nosotres, solo hay que saber cultivarla, canalizarla.

—Ay, qué cosas me dices, ¡tú sí que eres bruja! Pero espero que no, porque si te cuento los sueños que tengo últimamente... No hago más que soñar con que todo arde, ¡el mundo arde! Será por eso que estoy tan caliente, ya sabes.

—Los sueños hay que saber interpretarlos.

—Eso es verdad. ¡Qué freudiano todo! Pero continuemos con las meigas perseguidas, que esto está cada vez más interesante.

—Pues, a ver, por dónde iba. Ah, sí. Otro poder enseñado de generación en generación es el de la hipnosis. Mantenerla durante mucho tiempo requiere un nivel de brujería considerable, pero una hipnosis momentánea que te permita escabullirte es algo sencillo de realizar. Lo mismo pasa con la zooquinesis y la telequinesis. Manipular a animales como pájaros o caballos para que se interpongan entre tu captor y tú o hacer que se caigan cosas sobre ellos, tejas por ejemplo, es algo posible para una meiga cultivada. Y luego está la transmutación.

—¿La masturbación?

—¡La transmutación!

—¿Cómo? ¿En plan metamorfosis?

—Sí, vendría a ser lo mismo.

—Mira que yo me hago unas metamorfosis de hombre a mujer que ni pa qué.

—Total. ¡Muy meiga tú, Maruxa Cósmica! El caso es que las meigas más expertas pueden recurrir a la transmutación animal, transformarse en un ave y salir volando, o correr a la playa o al puerto y convertirse en un animal marino para ponerse a salvo.

—¿Es eso posible? Entiéndeme la pregunta.

—Absolutamente. Claro que solo las meigas de alto nivel pueden llevar a cabo con éxito tales hazañas. Entraña un gran poder, pero también, un gran peligro.

—A ver, a ver, ¿cómo es eso? ¿Hay que contratar un seguro o algo? ¡Mira que llamamos ahora mismo a Seguros Rande, su tranquilidad al instante! Querida audiencia, no lo intenten en sus casas.

—No, mejor que no. La transmutación animal es un acto peligroso, casi funambulista. Requiere de una gran destreza y control. Sobre todo control. Por un lado, hay casos de meigas que lo han intentado y han terminado convertidas en criaturas medio humanas, medio animales: sirenas, licántropas, harpías.

—Vamos, como cuando yo intento un nuevo maquillaje y me sale mal. Un cuadro.

—Exacto. Ya sea porque la transmutación es incompleta o por un desequilibrio en las fuerzas necesarias para retornar a la forma original, ambos momentos sensibles del proceso pueden conducir a resultados desastrosos.

—Es asombroso. Decías, Aine, que por un lado estaba este problema. ¿Cuál es el otro?

—El otro problema es el tiempo. Verás, Maruxa Cósmica: transformarse en animal significa exactamente eso. Adoptar la forma, sí, pero también la mente. La psique de la criatura. Esto implica que cuanto más tiempo se pasa transformado en este ser, más se va pareciendo una al animal y más va dejando de ser humana.

—Eso le pasa a mi madre también. Que cada vez se va pareciendo más a una hembra de orangután que a una persona, pero eso es otro tema. ¿Puedes contarnos algún caso en el cual esto haya sucedido?

—...

—Vamos, no nos dejes así, Aine, cariño. Hay que normalizar estas cuestiones. ¿No es para eso tu libro?

—Bueno, es que es una historia familiar. Diría que es una leyenda, pero para mí tiene mucho de verdad y tampoco es algo que cuente a menudo a la gente, no sé, me da cosa.

—Mujer, una buena manera de honrar a tus antepasadas es contribuir a que su historia no se pierda. Lo que nos cuentes quedará entre nosotras y nuestras oyentes y, con este gesto, todos los que tengan historias similares sabrán que no están solos en el mundo.

—Está bien. Muchos investigadores sostienen que no pocas de las mujeres condenadas por la diócesis de Santiago de Compostela fueron enviadas a las islas prácticamente despobladas de las Cíes. En mi familia se cuenta que algunas meigas se transformaban en gaviotas y sobrevolaban la ría para encontrarse con sus hijas y hermanas, meigas jóvenes y adolescentes todavía no expertas en el arte del meigallo, y que no fueron capaces de burlar a la Inquisición. Necesitaban verlas y cuidar de ellas. Pero tanto acudían al encuentro de sus hermanas e hijas, tanto se transformaban en gaviotas para atravesar la ría, que cada vez les costaba más volver a su forma humana original. Y tanto se alegraban sus familiares al verlas, que cómo no iban a seguir haciéndolo a pesar del riesgo al que se exponían. Al final pasaban más tiempo convertidas en gaviotas y menos en seres humanos. Hasta que un día no fueron capaces de regresar a su forma original, quedando transformadas en gaviotas para el resto de sus días. Sí, algunas de ellas eran de mi familia. Esta historia me la contó mi madre, y a ella, mi abuela, y así, remontándose a nuestros orígenes en la marinera villa de Cangas, ha pasado de generación en generación hasta nuestros tiempos.

—Guau, qué bonito y qué triste a la vez.

—Así es. Para quienes me escuchéis esta noche, o cuando sea, deciros que si algún día visitáis las islas Cíes, sed buenos con las gaviotas que pueblan sus arenales. Puede que alguna de ellas sea una antigua meiga atrapada en forma de gaviota, tan solo por el deseo de volver a ver a sus hermanas e hijas.

//

El día, como tantos otros desde que ostenta el difícil cargo de presidente de la Xunta, ha sido muy ajetreado. No obstante, tiene la sensación de que la jornada no ha terminado. Mientras consejeros y asesores, entre nerviosos y aliviados, abandonan el Palacio de Montepío, el presidente hace un gesto a su jefa de gabinete y al conselleiro del Interior para que pasen a su regio despacho.

Como solo ocurre en las ocasiones muy especiales, Yáñez-Santiso se coloca detrás de su mueble bar acabado en madera y un *sky* buenísimo, saca tres copas de fino cristal, deja caer un par de piezas de hielo por cada una y convida, compañero, a sus políticos y expectantes colegas a tomarse un par de *gin-tonics*. De ginebra gallega, por supuesto. Mientras prepara los combinados, el presidente toma la palabra. Nuestras tierras y nuestras gentes se merecen lo mejor. Sí, presidente. Los gallegos y las gallegas son gente de bien, madura y reflexiva. Tienen *sentidiño*. Lo son, presidente. Pero, a veces, ciertas situaciones hay que agarrarlas con tiento. Están de acuerdo, ¿no es así? Lo estamos, presidente. Vamos a contar toda la verdad de lo que está pasando en las islas Cíes pero, como digo, debemos ser estratégicos. Quizás pensáis que estoy exagerando. ¡Es solo una intoxicación en una cafetería de un camping!, me diréis. ¡Una única persona evacuada! Ocurre cada día, me recordaréis. Y no os falta razón. Pero, a veces, la caída de un peón es suficiente para poner al rey en jaque. Con el rey no me refiero a mí, es evidente. No. Hablo de la institución que defendemos. La Xunta. La Democracia. El Orden. Y, bueno, también está nuestro partido. No podemos fallar a toda esta gente. Lo comprendéis, ¿a que sí? Lo comprendemos, presidente. Tenemos la responsabilidad y el honor de mantener la armonía y la convivencia en unos momentos tan delicados como en los que nos encontramos. Nunca subestiméis el poder de una crisis sanitaria, por pequeña o insignificante que parezca. Por otro lado, es obvio que tampoco queremos alarmar a la población sin razón y poner en peligro la paz social. Sin duda, presidente.

E invitando a los atentos interlocutores a recoger un *gin-tonic* y a ocupar sus correspondientes butacas en torno al escritorio, el presidente continúa. Ay, la dichosa información... Lo que está ocurriendo ahora en las islas Cíes puede resultar muy goloso y no solo para nuestros adversarios políticos. No podemos permitir que esta información caiga en las manos equivocadas. Faltaría más, presidente. Cuento con vuestra mano izquierda para anticiparnos a lo que pueda suceder. Porque, desafortunadamente, no existen procedimientos para solucionar todos los problemas, y a veces la Administración General es demasiado rígida, demasiado... ¿cómo diría yo? ¡Inflexible! Bien lo sabéis. Esto nos obliga a ser ingeniosos, ¡creativos! Efectivamente, presidente. Fantástico, entonces, ¿qué plan creativo tenemos entre manos?

El conselleiro de Interior coloca una carpetilla marrón sobre la mesa de madera y la desliza hacia el presidente, recostado sobre su sillón de cuero. Los hielos tintinean en el vaso. El presidente abre la carpetilla y ojea el contenido, enarcando una ceja. Su mirada, alternativa entre el documento y el conselleiro, pone nerviosa a la jefa de gabinete. Finalmente, Yáñez-Santiso la cierra y esboza una amplia sonrisa. Otra copa para brindar.

Norma pega un respingo en la cama. La niña cree haber oído algo. Un ruido que proviene de fuera de la tienda de campaña. Si a ella la ha despertado, está segura de que a Aída, su gemela, también. Así que vuelve el rostro hacia su hermana, acostada en la misma cama. Al hacerlo, se encuentra con el semblante de Aída, que ya la está mirando como un reflejo de ella misma. Sí, lo he oído, le dice sin que Norma le pregunte nada. Salgamos a ver qué es, propone Aída. Norma niega con la cabeza. Vamos, tengo ganas de hacer pis, susurra. Yo también, contesta la otra, es que...

Norma no quiere ir. Por desgracia para Norma, en cada par de gemelas, siempre hay una buena y una mala. Así que Aída se desliza fuera del saco de dormir, pone los pies en el suelo y camina dando pasitos por la espaciosa tienda familiar hasta la entrada. Aída sonríe mientras baja la cremallera del porche. Dedica una última mirada a su hermana, que la observa paralizada desde el catre, y se escurre fuera de la tienda. Norma siente pavor, pero la fuerza que la une a su gemela univitelina es mayor que cualquier otra. Así que se desliza fuera del saco de dormir ella también, pone los pies en el suelo y camina dando pasitos por la espaciosa tienda familiar hasta la entrada. Norma duda mientras pasa su mano por el cierre abierto del porche. Dedica una última mirada a sus padres, que duermen a pierna suelta, y se escurre fuera de la tienda de campaña.

En el exterior, la noche se viste sin luna. Lo había dicho la guía del cielo, ideal para contemplar las constelaciones, pero terrible, piensa Norma, para ver a su hermana. ¿Dónde piolines se ha metido? Gira la cabeza a diestra y siniestra, pero no la divisa por ningún lado. Siguiendo con la mirada el camino hasta la caseta de aseo, logra percibir una sombra que se cuela por la puerta del baño de mujeres. Norma, intentando no hacer ruido, sale al camino principal. A ambos lados, dos masas parduzcas de tiendas de campaña la circundan, indistinguibles unas de las otras, como bloques de cemento de una ciudad fantasma. ¿Sabrá volver a la suya? Cada problema a su tiempo. Al otro lado de la ría, la luz de Vigo compite con la de los astros que cuelgan de la bóveda celeste. El calor ha cedido levemente, pero eso qué le importa a una niña. Solo el cantar de los grillos quiebra con su cri-cri el silencio nocturno. Se siente observada. Mirando a todos lados y a ninguno, Norma camina apresuradamente hacia los baños. Está segura de que allí encontrará a Aída, y cuando la vea, piensa darle un buen coscorrón, por tonta y por mala. Date prisa, Norma, le dicta su cerebro. Más rápido. Trastabilla, cae al suelo, pero se levanta en el acto. Estas niñas son de goma. Unos pasos más y ya estarás en el baño.

Norma corre los últimos metros como si una tenebrosa mano la persiguiera, a punto de agarrarla, hasta alcanzar el umbral de la caseta. Dentro, la luz está encendida. A la derecha se encuentra una hilera de lavabos corridos en una misma encimera sobre la que se extiende un largo espejo. A la izquierda, las cabinas de los retretes y, al fondo, las duchas. Para que el agua salga caliente, tienes que meter una moneda de diez céntimos que te dan en recepción, le había dicho su madre, aunque solo una al día que el agua escasea. Pero ahora su madre no está allí con Norma. Respira profundamente y avanza con sigilo en busca de Aída. La primera cabina. La segunda. La tercera. Se agacha e intenta mirar por el hueco de la puerta a ver si consigue ver los pies de su hermana. Pero no ve nada. Aída, masculla. Pero no hay respuesta. Repara entonces en un ruido que viene desde la zona de las duchas, al fondo de la caseta. Es alguien tosiendo. No, es alguien vomitando. Qué asco, piensa. ¿Es Aída quien vomita? Tal vez por eso había dicho que no se podía aguantar el pis y había salido disparada hacia los baños. Aída, ¿dónde estás?, susurra. Quiere encontrar a su hermana y volver corriendo a la tienda. Justo cuando se va a echar a llorar, una mano, desde atrás, se posa sobre su boca. Norma tensa todos y cada uno de los músculos de su cuerpo. Es una mano idéntica a la suya. Es la mano de su gemela. De reojo mira al espejo, donde su mirada se cruza con el reflejo de la de Aída. Esta tira de Norma, arrastrándola a la cabina más cercana y cerrando la puerta con sigilo, cerrojo incluido. Ambas se suben a la tapa del váter. Una respiración agitada y a la vez profunda se acerca. Unos pasos, pesados, se aproximan. La mano de Aída sigue todavía en la boca de Norma cuando dos pies pasan por delante de la cabina en la que se han encerrado. Pueden verlos por el espacio que hay entre el suelo y la puerta de la misma. Son dos pies descalzos y oscurecidos, con las uñas llenas de tierra, cubiertos por un espeso líquido, medio reseco, marrón y rojizo. Súbitamente, los pies se detienen. La respiración de las gemelas, también. Algo parece arañar la superficie de la puerta. Norma cierra los ojos con fuerza. Aída los abre como platos, encaramada a la espalda de su hermana. Un gruñido gutural, grave, oscuro, animal, empieza a gestarse al otro lado. Suenan entonces unas voces desde fuera de los baños. Vamos, hay que llevarlo a la tienda, dice una chica. Los pies tras la puerta se mueven de nuevo, saliendo de los baños a la oscuridad del camping.

Norma continúa con los párpados apretados. Tan apretados que le cuesta abrirlos cuando su hermana le susurra al oído que esa persona ya se ha ido. Norma abre los ojos y de ellos se derraman dos lagrimones que llenarían entero un vaso de agua. Lo siento, dice. Un reguero de orina empapa sus pantalones de pijama y cae por su piernecita, haciendo un charco amarillo en el suelo del baño de mujeres del camping.

Un grito me despierta en medio de la noche. Me he quedado dormida leyendo *Carnavalito*. Enciendo la linterna del móvil y salgo de la tienda a ver qué pasa. El retrato de Marcelino me sigue con la mirada.

Fuera, la noche parece tranquila. El cielo está despejado, apoyado en las copas de los árboles. Estrellas fugaces caen sobre la tierra como una fina lluvia de fuego cósmico, un orballo luminiscente que atraviesa el cielo nocturno. Una bocanada de viento frío me pone los pezones de punta. Debería haberme puesto el batín de felpa. Será mejor que vuelva dentro de la tienda a por él. Siempre lo llevo encima por si refresca.

Atravieso las telas del avance de la tienda. Al otro lado, me encuentro dentro de un pasillo de piedra. El viento azota las contraventanas, cuya madera desgastada por el agua y la sal golpea con violencia las paredes de mampostería del convento. Una fuerte tormenta parece haberse desatado ahí afuera. Las llamas de las velas crepitan sobre los candelabros de las paredes, débiles ya de por sí, a causa del frío y la humedad del corredor. Las celdas de las monjas, distribuidas a ambos lados del pasillo central, permanecen en un absoluto mutismo, cómplices de los votos de clausura de sus huéspedes. Solo los truenos que escupe la tormenta se atreven a romper la sepulcral quietud del convento. Mi teléfono y su linternita han sido sustituidos por una lámpara de aceite y, en lugar de mi veraniego pijama de raso, una larga sotana negra cubre mi cuerpo hasta los pies. Al fondo del tétrico pasillo, la desvencijada puerta de una celda gira sobre sus goznes, abriéndose lenta y chirriante. La luz de la lámpara titubea por la corriente que sale de la estancia abierta y se apaga. Dentro, en la oscuridad, se escucha el roer de unos dientes sobre unos huesos. Rebusco bajo mis prendas y saco, decidida, una cerilla. Frotándola contra mi espada, la prendo y enciendo de nuevo la mecha. Sigilosa, me interno en la celda que se encuentra al final del pasillo. Doy unos pasos dentro de la estancia. Las dentelladas cesan de golpe. Apunta con la lámpara a una esquina. Entre las sombras, un hábito negro se retuerce sobre sí mismo, se gira

violenta, dejando a la vista dos ojos amarillos y el rostro podrido de la
muerte, que se abalanza de un salto sobre mí.

La alarma del móvil chilla. Carmela se despierta exaltada, asustada, sin saber dónde está. Se da cuenta, entonces, de que se ha quedado dormida. Son las seis y media de la mañana. Se aparta el pelo de la cara y echa el cuerpo hacia atrás, pegando la espalda al respaldo de la silla. Le duele todo. La ergonomía no da para tanto. Todavía dudando entre descansar un poco más o no, se levanta como una autómata y sale del despacho. Medio dormida, baja las escaleras, camino a la cafetería de personal de la primera planta. Pide un café. Doble, por favor. Otros médicos del hospital, a punto de terminar sus guardias nocturnas, desayunan animadamente charlando sobre los pacientes atendidos durante la noche. Al ver a Carmela, la miran con extrañeza. No es habitual verla por allí a esas horas: los médicos de preventiva no hacen guardias. Nadie le va a pagar esas horas y Carmela lo sabe. Se sienta sola en una mesa. No tiene fuerzas para hablar con nadie y algo le dice que, las pocas que tiene, ha de conservarlas para el día que le espera.

Pega un trago al café y siente cómo el calor y la cafeína recorren su cuerpo. En breve tendrá que ir al baño, pero antes, levanta la cabeza atraída por el contagioso sonido de la televisión. El titular la deja de piedra y dice para sí: ¿En qué estás metida, Margarita Erauso?

CAPÍTULO IV

_Mañana del segundo día

Margarita Erauso está metida en su acolchadito saco de dormir. Los deditos de los pies son siempre los primeros en despertarse. Empiezan a moverse, arrítmicos, por debajo de la sábana, transmitiendo su vibración al resto del colchón. ¡Qué ganas tienen esos deditos de los pies de bajarse de la cama, de salir al mundo! No así tanto las rodillas, siempre un poco anquilosadas, que cuesta movilizar después de unas cuantas horas de reposo horizontal. Las lumbares a veces molestan, pero una no sabe ya si es por todo ese tiempo acostada o simplemente por defecto del animal y de los años transcurridos sobre sus espaldas. El tórax se expande y se contrae alternativamente, como debe ser, con amplias pero relajadas inspiraciones y espiraciones, tan automatizadas e independientes de cualquier voluntad que pareciera estar enganchada a una máquina de ventilación mecánica. Su cuerpo ya está ahí cuando Marga, poco a poco, abandona el letargo en el que ha estado sumida durante la noche, un sueño algo agitado al principio, pero al que se había entregado, merced al susurro de la olas batientes contra la playa y la sibilante brisa del mar.

Voces lejanas, atenuadas por la distancia, los árboles y la gruesa tela de la tienda de campaña, comienzan a filtrarse en los oídos de Marga, como la luz se hace paso entre sus párpados entreabiertos y llenos de legañas. Su cerebro tarda unos segundos en recordarle dónde está y otros tantos en por qué está ahí. Con los ojos medio cerrados todavía, lanza el brazo derecho, que rebusca entre sus cosas. Sus dedos rozan el marco de la foto de Marcelino, lo agarra y se lo acerca al pecho. Ay, Marcelino, solo cinco minutos más. Arriba, ratita mía. Está bien, cinco minutos y arriba, mi ardillita. Marga sonríe para sí misma, heredera de tantas situaciones como aquella en el pasado, orgullosa de haber podido recrearla por unos pequeños instantes. El orgullo, sin embargo, da paso a una sensación de vacío que se va llenando de la sofocante realidad. Y la realidad conduce a lo vulgar. Marga no tiene otra opción que extender nuevamente el brazo derecho para coger el teléfono móvil, al cual se vuelve con profesional resignación. Le sorprende no ver ningún mensaje en la pantalla. Esperaba tener algún resultado de microbiología o sobre el estado de la arqueóloga evacuada el día anterior. Ni siquiera un mensajito de la directora xeral haciendo alusión a la discusión con el gerente del camping. Tampoco es la primera vez que escucha amenazas en el desempeño de su epidemiológica función. Ya ha perdido la cuenta sobre cuántos establecimientos ha tenido que intervenir: restaurantes regentados por la salmonela, sudorosos gimnasios en cuyos aires acondicionados se ejercitaba la legionela, guarderías cuidadas por la tos ferina, colegios concertados por la meningitis... Marga está acostumbrada a ser la portadora de malas noticias. Lleva el cartel de aguafiestas colgado en el pecho. Un cartel que, no pocas veces, se convierte en la diana perfecta para que cocineros, machacas, puericultores y profesores apunten toda su frustración y disparen. Ella solo lleva a cabo su labor profesional, por el bien de la ciudadanía. Y no hay mejor chaleco antibalas que la certeza de estar haciendo un buen trabajo.

Todavía en su pijama de raso, Marga sale de la tienda y camina con tranquilidad dando pequeños pasitos hacia los baños del camping. El raso es lo mejor para el verano. No son ni las nueve de la mañana, pero muchos campistas van y vienen entre las tiendas, la zona de aseo comunitaria y la cafetería. El sol luce ya en lo alto de un cielo azul como el mar azul. Ojalá dé un poco de tregua este calor, piensa con una gota de sudor surcando las profundidades de su rubenesco canalillo. En principio había pensado en lavarse por parroquias. Pero con este calorazo, lo mejor va a ser que se duche entera.

Una mujer de mediana edad pasa corriendo a su lado, con gesto de aparente preocupación. Pregunta si alguien ha visto a sus hijas gemelas. La típica madre controladora. Estarán por ahí jugando. Pobrecilla. Hay gente que no es feliz ni en el paraíso, concluye. Neceser en mano, bien apretadito contra su vientre, Marga continúa su camino hacia el baño de mujeres avanzando entre los pinos. Lo compara con su camino de cada día a las oficinas de Saúde Pública, cruzando la ciudad atestada de coches, de cláxones, de semáforos en rojo y atascos en la carretera, y una sonrisa tonta se le dibuja en la boca. Por estas cosas adora el trabajo de campo. Le ayuda a salir de la rutina. A su izquierda, dos chicos desmontan su tienda de campaña a toda velocidad, con una prisa que Marga juzga totalmente inadecuada para estos lares, donde solo la paz y el sosiego deberían tener permiso para reinar.

Pasito a pasito, Marga llega al aseo comunitario. Siente la boca pastosa y la lengua como el esparto. Con la edad, una se va quedando seca. El murmullo de las duchas mañaneras crean una cortina de ruido blanco que envuelve a Marga en un trance. Sentadica en el retrete, le llegan destellos de aquellas convivencias anuales en los campamentos organizados por las monjas en los veranos de su infancia. Diría tierna, pero no, su infancia no había sido tierna. Criada por una madre soltera en una época en la que, por sí solo, aquello era ya considerado un estigma, su madre no siempre podía hacerse cargo de ella, por lo que había pasado largas temporadas como interna en un colegio de monjas. No suele pensar en ello, porque le causa disgusto. Fueron los peores años de su vida. Por eso se prometió nunca tener hijas.

Frente al lavabo, presiona el botón que acciona el grifo y se lava los dientes. Sin embargo, esta pantalla acústica no consigue apagar las conversaciones de su alrededor que, sus siempre atentos oídos de epidemióloga, escuchan casi sin querer.

... Ha pasado toda la noche vomitando... No quiere salir de la tienda, dice que le molesta mucho la luz... Una fiebre bastante alta, estoy un poco preocupada... Ayer salieron a buscarlo y todavía no han vuelto...

Mirándose en el espejo, Marga ve el reflejo de una señora que escupe la pasta de dientes en el lavabo mientras se pregunta, ¿por qué a mí?

INSTAPIC

Cayetana Polo

@petateypalacaye

[Foto posado-robado entre las tiendas con el mar de fondo, cuidadosamente despeinada].

Despertando en este increíble glamping, ¡el mejor de toda la Costa Atlántica!

#cies #islascies #glamping #influencer

7.936 corazoncitos

Post publicado

Te retuerces en el interior de tu saco. Las pastillas que Catuxa te ha dado parecen lejos de tener efecto alguno. Sus lágrimas y gemidos de «Bieito, Bieito...» tampoco te ayudan a descansar. La mordedura que te hizo Xan no deja de sangrar y parece latir con vida propia. Tu estómago ha estado bailando muñeiras durante toda la noche y, a tu lado, una palangana recoge el testimonio de tu gástrica incontinencia. Ora el frío más intenso recorre tu cuerpo; ora sudas a borbotones. Pero si te dieran a elegir entre la tiritona, el dolor de cabeza y la punzada en el vientre, elegirías cualquiera de ellas antes que volver a caer dormido, solo para aterrorizarte con esas delirantes imágenes que poseen tu mente mientras duermes y que te impiden descansar. Cuando caes dormido, te encuentras a ti mismo en un cuerpo que no es el tuyo, sino el de una mujer, anclado a la cama, sin poder moverte, atravesado por decenas de tubos que entran y salen de tu cuerpo por la boca, los brazos, las piernas, el cuello, sorbiendo tus fluidos, que circulan desbocados e hirvientes hacia una maquinaria infernal que silba, ruge y aúlla de sed, una sed insaciable. Sobre tu cuerpo, una sábana blanca te cubre, fría como una mortaja, iluminada por un haz de luz tan blanca que te ciega incluso con los ojos cerrados. Por vestimenta portas un harapo que apenas tapa tus vergüenzas, dejándote el culo al aire. Pesados grilletes sujetan tus muñecas, tus tobillos e incluso tu cabeza a la cama. Intentas zafarte de ellos, pero el cuerpo apenas responde ante tus ansiosas órdenes. ¿Dónde estoy? ¿Qué queréis de mí? ¡Soltadme! Intentas suplicar a las figuras que te rodean y caminan a tu lado, que te tocan, que miran estudiosas los tubos que de lado a lado te atraviesan. Pero esas figuras, enfundadas en sus trajes espaciales, te ignoran. Hablan entre ellas y, entre intensos pitidos, cuchichean, susurran, murmuran palabras en una jerga que apenas llegas a comprender.

Un *bulldog* francés te lame la cara. No, espera. No es una lengua. Es una mano que te abofetea. ¿Un *bulldog* francés te abofetea? No, espera. No es un *bulldog*. Es esa señora. La doctora. Bieito, Bieito, grita. ¿Lo dice por ti? ¿Eres tú ese tal Bieito?

—El paciente no responde —sentencia Marga. Se vuelve hacia Catuxa—. ¿Tienes idea de cuándo empezó con los síntomas?

Está incluso peor que los enfermos de ayer... Pero vosotros no habíais cenado ni comido en la cafetería estos días... ¿Una mordedura? Está bien. Enséñamela. Está infectada, de eso no cabe duda. Tiene mal aspecto. ¿Y dices que eso se lo hizo Xan? ¡Pero si parece que le hubiera mordido un dragón de Komodo!

Marga acaricia con las yemas de su mano enguantada el borde de la herida sin hacer demasiada presión. Tiene pinta de doler un rato. Cada marca de diente parece un cráter dilatado de fondo blanquecino rodeado de un halo bermellón, caliente, inflamado, palpitante, rodeado de dilatadas venas que dibujan gruesas líneas centrífugas de color amoratado muy oscuro, tirando a negruzco, que resaltan sobre una piel que empieza a adquirir tonalidades amarillentas y pajizas.

Catuxa no tercia palabra. Se limita a aguantar las lágrimas, respirando a través de las mangas de la sudadera que se ha llevado a la boca. Con el calor que hace. Estará destemplada, la pobre.

Marga echa una última ojeada a la mordedura. Una sombra oscura se cierne sobre su mirada. Con cariño de madre que nunca ha sido, Marga le limpia la heridita con agua y con jabón, la desinfecta con clorhexidina y la tapa con un apósito estéril—. Hay que trasladar a Bieito a tierra. Puede que necesite tratamiento antibiótico por vía intravenosa, incluso un desbridamiento quirúrgico. Mientras tanto, le diré a Berta que mande traer algo de medicación del botiquín.

Catuxa solloza con fuerza una vez más.

—No te preocupes, Catuxa. Se va a poner bien.

—Vale. Es que... no es lo único —masculla Catuxa, que por fin se digna a hablar—. Es que, en medio de la fiebre y todo eso, le he escuchado hablar de una chica: «*Ella me necesita*». Lo ha dicho varias veces. Estoy segura. «*Ella me necesita, ella me llama*» no paraba de repetir. ¡Me la ha estado pegando con otra!

Catuxa sale a toda prisa de la tienda sin darle a Marga posibilidad de réplica. Qué dramas, marichocho. Estas generaciones... Marga enciende la linternita de su móvil. Coloca la mano izquierda sobre la cara de Bieito, a la altura de los ojos. Con dos dedos separa los párpados del ojo derecho y apunta con la linterna a su pupila, que se expande brutalmente a la vez que Bieito reacciona y mueve la cabeza hacia los lados huyendo del haz de luz. Fotofobia. No hay duda, sea lo que sea, es lo mismo que los otros pacientes.

Marga reposa un momento con la mano apoyada sobre el catre de Bieito. Pone morros de pato, esta vez es un pato muy serio. ¿Es posible? ¿Puede haber contraído la misma enfermedad, pero a través de un mordisco? Esto es más raro y más preocupante de lo que pensaba.

El politono del móvil interrumpe sus pensamientos. Marga rebusca en el bolso hasta dar con él. Lo gira sobre la palma de su mano y la pantalla le devuelve el nombre de su interlocutora: Uxía Ulloa. La directora xeral de Saúde Pública. Éramos pocos y parió la Xunta.

No fue una mordedura. Fue un beso fraternal, recuerdas. Has perdido casi todos tus recuerdos, pero este en concreto permanece intacto en tu córtex cerebral. Cuando caíste sobre Bieito, solo querías abrazarlo, consumar un acto de amistosa ternura. Por eso no pudiste evitar, encajado sobre él como estabas, posar tus labios, rubicundos del esfuerzo, sobre la tierna carne de tu compañero de camping, sentir el calor de su sabrosa piel, ya salada y curtida por el inicio del verano. Tienes fijada en tu escasa memoria, en tu amnesia lacunar, la incitadora mirada de tu amigo y un susurro, tómame, Xan, mancebo, que encendió en ti una lujuria antigua, una pasión enfermiza. Quizás no fuera tan fraternal, después de todo. Quizás no fuera tan amistosa. Pero ¿no es la sangre en tu boca un inequívoco signo que sentencia entre ambos una inseparable conexión?

Marga sale en busca de Berta. Camina decidida hacia el puesto de recepción. Enfila la senda principal hacia la cafetería. Desde esa privilegiada posición, puede divisar el final del camino, donde un grupo de unas treinta personas se agolpa y grita en torno a alguien que ocupa el centro del tumulto.

—¡Queremos ir a tierra! ¡Queremos ir a tierra! ¡Queremos ir a tierra! —corean. Una voz sobresale entre las demás—. ¿Por qué no salen los ferris? —Otra voz se atreve a elevar aún más el tono—. ¡Nos están reteniendo en contra de nuestra voluntad! ¡Esto es un secuestro! ¡Devuélvannos el dinero!

—¡Por favor, por favor! ¡No griten! ¡No hablen todos a la vez! Todo tiene una explicación —es Berta la que contesta a los improvisados manifestantes.

Marga decide quedarse a unos cuantos metros de la aglomeración. Agazapado a una distancia prudencial de la turba de turistas, Casimiro pone también la antena. Él, que solo ha salido de su oficina a retirar un refresco de la máquina con su moneda trucada.

—Sentimos anunciarles que el ferri de esta mañana ha sufrido una avería y por eso no ha podido salir de Vigo y hacer el trayecto hasta aquí y, por tanto, el de regreso a tierra firme. Lo sentimos mucho, aunque es un problema que se debe a causas ajenas a este camping. Desde la naviera nos han comunicado que están buscando opciones para quienes tenían que regresar hoy a tierra, seguramente en alguna embarcación más pequeña, pero todavía se está resolviendo la logística y los permisos necesarios. Esperan poder salir de aquí a media tarde...

—¿Cómo que «esperan»? ¿Qué quieren decir con que «esperan»? ¡Exigimos que sea esta misma tarde! ¡Exigimos que sea ahora mismo! ¡Queremos ir a tierra! ¡Hay una epidemia en este camping! ¡Mi mujer y yo no nos quedaremos ni un minuto más! Tenemos dos niñas pequeñas aterrorizadas que no quieren salir de la tienda de campaña. ¿Es que nadie piensa en los niños? ¡Queremos poner una reclamación! ¿Dónde está el gerente del camping? ¡Seguro que ni siquiera está por aquí!

Casimiro está ya escabulléndose hacia su oficina cuando se encuentra cara a cara con Marga. Esta sonríe hasta enseñar las encías. Casimiro le lanza una mirada que dice, ni se le ocurra, maldita bruja. Pero ya es tarde.

—¡Señor gerente! —exclama Marga bien alto para que todo el mundo la oiga—. Vengo de hacer más encuestas epidemiológicas como usted me había indicado.

La muchedumbre se revuelve y se arremolina alrededor de Casimiro, que se ve obligado a pausar su irreconciliable odio hacia Marga para responder, o al menos intentarlo, a las furias del Averno desatadas en forma del peor enemigo de un empresario de éxito del sector servicios: el cliente insatisfecho.

Marga ya tiene su objetivo a tiro. Camina hacia una atónita Berta, la toma del brazo como lo haría una vieja amiga y la aleja del grupo.

—Berta, cariño, necesito que me eches una mano. ¿No tendréis unas bandas de contención, por casualidad? Los enfermos están empeorando y no quiero que se escapen como el Xan ese. Quiero tenerlos bien ubicados. Creo que vamos a tener que aislarlos en alguna parte del camping todos juntos para tenerlos más controladitos.

—Sí, no, eh, no sé. ¿Contención? ¿Aislamiento? Tengo que ayudar a Casimiro.

—Dejemos que el señor Carneiro asuma sus responsabilidades al menos durante un rato. No le vendrá mal estar ocupado de verdad y tener un hueso que roer, ¿no te parece? —El destello de un sueño sobre alguien royendo un hueso atraviesa su mente por un instante.

—Pero la gente está muy nerviosa por lo de la cancelación del ferri de esta mañana.

—Sí, ya lo veo, ya lo veo... Pues no quiero ni pensar cómo se van a poner cuando se den cuenta de que no hay cobertura ni datos en todo el camping —dice Marga mostrándole el teléfono móvil.

—¡¿Qué?!

Minutos antes, Uxía Ulloa salía de Montepío con el rabo entre las piernas. Menudo rapapolvo se ha llevado de la conselleira de Saúde. No la veía tan enfadada desde aquel brote epidémico en Chorizos Pazos y los tirones de orejas entre el magnate de la carne enfundada en intestinos de cerdo, el conselleiro de Industria y ella. Al final los de Salud Pública somos siempre los malos. Camina hacia el aparcamiento y se detiene a la sombra de unos pinos. Le gustaría que alguien la agarrase de la cintura y le dijese ¡cántame! Pero ya bastante le han cantado las cuarenta esta mañana y ahora es a ella a la que le toca hacer lo propio. Agarra el móvil colgado de su cuello y busca en su agenda el número de Margarita Erauso. Si la llega a tener delante, se la come a mordiscos. Al jefe de servicio de epidemiología ya lo llamará después, si eso. Marga contesta al otro lado:

—¡Buenos días mis ovarios, Marga! ¿Qué tal por las islas? ¿Disfrutando del trinar de los pajarillos? Pues la que está que trina es nuestra conselleira, Marga. Se ha enterado del pollo que le montaste al gerente del camping... Sí, Marga. El gerente del camping es el hermano de una directora de la Consellería de

Turismo. Que en esta tierra todo queda en familia, *carallo*, ya deberías saberlo a estas alturas... ¡No me interrumpas! En cuanto clausuraste la cafetería llamó a su querida hermanita y le puso la cabeza como un bombo y a ella le faltó tiempo para echar sapos y culebras ante su conselleiro —continúa la directora—. Este, a su vez, el muy cerdo, le ha montado un pollo a nuestra jefa, que por cierto está más cabreada que una mona... Un zoo. Escucha... ¿Tú sabes el peso que tiene Turismo dentro de la Xunta? ¿Eres consciente de que este rifirrafe puede acarrearnos problemas en la negociación de los presupuestos y en los proyectos normativos? Marga, leñe, que no nos conviene ganarnos enemigos, y menos aún con Turismo. Todavía tenemos que trabajar el programa de alcohol con la gente de hostelería y Turismo es la llave. Como nos cierren las puertas nos quedamos sin programa y vamos apañadas... ¿Qué? ¡Y dale con cerrar cosas! ¿Cerrar todo?... ¿Pero qué quieres decir con «todo»? Si ya has cerrado la cafetería y montado este cristo, ¿qué más quieres cerrar? Que nos estás buscando la ruina, Margarita, que a los conselleiros solo les mueven dos motivos: votos y presupuesto. Y lo que planteas no aporta ninguna de las dos cosas... ¿Cómo que uno de los enfermos ha desaparecido? Marga, no entiendo nada... Mira, necesito un informe cuanto antes. ¿Cómo quieres, si no, que entienda todo este guirigay que me estás contando?

Marga escucha la parrafada de la directora xeral, obviamente disgustada. A veces hay que hacer un poco de psicología con los puestos directivos. Marga empatiza con todo aquel que tenga que lidiar con el maquiavélico mundo de la política y, además, tener la responsabilidad de conseguir que se hagan las cosas, y no solo de prometerlas. Hay que dejarles que se desahoguen un poco, que bastante tienen que aguantar. Pero, claro, Marga, consciente de que la directora se habría mostrado reacia al cierre cautelar de la cafetería del camping, había omitido ponerla al día de ese nimio detalle. ¿A cuántas como ella ha visto pasar durante todos estos años desde el servicio de epidemiología de la Xunta? Está segura de que habría preferido esperar a enviar a un equipo de inspección, tomar muestras, esperar a los resultados... Pero Marga sabe bien que, de haber sido así, el cierre del establecimiento podría haberse demorado varios días y ella tiene claro meridiano dónde está el problema. Ahora, el equipo de inspección tendrá todo el tiempo del mundo para pasar el algodón sin prisa por la cocina, por el almacén y hasta por la grasienta cara del gerentucho ese si quiere. Pero al menos los campistas ya no estarán expuestos al foco de contagio. Y si no les gusta su decisión, que la echen del trabajo. Ah, no, que no pueden, que es funcionaria de carrera. De carrera de obstáculos.

Tras prestar oídos a los lamentos de la directora, finalmente, Marga expone la cruda realidad.

—*Escoita*, Uxía, esto no pinta bien. Si hubiera sido un solo enfermo podría ser un episodio de delirio transitorio ocasionado por fiebre elevada. A la diarrea sanguinolenta, la fiebre, la confusión y el dolor de cabeza tenemos que sumarle alucinaciones, alteraciones en la percepción de la temperatura y comportamiento agresivo... Y te quiero recordar que tenemos una persona evacuada y en estado de coma debido a una probable fiebre hemorrágica de origen desconocido. Por la noche —continúa Marga—, por miedo a que los enfermos desaparecidos sufrieran algún tipo de desorientación y tuvieran algún percance, un grupo de voluntarios salió a hacer una batida por la isla y uno de los voluntarios ha recibido mordeduras y arañazos por parte del enfermo al que buscaban... que, por cierto, tienen una pinta malísima para tener tan pocas horas de evolución. A mí todo esto me parece que tiene pinta de virus, pero a estas horas aún no han salido los resultados de microbiología de la paciente evacuada, así que me figuro que todavía no tienen ni idea de qué puede ser y me empiezo a temer que no solo se transmita a través de los alimentos. Estoy casi segura de que hay múltiples vías de contagio. —Marga llega sin aliento al final de la frase. Al otro lado del teléfono no se oye nada—. Uxía, ¿sigues ahí? ¿Uxía? ¿Directora? —la señal comunica.

Marga muestra el teléfono móvil a Berta.

—Lo que te decía, cariño. Yo me he quedado sin cobertura y sin datos hace unos diez minutos mientras hablaba. *Kaputt*.

—Yo tampoco tengo ni señal ni internet. ¡Qué momento para que haya problemas con la antena! —dice Berta mirando su propio teléfono.

—Ah, pero ¿suele pasar esto? —pregunta Marga extrañada.

—No es habitual, pero tampoco sería la primera vez que ocurre —responde Berta encogiéndose de hombros.

—Qué oportuno... ¿Te importa comprobar si es posible acceder a internet desde algún ordenador? No nos convendría perder el contacto con tierra en una situación así.

—¡Buena idea! Voy a chequear la conexión desde la recepción. Por cierto, doctora, ¿qué es lo que me había pedido?

—Te decía que sería conveniente reubicar a las personas enfermas, separarlas de las sanas y mantenerlas aisladas y contenidas. —Expone la epidemióloga como quien no quiere la cosa—. ¿Hay algún sitio donde podamos acomodarlos?

—¿Qué quiere decir con contenidas? ¿Atadas?

—No podemos permitir que los enfermos deambulen por las islas como... —ríe Marga sin poder terminar la frase—. ¿Te imaginas?

Berta sale disparada hacia la cabaña de recepción, dejando a Marga sola con sus pensamientos. Mientras espera, la epidemióloga repasa mentalmente el listado de enfermedades que podrían estar causando esta serie de catastróficas coincidencias, pero no le salen las cuentas. ¿Fiebre del Nilo Occidental? ¿Encefalopatía japonesa? ¿Rickettsia de las Montañas Rocosas? ¿Fiebre del Valle del Rift? ¡Uff, qué ganas de pegarse un buen viaje cuando termine todo esto! Sigue inmersísima en sus cavilaciones, cuando percibe una figura al otro lado del camino acercándose hacia ella. Marga levanta la vista y entrecierra los párpados para poder contrarrestar su presbicia. Estupefacta, grita:

—Pero ¿tú qué haces aquí?

Pedrito lleva ya una hora despierto leyendo en la borda del velero. Ha empezado una nueva novela, pero ya va casi por la mitad. *Carnavalito*, el último libro de Pestian Zamarelli lo tiene absorto.

La calma reina en el silencio, solo quebrantado por las olas que rompen en la cercana playa de la isla de San Martiño, a unas decenas de metros de donde fondea el *Ruliña*. Durante la noche, la brisa marina ha aplacado el insufrible calor del día, que ya empieza a apretar. Fiz sale del interior del velero expandiendo su caja torácica y estirando los brazos en señal de buen descanso. Su sonrisa indica que ha dormido bien y toma asiento a su lado. Pedrito pasa el brazo derecho por encima del hombro de Fiz y le planta un beso de buenos días. Un ritual que se repite casi todas las mañanas, allá donde estén. La novela está de lo más interesante, con sus protagonistas saliendo de Humahuaca camino del Hornocal y La Puna jujeña, pero el estómago de Pedrito ya empieza a protestar con un incesante gru-gru y así no hay quien se concentre en la lectura. Toni y Marina no han salido todavía de su camarote, pero se les oye remolonear bajo la cubierta. No tardarán en subir. Intentando no hacer más ruido del estrictamente necesario y preservar este remanso de tranquilidad, Fiz secuestra un par de plátanos de la despensa del velero.

Al regresar a cubierta, encuentra a Pedrito consultando algo en el teléfono móvil. Fiz, con una sospecha entre los ojos, se acerca.

—No me creo que estés mirando el correo del trabajo otra vez... Estás enganchadito, ¿eh? —lo reprende.

—Solo estaba revisando las alertas, a ver si habían notificado algo nuevo —responde Pedrito entre avergonzado y divertido. Le gusta demasiado su trabajo—. ¿Sabías que ayer se reportaron unos casos de intoxicación alimentaria en el camping de las Cíes?

—Lo comentaste mientras cenábamos, sí —replica Fiz con cierto retintín que Pedrito no capta.

—Pues han cambiado la notificación de intoxicación alimentaria a, agárrate, fiebre hemorrágica de origen desconocido y han activado el protocolo.

Fiz se queda pensativo.

—¿Crees que el helicóptero que vimos ayer tiene algo que ver con eso?

Pedrito se encoge de hombros, se da la vuelta y echa un nuevo vistazo a la isla del Faro. La mira con nuevos ojos. Fiz resopla. Sabe a ciencia cierta lo que Pedrito está pensando, lo que está sintiendo. Esa necesidad de ayudar a la gente. Malditos colegios de monjas. Pedrito también sabe lo que Fiz está pensando. Son más de diez años juntos como para no saberlo.

—¿Recuerdas a Margarita Erauso, la epidemióloga con la que hice la rotación de Epidemiología de campo? —pregunta Pedrito.

—¿La que va a todos lados con el retrato de su marido muerto en el bolso? —responde Fiz con otra pregunta.

—Esa misma. La enviaron ayer a la isla a gestionar el brote y...

—¡Lo sabía! Quieres ir a ayudarla —interrumpe Fiz intentando no levantar la voz—. Alucino contigo. ¿No eres imprescindible, sabes? Además, si necesitasen a alguien, tienen al epidemiólogo de guardia. Vamos, estoy seguro de que ya han enviado a alguien para echarle un cable en el primer ferri.

—Ya, tienes razón. Seguro que sí.

Marina sale a la cubierta enfundada en una camiseta de publicidad de Supermercados Adriano y unos pantalones cortos de pijama. Lleva una taza de café en las manos. Con el pelo cayéndole sobre la cara, se sienta frente a Fiz y Pedrito, que se miran en silencio. Marina, algo ensimismada y medio dormida, no percibe la tensión en el ambiente.

—Hoy vamos a tener toda la ría de Vigo para nosotros. Han cancelado los ferris que van a las Cíes por no sé qué problema.

||||||||||||||||||||||||||||||||||||||||||||||||||||||||||||||||||||||||||||||||||||||||||||||||||||||||||||||||||||||||||||||||||||||||

Radio El Olivo, todo sobre la ciudad de Vigo.

Sumergibles Indalecio.

Increíbles pecios a los mejores precios.

¿Quieres ver la ría de Vigo como nunca la has visto? ¿Quieres conocer los tesoros que guardan sus aguas cristalinas? Sumérgete con nosotros en un viaje a las profundidades. ¡Innumerables barcos hundidos te esperan! Desde galeones y corsarios llenos del vil metal, hasta submarinos y transatlánticos de la Segunda Guerra Mundial. El mercante Achondo, te pondrá cachondo. Los galeones de la batalla de Rande, son lo más grande. Con los submarinos U-boot de los nazi, parecerás un paparazzi. Los corsarios ingleses y otomanos, me los quitan de las manos.

Con nuestro batiscafo Nautiliño, nos sumergimos en los fondos de arena de las islas Cíes, Ons, Sálvora y San Simón. ¿Quieres sentirte como Julio Verne? ¡Ven a verme!

Sumergibles Indalecio.

Increíbles pecios a los mejores precios.

Radio El Olivo, todo sobre la ciudad de Vigo.

Buenos días, queridos oyentes. Tercer día de esta ola de calor extrema. Son las nueve y treinta y tres minutos de la mañana y los termómetros ya marcan los treinta y tres con nueve grados y se esperan que sigan subiendo hasta superar los cuarenta. ¡Qué barbaridad! Y si alguien estaba pensando en ir a refrescarse a las islas Cíes, le recomendamos que vaya pensando en un plan alternativo. La naviera ha anunciado que el trayecto que venía efectuando ha quedado interrumpido por motivos de seguridad debido a una avería en el sistema electrónico de navegación que permite, entre otras cosas, conectarse con el radar y la comunicación con tierra en casos de emergencia. En un comunicado de esta mañana, la empresa se ha disculpado con sus usuarios y ha prometido reembolsar todos los billetes vendidos, así como indemnizar a quienes tengan reservado un alojamiento en las islas durante estos días. El Concello de Vigo también se ha pronunciado, agradeciendo a la empresa de transporte marítimo su preocupación por el bienestar de todos los vigueses y viguesas, así como de sus visitantes, y tiende la mano a colaborar en todo aquello que esté a su alcance para que esta situación pueda ser revertida a la mayor brevedad y restituir el tráfico marítimo hacia las islas. En un gesto de cortesía, Caín Fidalgo, alcalde de la ciudad, ha anunciado que todas aquellas personas que se han quedado sin posibilidad de ir a las islas Cíes, podrán asistir al evento de candidatura de Vigo a sede de los Juegos Olímpicos, el cual tiene lugar esta misma noche en el estadio de Balaídos. Solo tienen que presentar su billete o reserva en la entrada del estadio. Asimismo, Fidalgo ha aprovechado para expresar su malestar con el gobierno autonómico, a quien acusa de no estar poniendo de su parte para resolver este incidente: «El presidente de la Xunta, el señor Yáñez, está demostrando una vez más lo poco que le preocupan los problemas reales de la gente y que está más interesado en la política nacional que en dar respuesta a los intereses de los ciudadanos y ciudadanas de Galicia».

Además, ha lamentado la falta de colaboración institucional por parte de la Consellería de Transportes, que no les hayan comunicado esta situación de primera mano, teniendo que enterarse a través del armador. No obstante, el alcalde ha asegurado que esta temporada turística será la mejor de los últimos años. La relación entre la Xunta y el Concello está que arde. En el ámbito deportivo, el Celta ha vuelto a perder y ocupa puestos de descenso a solo dos jornadas del final de La Liga...

||||||||||||||||||||||||||||||||||||||||||||||||||||||||||||||||||||||||||||||||||||||||||||||||||||||||||||||||||||||||||||||||||||||||||||||

Vidal espera a Prado al fondo de la sala de comunicaciones de la Xunta. La rueda de prensa, opina, ha sido un auténtico paripé. Nada de lo que sorprenderse en la política de hoy en día. Allí han comparecido dos pesos pesados de cualquier gobierno autonómico. Nada más y nada menos que la Excelentísima Conselleira de Transportes y el Ilustrísimo Conselleiro de Turismo, vamos no me jodas, ríe Vidal. La excrementísima y el deslustrísimo. Con razón no ha acudido ni un periodista. A pesar de ello, la conselleira se ha mostrado muy persona, muy seria, explicando a toda Galicia —en su imaginación— que el Consejo de Gobierno Extraordinario, recalcando la palabra extraordinario para que las gallegas y los gallegos sepan que el gobierno está ahí cuando se le necesita, ha decidido cortar el servicio de línea regular hacia y desde las islas Cíes por cuestiones técnicas y *telecomunicológicas* muy difíciles de explicar en esos momentos. Que el tráfico marítimo, en cierto modo, hubiera podido seguir funcionando, pero para salvaguardar la seguridad de la propia ciudadanía gallega y sus bienaventurados turistas, el Gobierno, una vez más, en su extrema moderación, se ha anticipado al problema. Más vale prevenir que curar, ha dicho mostrando su política dentadura el conselleiro de Turismo, a lo que le ha seguido un ruidoso silencio. No se han aceptado preguntas de la prensa. Dio igual, porque apenas había. Y con la misma se han marchado.

María del Prado, Maruchi para sus amigas, avanza pisando con garbo, carpeta bien apretada contra su generoso busto, y luciendo un traje de dos piezas de Pestian Zamarelli color azul bandera de Galicia y unos tacones blancos de Galitex. Con su carácter pizpireto y su pelo negro rizado cayéndole por la pechera, pasa por delante de Vidal clavando sobre él una mirada retadora, pero sin dirigirle la palabra.

Vidal sale detrás de ella y, poniéndose a su lado, comienza la conversación que llevaba horas planeando:

—Maruchi, buenos días, oye, qué bien os ha salido la *erredepé*, enhorabuena, os ha quedado niquelada, y menudo elenco, Turismo y Transporte, ahí es nada, mostrando poderío, claro que sí. —Prado avanza haciendo caso omiso, saludando en la distancia a compañeros apostados a la vera del pasillo mientras camina—. Oye, ¡y qué pedazo de traje que te has comprado! Se ve que te pagan mejor que a un servidor, pero claro, tú te lo mereces más que yo aunque lo aprendieses todo de mí. —Prado pone los ojos en blanco y esboza una risa de desaprobación—. ¡Y qué curioso que en la *erredepé* no se haya comentado nada sobre la paciente que evacuasteis de las islas Cíes y que está con pronóstico reservado en una habitación de alto aislamiento con un diagnóstico de... ¿Cómo era? Ah, sí: fiebre hemorrágica de origen desconocido en un hospital que no es apto para este tipo de pacientes. Eso suena a un marrón muy feo, ¿no?

Al terminar la frase, Vidal se detiene. Prado da un par de pasos más y frena en seco. Después de unos segundos, ladea la cabeza hacia la derecha para encontrarse con los ojos de Vidal que le devuelven la mirada con una socarrona sonrisa sobre su semblante.

—No, no digas nada, tú eres una tumba igual que lo soy yo.

Pero claro, sería una pena que alguien fuese con el cuento a la prensa, que ya sabes que les encantan estas historias. Sería una pena cuando falta tan poco para el Comité Nacional de vuestro partido, algo a lo que le habéis echado el ojo desde hace tiempo, según dicen por ahí. Pero bueno, yo no me fío de las habladurías. Se me ocurre que quizás al presidente Yáñez-Santiso le convendría venir esta noche al acto de candidatura de Vigo a los Juegos Olímpicos y así mostrar un poco de talante y colaboración institucional, no vaya a ser que necesitéis echar mano de alguna ayudita por si os estalla algún escándalo en la cara... No sé, Prado, dadle una pensada.

Vidal ve a Prado calcular. La conoce como si la hubiera parido. Si la hubiese pillado en su despacho, las cosas habrían sido diferentes. Pero en medio del pasillo, delante de todo el mundo, no puede permitirse el lujo de montarle un buen pollo. Sabe que se está mordiendo la lengua. ¿Estará también mordiendo el anzuelo? Prado vuelve la vista al frente, con un golpe de melena al aire y, sin decir esta boca es mía, reinicia su andadura por el largo pasillo, perdiéndose en el laberinto del Palacio de Montepío.

Una hora más tarde, Pedrito desembarca en el muelle secundario de la isla del Faro. Fiz está de pie en la lancha motora, manejada por Marina. Pedrito levanta las manos hacia el frente.

—¿Me pasas la mochila?

Con premeditada parsimonia, Fiz la recoge y la retiene durante unos segundos. No le gusta la idea de que Pedrito se meta en una isla en la que han notificado un posible brote de fiebre hemorrágica y, para más inri, cuyo único transporte a tierra ha sido bloqueado. Llámenle loco. Pero no dice nada, calla. Las buenas intenciones de Pedrito le hacen sentirse, en parte, orgulloso. Le lanza la mochila.

—Ten cuidado.

—Lo tendré.

—Te quiero.

—Yo también te quiero.

Pedrito avanza por el muelle hacia tierra. Sus pantalones desmontables favoritos, que tantas veces lo han acompañado al monte, cubren sus largas y fortalecidas piernas. La gente siempre se sorprende al observar la robustez de sus miembros inferiores en comparación con la extrema delgadez de su torso, tapado por una fina camiseta cuyas mangas se alargan hasta las muñecas. Está hecho para subir montañas, bromea Pedrito cuando le preguntan. Pero lo cierto es que su fisonomía responde a la sana maduración de un cuerpo que se transformó de un gordito *scout* a un larguirucho adolescente y que obtuvo, en buena fortuna, lo mejor de ambos mundos. Una gorra tapa su cabeza y su pelo castaño y, bajo la visera, unas gafas no tan gruesas como cabría esperar se apoyan sobre una nariz prominente y algo roja por la tarde de sol del día anterior. Como antiguo *scout* que se ha ganado sus insignias a pulso de superar los retos más esforzados, Pedrito va pertrechado para la ocasión: no falta algo de comida ni el antimosquitos, el protector solar factor cincuenta, la cantimplora llena de agua y una pequeña pero potente linterna. La del móvil le sabe a poco. Pero si algo no puede faltar en la mochila de un *scout* son tres cosas: un trozo de cuerda, una navaja y cerillas. Eso es así.

Fiz le ha hecho prometer que no se quedará mucho tiempo en la isla. Una noche a lo sumo, ha contestado Pedrito, así que con una muda va más que sobrado. De cualquier manera, el lunes tiene que estar de vuelta en el hospital, así que tampoco tiene pensado empadronarse, ni mucho menos. Ni siquiera sabe si

Marga necesita ayuda o si podrá quedarse a echar una mano. Le ha enviado un mensaje de CharlApp®, pero parece no haberlo recibido. Es raro, aunque tampoco le sorprende. Puede que Marga no haya cargado el teléfono o lo tenga apagado. Las señoras y la tecnología, ya se sabe.

Al llegar al final del muelle, Pedrito consulta el mapa de la isla que se ha descargado en el móvil y gira hacia la derecha para seguir el camino que conduce al camping. Pareciera que acabase de naufragar en una isla desierta de lo tan silenciosa que la encuentra. Por no escucharse, no se escuchan ni las gaviotas. El calor debe tenerlas aturdidas, piensa Pedrito, que enseguida se solidariza y empatiza con las aves, puesto que él se siente exactamente igual. Solo se oye, de vez en cuando, el intenso estridular de alguna cigarra que augura un caluroso y largo día. Si Pedrito supiera...

INSTAPIC

Cayetana Polo

@petateypalacaye

[Foto con las manos en las mejillas y la boca abierta con cara de sorpresa].

Nos han cancelado el ferri así que... ¡nos quedamos una noche más!

#cies #islascies #feliz #glamping #influencer #destinostarlight #ferricancelado

Error en la subida

Post no publicado

Marga abraza a Pedrito como no había abrazado a nadie en mucho tiempo. Siente que, por un momento, recupera algo de tranquilidad. Pero esto le dura poco menos que un instante. Abrazada a su colega, Marga le habla al oído, muy despacio y muy bajito.

—No sé qué haces aquí, Pedrito, pero no te haces una idea de cuánto me alegro de verte. Solo tengo dos manos y dos ojos y aquí voy a necesitar mucho más que eso. Ahora sígueme el juego. Luego te lo explico todo. —Marga aleja a Pedrito de su generoso pecho y, tomándolo por los hombros, lo zarandea con brusquedad—. ¿Dónde estabas? ¡Llevo horas esperándote! Se supone que tenías que haber estado aquí a primera hora. Berta, te presento al doctor Casas. Trabaja en el Servicio de Medicina Preventiva del Hospital Central de Vigo y viene a colaborar con el control del brote. Por favor, facilítale una tienda para que deje sus cosas y, además, un mapa del camping y de las instalaciones circundantes. El doctor Casas se encargará de reubicar a los enfermos.

Berta, todavía sin saber qué pensar, mueve la mano de manera automática saludando a Pedrito, a la que Pedrito responde de igual manera con una forzada sonrisa.

—¿Cómo ha llegado el doctor hasta aquí? Los ferris están cancelados —pregunta Berta.

—Pues... es una buena pregunta, Berta. Contesta tú mismo, Pedro. Cuéntaselo tú.

—Me ha acercado un bote de Salvamento Marítimo. Sí. Salud Pública se coordina con Emergencias y me han traído en una lancha de estas que van a toda pastilla.

—Eso es. Salud Pública tiene lanchas muy potentes, Berta. Tenemos muchísimos recursos y por eso me han enviado a un médico epidemiólogo y preventivista. ¿Lo ves? Sabemos lo que hacemos, así que no nos entretengas más.

—Vuelvo enseguida —concluye Berta todavía algo confusa, ya sin recordar lo que la ha llevado hasta ahí.

Marga se vuelve hacia Pedrito, ahora que se quedan a solas.

—No tengo ni idea de lo que estamos haciendo. ¿Qué haces aquí, Pedrito? ¿Quién te ha enviado? Antes estaba hablando con la directora xeral y se ha cortado. ¿Te ha enviado ella? Estará cabreada, ¿no? Bueno, la verdad es que no me importa. Pero es que cada vez tengo menos idea de lo que está pasando y nadie me dice nada. ¿Cómo es eso de que no hay ferri? ¿Te envían desde el hospital? ¿Has hablado con Carmela? No sé nada. Solo tengo un mensaje de ella diciendo que todavía no habían salido los resultados, pero eso fue ayer por la noche. Yo apostaría a que es un virus, ¿a ti qué te han dicho?

—¡Respira, Marga! —la para en seco Pedrito—. No me envía nadie. No he hablado con nadie. Estaba pasando el fin de semana en un velero con unos amigos de mi novio. Me he metido al correo del trabajo y he visto la alerta del camping. No dice gran cosa. Pero me sorprendió ver que habían cambiado la causa de «intoxicación alimentaria» a «fiebre hemorrágica de origen desconocido». Vi que te habían asignado el brote y pensé que necesitarías algo de ayuda. Las noticias dicen que han cancelado los ferris por una avería de los sistemas de navegación o algo así. Temí que no fueran a enviar a nadie más y yo estaba tan cerca que...

—Bendito sea tu amor por este trabajo, Pedrito. Si todos los epidemiólogos fueran como tú, ya se habrían erradicado la mitad de las enfermedades infecciosas del mundo —dice Marga alegre, pero pensativa—. La verdad, esperaba que te hubiera enviado alguien. Al menos eso sería una muestra de que contamos con un poco de apoyo institucional. Pero ya veo que este vals lo bailo sola. —Pedrito quiere corregirla, pero Marga continúa—. En cualquier caso, ni se te ocurra decir que te has dejado caer por aquí por un golpe de suerte. Tenemos que mantener una imagen de credibilidad o perderemos la poca autoridad que nos queda, y te aseguro que vamos a necesitarla. Las cosas están a punto de ponerse muy feas, Pedrito. Los casos no dejan de aumentar. El agente infeccioso es desconocido. La fuente de contagio, también. Incomunicados por tierra, mar y aire. Y con las redes cortadas. Somos como un barco en mar abierto y en cualquier momento puede producirse un motín.

Carmela se abrocha el botón del pantalón vaquero. Desliza la blusa sobre su pecho. Se mira al espejo. Esto no hay maquillaje que lo arregle. Total, ¿para qué? Deposita el pijama del hospital en uno de los cubos de lavandería. Cierta nostalgia la embarga recordando aquellas primeras guardias de urgencias durante sus años de residencia, allá por el pleistoceno. Al principio las odiaba, pero había terminado por pillarles el gusto una vez que había aprendido a ser útil. Se supone que después de seis años de facultad, mucho estudio y muchas prácticas, debes estar capacitada para atender una urgencia hospitalaria. Tu primera guardia es un choque de realidad. Olvida todo lo que has aprendido y empieza de cero. Era la guerra. Si había sobrevivido a aquella experiencia, puede sobrevivir a cualquier cosa, piensa Carmela. Baja la tapa del cubo de lavandería y sale del vestuario hacia el pasillo.

Después de desayunar en la cafetería de personal, la preventivista se ha acercado al pase de guardia de la Unidad de Aislamiento de Alto Nivel. Quería escuchar la evolución de la paciente trasladada desde las Cíes y estar presente por si el siguiente equipo de guardia tenía alguna pregunta sobre el protocolo de aislamiento y las medidas de protección.

Iria, la paciente, continúa en estado de coma. Sus constantes vitales se mantienen estables, aunque débiles. Por momentos, ha comentado la médica adjunta a cargo de la paciente, su frecuencia cardíaca y su respiración se aceleran y la actividad cerebral parece aumentar de manera significativa. Pero estos ciclos, aunque alarmantes, parecen durar apenas un par de minutos. La fiebre se mantiene elevada. Hay que estar vigilantes ante la aparición de convulsiones. En cuanto a un potencial agente patógeno, no pueden decir mucho. Los microbiólogos de guardia se han empleado a fondo, pero los resultados todavía no son concluyentes. Los patógenos más habituales para fiebres hemorrágicas han dado negativo en la analítica de sangre y los cultivos microbiológicos no han sido concluyentes. Al no conocer sus antecedentes de viajes, se ha solicitado también una PCR para plasmodium por si pudiera ser una malaria. En un principio parecía haber dado positivo, pero el examen de gota gruesa no ha visualizado esquizontes del parásito, por lo que no se puede confirmar que fuese malaria ni tampoco descartarla. La analítica, por supuesto, mostraba una elevación acusada de indicadores de infección aguda y coagulación alterados: leucocitos y enzimas hepáticas por las nubes, las plaquetas por los suelos... En la escala pronóstica de Bakir para fiebres hemorrágicas, la paciente ha obtenido una puntuación de 10, lo cual indica un pronóstico de mortalidad del 100 %. Sería un milagro si saliera de esta, ha añadido la médica a modo de conclusión. Al finalizar su intervención, las miradas se han dirigido a Carmela. Sin mucho más que añadir, la doctora Peleteiro ha recordado que, mientras no se conozca la etiología de la enfermedad, esta se tratará como cualquier otra fiebre hemorrágica transmitida por contacto, como un virus del ébola o un Crimea-Congo, lo que obliga a un estricto aislamiento de la paciente así como a utilizar los equipos de protección individual. Su homóloga del servicio de salud laboral les explicaría, de nuevo, cómo ponerse y quitarse los trajes para garantizar una mayor seguridad.

Carmela habría querido quedarse en el hospital, pero todos la han convencido de que se vaya a casa y descanse. ¿Tan mala cara tiene? Ellos están frescos como lechugas; ella hace algo más de veinticuatro horas que ha entrado en el hospital y ha dormido apenas un par de horas con la cabeza apoyada en el escritorio de su despacho, babeando la tecla p, de pringada, del teclado del ordenador. Definitivamente, necesita irse a casa, darse una buena ducha y dormir un rato en su propia cama. En cualquier caso, ha insistido en que la mantengan informada.

Bajando en el ascensor hacia la entrada principal del edificio, Carmela revisa el teléfono móvil. Un mensaje en CharlApp® de su cita espera a ser leído. La culpa recorre su mano, sube por su brazo y se instala en su cabeza. Por la misma trayectoria, el miedo al rechazo hace el recorrido de vuelta. Las emociones se agolpan en el umbral de la vergüenza, peleándose por traspasarlo. Seguramente, tendrá un buen cabreo. Seguramente, no quiera volver a quedar con ella. *Vaia leria!* Carmela decide coger el toro por los cuernos y abre el mensaje: «No pasa nada, lo comprendo perfectamente. ¡Que te sea leve!».

Carmela respira de alivio, exhalando sus miedos. La visión de la paciente tras un muro de metacrilato, enchufada a mil cables, luchando entre la vida y la muerte, le ha abierto la mente. Pulsa el botón de llamar.

—¡Hola! ¿Quieres venir a comer a mi casa?

Casimiro pega un portazo, apoya la espalda contra la puerta y toma aliento. Ya les ha prometido buscar una solución en la medida de sus posibilidades, que ciertamente son muchas. Y aun así, esa turba de coléricos y energúmenos campistas lo ha seguido hasta la oficina, increpándolo e insultándolo. ¡Qué ataques tan gratuitos! Casimiro entiende la frustración de sus huéspedes pero este linchamiento público está del todo injustificado. A punto han estado esos domingueros de convertir su oficina en un improvisado patíbulo. ¿Pero es acaso él culpable de algo? ¿Tiene él la culpa de que haya una ola de calor, bueno, no una ola de calor cualquiera, sino la ola de calor más intensa desde que hay registros? ¿Tiene él la culpa del calentamiento global o del agujero de la capa de ozono? ¡Si hace años que dejó de usar laca! ¿Tiene él la culpa de que la gente enferme, de la delicadeza de sus intestinos o la propagación de las pestes? ¡Por favor, su higiene es irreprochable! ¿Y tiene él la culpa de que la naviera haya cancelado el transporte a las illas Cíes? ¿Es acaso el jefe de los mecánicos de los astilleros de Ferrol? Por talento, podría serlo, pero no, no es el caso ni por asomo. Sí, hay una ola de calor, hay campistas enfermos y un ferri en dique seco, pero no, nada de eso es culpa suya ni tampoco su responsabilidad.

Casimiro echa el pestillo por dentro a la puerta de la oficina y se desploma en su silla ergonómica, que gracias a su impulso gira lentamente sobre su eje. Casimiro gira y gira, como gira el carrusel de sus emociones. Como gira la rueda de la Fortuna. Sin duda, ahora está en sus horas bajas, oh Diosa mutable cual luna. Un desconocido sentimiento de vergüenza le corroe por dentro mientras se pregunta una y otra vez qué pensarán. Qué pensarán de él, obviamente. Estarán poniéndolo a parir, se figura lamentoso, querrán poner hojas de reclamaciones, se imagina, y, automáticamente, siente activarse esa zona lisonjera de su psique que lo obliga, día sí y día también, a tener que agradar a todo el mundo. Casimiro siempre se dice que se debe a la expresión de su carácter generoso, su impulso emprendedor de hacer del planeta un lugar mejor donde todas las personas vivan en paz y armonía. Y, sin embargo, detesta esa parte de su personalidad, ese vil gusanillo complaciente que crece y crece hasta dominar sus sinapsis neuronales, convirtiéndolo en esclavo y títere de su necesidad de complacer a los demás. ¡¡Plas!! Da con ambas palmas sobre la mesa del escritorio. La vergüenza ha dado paso a la ira. Está rojísimo de ira. Pues si antes se preguntaba, y negaba ser culpable de la ola de calor, de la enfermedad de los campistas o la cancelación de la ruta por ferri, ahora tiene claro quién es la responsable de todo eso. Esa arpía, medio mujer, a lo sumo, medio *bulldog* francés, botijiforme, esa maldita funcionaria de tres al cuarto, de café a las 9:00 y a las 11:00 y peluquería barata cada dos jueves, que no ha hecho más que complicarlo todo desde que llegó. Lo que debía haber sido un simple paripé burocrático, un informe gris de tres líneas, esa aceituna con patas lo ha convertido en un auténtico circo, haciendo de todos ellos sus payasos, especialmente a los turistas, para qué negarlo. ¿Y si...? ¡Ah! ¿Y si esta funcionaria cualquiera ha sido enviada por algún colega suyo para hacer quedar mal a Casimiro, para hacer que lo echen, para provocar un escándalo falaz que manche su ejemplar gestión y que permita a alguno de sus enemigos —pues todos los genios los tienen a montones— mediocres y envidiosos, para impulsar un quítate-tú-para-ponerme-yo de manual? Sí, por fuerza tiene que ser eso. Entre funcionarios, ya se sabe, que por mal que se lleven, siempre les queda un resquicio de ese infeccioso corporativismo para subyugar y oprimir a los pobres contribuyentes. ¡Maldita sea Margarita Erauso y toda su estirpe! Necesita pruebas, necesita adelantarse a los planes de esa señora. Vamos, Casimiro, piensa, tienes que hacer algo.

Su agitación es tal que, llevándose la mano al bolsillo, recupera su moneda y la lanza con todas sus fuerzas contra la pared de la oficina. Lejos de clavarse en la madera, como él esperaba, la moneda rebota y sale disparada, golpeándole entre ceja y ceja.

Reflejado por las verdes hojas de los árboles el sol centellea. Se escapa la tarde. La brisa mece suavemente sus ramas y el rumor de la arboleda se funde con el batir constante de las olas del mar. Camufladas bajo sus altas copas, las verdes lonas de las tiendas de campaña apenas se aprecian desde el cielo. Sus ojos avistan algún que otro pez fresco saltando por aquí y por allá. Un jugoso bocadillo de tortilla de patata está fuera de su plateado envoltorio. El fulgor del papel la hace sentirse confundida. Le recuerda a las relucientes escamas del pescado que tanto le gusta. El instinto dirige su vuelo.

Le encantaría lanzarse en picado a por ese bocadillo de tortilla, pero debe regresar al nido a cuidar de los bobos de sus polluelos. Su instinto la pone en alerta. Alguien o algo se acerca. Es uno de esos bípedos que pasean de allá para acá por su isla. Pero este patizambo es diferente, no es como los otros. Sin previo aviso, se arroja sobre ella. Sin poder reaccionar, siente un fuerte golpe en la cabeza, ve sus plumas revolotear a su alrededor. Y después, fundido en negro. La nada más absoluta.

—Acérquense un poco más, que no muerdo —dice Marga ofreciendo una seductora sonrisa, que saca a relucir su amplia experiencia en comunicación de riesgos—. Me presento nuevamente, por si alguien no me conoce: soy la doctora Margarita Erauso, del Servicio de Epidemioloxía de la Dirección Xeral de Saúde Pública. Fui enviada ayer por la Consellería de Saúde para hacerme cargo de los casos de infecciones gastrointestinales que se detectaron por la mañana. Desde hoy mismo me acompaña también mi colega, el doctor Casas, que ha sido enviado por la Xunta como apoyo en la gestión de esta intervención sanitaria. Bien —continúa. Marga sigue los protocolos de actuación, cuyo primer paso es la vinculación con la comunidad afectada y generar confianza, reconociendo las evidencias—. Como todos y todas saben, hemos detectado varios casos de personas con síntomas similares, en un mismo lugar, en un mismo periodo de tiempo y que podrían estar relacionados entre sí. Estas agrupaciones son lo que conocemos como brotes epidémicos. Nos estamos ocupando de resolver la situación y de que el brote se extienda lo menos posible —se hace un murmullo general, que a Marga no le preocupa porque el término «brote epidémico» suele desencadenar ese efecto. Una vez soltado el bombazo informativo toca pedir la colaboración de las personas afectadas para superarlo con consenso—. Si colaboramos, entre todas y todos podremos conseguir cortar la transmisión lo antes posible. Verán, hay una herramienta muy sencilla y que resulta de gran ayuda para ello: el aislamiento de los casos. Todavía es pronto para determinar la vía de transmisión de esta enfermedad, es decir, cómo se transmite. No obstante, después de pasar las correspondientes encuestas epidemiológicas a las personas afectadas, consideramos que lo más probable es que se transmita por el contacto de persona a persona y mediante alimentos contaminados. Como también saben, en estos momentos el traslado a tierra está temporalmente afectado, y aunque deseamos que la ruta se restablezca a la mayor brevedad, no sabemos a ciencia cierta cuánto tiempo tendremos que permanecer en la isla. Ante esta situación, debemos comenzar a tomar las medidas oportunas cuanto antes y nuestra prioridad, en este momento, es intentar romper las cadenas de transmisión y que los casos dejen de aumentar entre nosotros. En resumen, si las personas enfermas se instalan en un espacio aparte y las tratamos con las precauciones debidas, la infección dejará de transmitirse. —Marga toma un respiro y evalúa con la mirada las reacciones de sus atentos espectadores, que la observan con interés pero con desconfianza. Marga sonríe para sus adentros porque sabe que los tiene donde quiere. Ha hecho esto más veces de las que pueda recordar. Se acerca la estocada final y aquí, muy importante, debe dar la imagen de tenerlo todo bajo control. La gente no quiere pensar, desea recibir instrucciones claras y precisas, y de eso Marga tiene a cascoporro—. Para impedir el contacto entre las personas enfermas y las sanas, hemos dividido el camping en dos sectores. En la zona oeste, que está más allá, acomodaremos a las personas con síntomas, donde les aseguro que van a estar perfectamente atendidas. En la zona este, que es donde estamos ahora, nos quedaremos las personas que no tenemos síntomas. Como ven, en medio de las dos zonas está el área comunitaria, donde se encuentran los baños y el edificio de la cafetería, que usaremos por turnos para no entrar en contacto directo las unas con las otras. Tenemos una lista... ¿Dónde está la lista? La lista... está aquí. Tenemos una lista con los nombres de las personas afectadas con síntomas compatibles hasta el día de ayer. Si alguien ha empezado con síntomas desde entonces y no lo ha comunicado todavía, por favor, hágannoslo saber para prepararle un lugar en el sector de aislamiento. El doctor Casas se ha encargado de la zonificación, los flujos de paso de personas y la adecuación de las zonas comunes para hacer uso de los tan necesarios servicios higiénicos con el menor riesgo posible —concluye Marga con satisfacción, considerando que ha tocado los temas centrales y ha quedado todo clarinete—. ¿Alguna preguntita?

—Sí, ¿cuáles son los síntomas? —pregunta una de las campistas.

—Buena pregunta. Los síntomas más frecuentes son la fiebre elevada, los vómitos, el dolor abdominal, el dolor de cabeza y la sensibilidad a la luz directa, así como el aumento en el volumen y número de deposiciones —responde Marga.

—¿Cagalera?

—Sí, cariño, cagalera. El conjunto de síntomas no es habitual y pensamos que el calor insoportable que estamos padeciendo puede hacer que se manifiesten de otra manera. Por ejemplo, la cefalea y la fotofobia, el rechazo a la luz directa, no son síntomas que se asocien comúnmente a los brotes de infecciones digestivas pero podrían estar relacionados con el calor y la deshidratación. A ver. Usted.

—Yo quería saber si esta enfermedad puede... ya sabe... afectar a personas de todas las edades —pregunta una mujer que abraza a dos gemelas de unos siete u ocho años.

—Por ahora no nos consta que haya ningún menor infectado, pero lo más probable es que sí, que los menores puedan infectarse. Aunque a veces las enfermedades afectan de manera diferente a los niños y a los adultos. Le daremos más detalles cuando sepamos qué germen la causa. Más preguntas. Venga, tú.

—Sí, eh, doctora, ¿cuánto tiempo tendrán que aislarse las personas con síntomas?

—El periodo de aislamiento se irá ajustando a medida que tengamos más información de qué patógeno podría estar causando el brote. En principio durará lo que duren los síntomas. Lo más importante es mantener una buena higiene de manos y la limpieza y desinfección de todas aquellas superficies y útiles que puedan haberse contaminado con heces o fluidos de las personas enfermas. La medida del distanciamiento en sectores la mantendremos hasta que podamos tener una idea más precisa de a qué nos estamos enfrentando —responde Marga con la sensación de estar metiéndose en camisa de once varas.

—Vamos, que no tienen ni idea de lo que está pasando —comenta un hombre. ¿Es el abogado de la cafetería del día anterior? Marga no está segura.

—Hay cosas que sabemos y cosas que no sabemos —responde la epidemióloga con paciencia—. Tenemos sospechas de qué puede estar causando esto. Hay varios virus y bacterias que pueden producir cuadros clínicos similares pero, como comprenderá, no nos podemos aventurar a decirles nada, así a la ligera, hasta que no lo sepamos a ciencia cierta, ¿comprende? En este momento, estamos casi seguros de que se transmite por el contacto estrecho de persona a persona y por alimentos, pero es demasiado pronto como para afirmarlo al cien por cien. Precisamente por eso estamos tomando estas medidas, como el aislamiento, el cual es una medida eficaz para cortar la cadena de transmisión de este tipo de enfermedades. Sabemos también que la paciencia es una virtud, sobre todo cuando nos enfrentamos a la incertidumbre, y que sin la colaboración de todas las personas que estamos en este camping la situación puede llegar a complicarse más de lo que ya lo está —responde Marga con suavidad pero firmeza. Como la piedra pómez con la que se lima los callos.

—Doctora, yo tengo una pregunta. Hemos oído que ayer evacuaron a una persona de la isla. ¿Tiene que ver con todo esto?

—Es posible... Y si no hay más preguntas, les agradecemos mucho su atención. —Marga cierra la conversación de un portazo. Lo último que necesita es un grupo de campistas alarmados y cotillas—. Ahora, si son tan amables, diríjanse a sus tiendas y comuniquen todo esto a sus familiares y allegados afectados para poder comenzar con el aislamiento. Si tienen alguna otra pregunta, no duden en acercarse a nosotros para que podamos resolverla.

El grupo se queda en silencio, un mutismo cargado de pensamientos confusos y emociones contradictorias. Marga puede escuchar a la gente pensar, dudar. Pero sabe por experiencia que necesitan algo de tiempo para procesar toda la información que acaba de soltar. Poco a poco, los campistas van dando la espalda a Marga. Alguno deja escapar algún comentario por lo bajini, agregando un poco más de tensión al ambiente. Qué mandona la vieja. Se crean algunos pequeños grupos que comentan, *sottovoce*, sus impresiones, mientras se alejan. Marga permanece ahí, de pie, sin abandonar su puesto de autoridad, dando la oportunidad de acercarse a quien quiera preguntar algo de manera más privada.

Pero en lugar de un campista, es Eusebio quien se acerca, dispuesto a ser el primero en romper el silencio que los atenaza.

—Bueno, creo que ha ido muy bien —le dice a Marga en parte para animarla un poco—. ¡Menudo aplomo tienes! Ojalá pudiera yo despachar estas situaciones como tú lo haces —remarca el guardabosques con sincera admiración.

Marga sonríe, aunque no puede evitar sentir el peso de la situación, cada vez más complicada.

—Un brote epidémico de una enfermedad aún por identificar, en un campamento, en una isla prácticamente incomunicada, en medio de una ola de calor... Yo ya no sé qué más puede pasar. No sabía si comentarles lo de la chica evacuada o lo del enfermo que mordió a su compañero ayer por la noche. Además, tampoco hemos podido confirmar que los casos de la arqueóloga y el camarero estén relacionados con el brote, aunque parece lo más seguro... Lo estamos haciendo lo mejor que podemos. Menos mal que me estáis ayudando mucho —es la primera vez que Marga deja de tratar de usted a Eusebio.

—No seas tan humilde, Marga. Lo habrías resuelto igual de bien con o sin nosotros —continúa Eusebio—. Además, qué poder de persuasión tienes, que hasta Casimiro te apoya en esto de crear una zona de... ¿aislamiento has dicho?

Marga mira a Eusebio con picardía.

—Casimiro está escondido de los campistas en su oficina, como una avestruz esconde la cabeza en un agujero para que no la vean. Estoy segura de que, si pudiera, estaría ahora mismo al teléfono con su señora hermana, que por lo visto tiene un puestazo en la Xunta, quejándose de mí y buscándome algún problema. Algo bueno tiene esta incomunicación —ríe su propio chiste con poco convencimiento—. Casimiro no sabe nada de lo del aislamiento... —confiesa Marga—. ¡Todavía! Pero hay que tomar estas decisiones rápidamente y no estoy para discutir con ese hombrecillo, la verdad. Este señor no atiende a razones, así que no tengo más remedio que imponer mi autoridad sanitaria.

Para cuando Casimiro salga de su propio aislamiento, todo estará funcionando y no tendrá más remedio que asumir la situación a hechos consumados —concluye Marga con una sonrisa.

—No sé yo... —contesta Eusebio rascándose la cabeza.

Marga deja a Eusebio con su incredulidad y se acerca a Pedrito, que estudia el listado de casos y cómo distribuirlos por el área de aislamiento. Con camaradería, Marga lo toma del brazo.

—Tenemos que estar muy atentos. —Pedrito mira fijamente a Marga y asiente—. Debemos tener muy claro el protocolo de actuación. Tú y yo somos las únicas personas aquí que podemos dar indicaciones. Así que cárgate de paciencia porque van a surgir muchas dudas. Mira, ahí viene corriendo la primera... Sí, ¿en qué podemos ayudarte?

—¡No están! ¡Se han ido!

—¿Quiénes se han ido, cariño?

—Los enfermos.... ¡no están en sus tiendas! ¡Han desaparecido!

CAPÍTULO V

_Tarde del segundo día

OÍCHES PÓDCAST.

Tu plataforma de audiocontenido, de Galicia a tu oído.

Residencia de Mayores El Paraíso, presentado por Carmiña, periodista jubilada pero nunca retirada.

—Bueno, bueno, bueno, afilad vuestros colmillos, porque se viene una receta con la que se os va a hacer la boca agua, apreciada audiencia de este pódcast Residencia de Mayores El Paraíso. Y para hablarnos de esta receta, tenemos a otro de nuestros residentes más queridos, don Mauricio. ¿Cómo estás, Mauricio? ¡Mauricio!

—¿*Ein*?

—¿Está usted bien?

—Sí, sí, es que con este calor, me quedo *enmodorrado* por las esquinas.

—Claro, claro, Mauricio, no hay viejo que aguante este calor... Pero nos iba a contar usted su receta, que estaba para chuparse los dedos, ¿verdad?

—¿Mi receta de sesos rebozados? ¿Y para qué queréis saber mi receta de sesos rebozados?

—Pues para que la gente pueda prepararla en su casa.

—Esa receta era de mi abuela. La preparábamos en la aldea después de la matanza.

—¿De tu abuela, Mauricio? ¡Pues tanto mejor! No podemos

perder todas esas costumbres culinarias de nuestros antepasados, ¿no crees? Sería una lástima.

—Una lástima, sí... Mira, lo primero de todo, lo primero es... matar al cerdo. Luego se cuelga de un gancho para que suelte toda la sangre. Cuando ya se desangró, hay que abrirle la cabeza con un machete, a machetazo limpio, así. Por aquí, *d'este* lado, por donde el cráneo no se astilla. Se le hace un agujero.

—Sí, Mauricio, pero la gente hoy en día lo comprará en la carnicería, no va a matar al cerdo.

—*Pa* quitarle los sesos al cerdo hay que matarlo. ¿O no? ¿Entonces? Continúo. Se mete un alambre por el agujero de la cachola y se perfora la teliña esa que tienen los sesos, hace... ¡*crack*! A veces sale un líquido, como una agüilla. A veces no. Con el alambre se enganchan los sesos y se van sacando fuera a una *cunca*. Otras personas de la aldea los sacaban por los ojos, donde el hueso es más *feble*, pero mi abuela me lo enseñó así. Luego ya se lavan, se maceran en ajo y limón y se cocinan a la plancha.

—¿Y el rebozado?

—¿Qué rebozado?

—Nos dijiste que eran sesos rebozados.

—¿Rebozados? No, no... macerados, quería decir, sesos macerados.

—Ah, bueno, entonces sí. Excelente receta, más sana sin frituras. Apunten, apunten. No sé a ustedes, ¡pero a mí se me ha abierto el apetito!

—A ver, a ver, cálmate, cariño —dice Marga y aprieta el brazo de la azorada campista—. ¿Qué quieres decir con que los enfermos no están? Estarán en el baño o dando una vuelta. ¿Has mirado bien dentro de la tienda? Estas tiendas son enormes.

—Mi amiga no está, pero tampoco el resto de los enfermos. Han... desaparecido.

Marga coloca la palma de la mano a modo de visera y mira

hacia la zona de las tiendas. Donde antes reinaba una pandilla de turistas disfrutando de una plácida mañana de verano azul, ahora se observa un hervidero de confusos y extrañados campistas, y lo que más teme alguien que tiene que liderar a un grupo: en pánico.

━━━

La zona comunitaria parece una jaula de grillos. A Eusebio no le parece la mejor de las ideas salir a buscar a personas enfermas con el calorazo que hace y sin un transporte sanitario adecuado, pero nadie quiere quedarse a esperar de brazos cruzados. Entre la deshidratación y la desorientación que parece producir esta extraña infección, lo más probable es que a más de uno le dé un golpe de calor, barrunta el guarda forestal. En ese caso, transportar un enfermo inconsciente no es tarea fácil, así que hay que darse prisa e ir en grupos capaces de cargar con pesos muertos. Se tienen que organizar para ayudarse los unos a los otros. Además, la tarde avanza implacable y cada vez quedan menos horas de luz. Él conoce la isla como la palma de su callosa mano, un surco aquí y una dureza allá que conducen a uno u otro dedo. Un dedo que deja caer sobre un mapa abierto ante él con la esperanza de poner algo de orden en la discusión.

—Esta es la zona más alejada de la isla, hay poca vegetación y se puede recorrer en la camioneta para ganar tiempo. A la vuelta podemos subir al Alto del Príncipe para tener una vista más amplia de la zona. Esta de aquí —dice Eusebio señalando otro punto en el mapa— es mejor recorrerla a pie, es muy boscosa y cuantos más ojos haya, mejor que mejor. Además, es una zona con poco desnivel y esa parte de la illa do Montefaro, en la que estamos ahora, y de la illa Monteagudo, es decir, la isla Norte, la del muelle, son las más cercanas al camping. Podríamos dividirnos en tres grupos y cubrir toda la isla en apenas unas horas.

Marga asiente, seria por fuera, pero satisfecha por dentro. Por fin no es la única que tiene que cargar con todo el peso del liderazgo y lo agradece. Ella irá con Eusebio en el coche, ya lo tiene decidido. No hace falta que venga nadie más. Así podrá estar otro ratito a solas con él... ¡pero Marga! No es el momento de perder la concentración. Pero es que ese hombre cada vez le parece más atractivo. No solo por su físico, bien parecido, con buena percha. No importa que tenga un poco de tripa y le claree la coronilla. A su edad, el físico sigue teniendo su importancia, pero aprendes a apreciar otras cosas: una sonrisa amable, una mirada penetrante y honesta, unas manos con personalidad, una voz agradable... ¿todo eso es físico o metafísico? En cualquier caso, el carácter, la actitud y los valores es lo que más atrae a Marga, aunque siendo sincera consigo misma, nunca ha vuelto a estar con otro hombre desde... desde Marcelino, ¡ay, Marcelino!

—Te pregunto que si te parece bien, Marga... ¡Doctora Erauso! —exclama Eusebio.

—Eh... sí, sí, claro. Me parece fenomenal —responde Marga saliendo del paso— y recuerden llevar agua y mantenerse a la sombra —una recomendación que siempre queda bien, piensa Marga, intentando recuperar el hilo.

—Estupendo. Entonces en el primer grupo iremos la doctora Erauso y yo, y el segundo grupo lo liderará Pedrito... quiero decir, el doctor Casas —continúa Eusebio, a lo que Pedrito asiente—. Necesitaríamos a alguien para liderar el tercer grupo.

—Pueden contar conmigo —dice un hombre saliendo de entre la gente—. Hace falta ser duro para enfrentar estas situaciones. Esto no es como en las películas.

—¿Es usted militar? —pregunta Eusebio con curiosidad.

—No, soy abogado, pero desde esta mañana siento que me estoy endureciendo. Ah, y hago buceo.

—Gracias. ¿No hay nadie más que pueda liderar el tercer grupo?

—A mí no me importaría. Supongo que ya sabéis quién soy... Soy Caye, tengo un blog de viajes. Tengo mucha experiencia viajando, quiero decir.

—¿Y alguien con experiencia en gestión de grupos? —pregunta Marga.

—Yo soy monitora de tiempo libre —deja caer Noela, la guía *Starlight*.

—Perfecto. La monitora está al mando —decide la epidemióloga—. Los demás, les rogamos que se unan a alguno de los dos grupos. También necesitamos gente que se quede. Este sería el cuarto grupo. Quien no se vea con fuerzas para caminar o prefiera quedarse defendiendo el fuerte, por si alguien regresa y necesita su ayuda, que se quede aquí con Berta. Ah, y por último: quiero a todo el mundo aquí a las veintiuna horas. Poco después oscurece y no queremos que nadie esté por ahí de noche haciéndose el valiente, ¿lo tenemos claro? Pues vamos allá.

Van a ser unos días que no olvidarás nunca, te había dicho tu padre antes de meterte en el ferri camino a las islas Cíes con tu tía e irse a pasar el fin de semana con su nueva novia. Pero desde hace un rato te has ido sintiendo peor y peor. No has querido molestar, así que ahí estás, en medio de esa reunión de adultos, que a saber qué problema tienen.

Tú solo quieres ir a la playa y bañarte con tu recién estrenado flotador en forma de unicornio con cabellera y cuerno multicolor. Otro regalo de tu padre como compensación por no pasar contigo, su propio hijo, el único fin de semana que le toca al mes desde que tu madre se divorciara de él. Entradito en carnes como estás, el flotador se te ajusta a la incipiente tripita de prepubescente como un miriñaque hecho a medida. Y eso es mucho mejor, porque así no tienes que hacer fuerza para no escurrirte por el agujero cuando estás en el agua, ni preocuparte porque se te caiga al suelo cuando estás en tierra firme. Puedes moverte con el flotador de aquí para allá, como si cabalgaras a lomos de ese plastificado unicornio, lo que además te aporta mayor espacio personal.

Así y todo, no puedes decir que sea ni el mejor ni el peor fin de semana de tu corta vida. Pero te sientes raro. Megararo. Entretenido, pero apático ante las diversiones que te ofrece la isla. Saciado, pero con un hambre canina. Cansado, pero lleno de energía. Síntomas habituales en un preadolescente, por otro lado, si no fuera porque te sientes cada vez más mareado, te duele la cabeza y el ambiente se ha teñido de un filtro amarillo cetrino de lo más inquietante. Durante la comida, los fideos instantáneos comprados en el ultramarinos te han parecido, por un instante, como largas lombrices que apretaban y estiraban sus carnosos cuerpos dentro del paquete en un caótico peristaltismo; o el zumo de naranja te ha parecido teñirse, durante un momento, de un espeso y brillante tinte carmesí.

Ahora, mientras esperas a que la tediosa conversación entre esos viejos termine para dar paso a una nueva tarde de diversiones con tus primos, puedes oír la cabecera de tu programa favorito, ese de los pueblos que compiten entre ellos por una atención mediática inmerecida. A tu lado, el presentador del concurso, vestido de traje y con cara de uva pasa rehidratada, anuncia el operativo organizado para la búsqueda de los campistas.

PRESENTADOR: Bienvenidos y bienvenidas a este *Gran Cíes*. [Aplausos. Aplausos. Stop]. Les presentamos a los cuatro equipos que van a participar en nuestra gincana de esta tarde. En primer lugar, tenemos al Equipoooo Verdeeeee. Con una media de edad de muchos años y kilos de arrugas en las patas de gallo tenemos a Eusebio, el guardabosques, y a Marga, la epidemióloga. Su arma secreta es el coche. Un aplauso para ellos. [El público aplaude con ansia viva]. ¿Queréis contarnos algo? ¡Vamos, decid algo a nuestra audiencia!

EUSEBIO: Ahora que estaba aprendiendo a abrirme, quizás me espere un trágico final.

MARGARITA: Menos mal que vamos en coche, porque tengo las varices a reventar.

PRESENTADOR: ¡Oh! ¡Qué interesante! Pasemos a nuestro segundo equipo. El Equipooo Rosaaaaa. Acompañado por unos cuantos figurantes con menos futuro que un estudiante de pedagogía, el piolín apesebrado y médico residente, Pedrito Casas. ¡Cuéntanos algo de ti, Pedrito!

PEDRITO: Si vuelvo a casa muerto, mi novio me mata.

PRESENTADOR: ¡Oh! ¡Qué bonito! ¿Qué dice ese público?

PÚBLICO: [Cantado]: ¡Qué bonito! ¡Qué bonito!

PRESENTADOR: Y llegamos al tercer equipo, el Equipooooo Rojoooo. Rojo sangre, rojo pasión. Coordinando un grupo de campistas que van a durar menos que el orgasmo de una hormiga, Noela, la monitora de tiempo libre; Caye, la bloguera, y Enrique, el...

ENRIQUE: Abogado.

PRESENTADOR: ¡El que tengo aquí colgado! [El público ríe con entusiasmo]. Siempre pican... ¿Qué nos contáis de vosotros? ¿Caye, Enrique, Noela?

CAYETANA: Soy una líder natural.

NOELA: Me encanta hacer felices a las niñas y a los niños.

ENRIQUE: Esta chavalita se me va a tirar al cuello cuando yo te diga.

NOELA: Soy lesbiana.

ENRIQUE: Eso es porque no has probado un buen [pitido].

PRESENTADOR: ¡Bueno, bueno! ¡Durísimas declaraciones de nuestros participantes! ¡Parece que va a ser un programa de morirse! Cada grupo tiene asignado un área de búsqueda. El grupo que vuelva con más campistas se hará con el premio secreto. Ya que los desaparecidos pueden aparecer por sí solos en el camping, tenemos un cuarto equipo, el Equipooooo Maaaaaarroooón. Formado por los campistas más cobardes que prefieren quedarse haciendo bocadillos de queso y chorizo para la cena, y vagos, como ese adolescente entrado en carnes que lleva puesto un flotador y está esperando que empiece la gincana para escaquearse e irse a la playa —sí, lo digo por ti cara-caqui—, un equipo liderado por Berta, la responsable del camping. ¿Qué pasa, Berta?

BERTA: No sé por qué, pero me presento como la responsable del camping, cuando solo soy recepcionista. Mi tío...

PRESENTADOR: ¿Cómo dices, Berta?

BERTA: No, nada, nada...

PRESENTADOR: ¡Pues nada, entonces! Tenemos a todos en sus puestos. Estamos a punto de dar el escopetazo de salida, pero primero, una pequeña pausa publicitaria y enseguida estamos de nuevo con ustedes. ¡No cambien de canal!

[Aplausos. Aplausos. *Zoom out*]

Radio El Olivo, todo sobre la ciudad de Vigo.

Radio El Olivo les abre las puertas al mundo del saber. *Cultura en familia*. Historia, arqueología, gastronomía, cine, teatro, fútbol. *Cultura en familia*, pensada para grandes y pequeños, niños y adultos. No se pierdan nuestro próximo programa de *Cultura en familia*: *Antropofagia en el siglo XXI*. *Cultura en familia*, en su horario habitual de las cuatro de la mañana.

—¿Has dicho fiebre o febrícula? —pregunta Carmela sosteniendo el teléfono móvil contra su oreja. Pregunta casi más por preguntar que por otra cosa y así ganar algo de tiempo. Los pasos a seguir son exactamente los mismos, ya sea fiebre o febrícula.

—Febrícula —responde al otro lado su colega de salud laboral—. La enfermera tiene 37,6 grados en la escala Celsius, para ser más precisa —un silencio tenso empieza a construirse entre su interlocutora y Carmela, a la espera de la siguiente pregunta que ya intuye en su fuero interno. Esa pregunta, tan temida ante las crisis sanitarias, cuya respuesta en el momento oportuno marca la diferencia, a veces sutil, entre hacer el ridículo o ejercer como una profesional de primer nivel—. ¿Y ahora qué hacemos?

—¿La habéis entrevistado en profundidad para aseguraros de si ha realizado alguna maniobra de riesgo en la paciente evacuada de las Cíes? —continúa interrogando Carmela, albergando la esperanza de que pueda tratarse de un proceso viral común y corriente. Acostada en la cama, juguetea con el borde de la sábana.

—Sí, la hemos entrevistado y ha entrado en contacto directo con la paciente y con sus fluidos. Le ha puesto una vía y le ha tomado varias muestras tanto de sangre como de orina. Ella asegura que hizo un buen uso del equipo de protección individual durante la atención, pero... no puede garantizar que no cometiera algún descuido durante su retirada. En ese momento estaba sola. Tendremos que revisar las grabaciones para ver paso a paso cómo se quitó el equipo, si se tocó la cara o algo así, pero tardaremos bastante. Ya sabes cómo estamos con las vacaciones y con los temas de personal.

En ese momento, Andrea regresa del baño en plena desnudez y se acurruca al lado de Carmela. Pero esta se levanta y camina de un lado al otro de la habitación.

—Sí, sí, estamos igual en todos los servicios: el personal justito y las vacaciones sin reemplazo. Y encima, cuando viene un marrón así, esperan que lo podamos hacer todo al instante y sin cometer ningún fallo. En fin. Pues, por lo que dices, si cumple la definición de caso en investigación, cumple la definición de caso en investigación y actuamos en consecuencia. Para eso están los protocolos. Y más aún cuando estamos hablando de una compañera, una enfermera de este mismo hospital que está en contacto permanente con otros pacientes en situación vulnerable.

Carmela cuelga el teléfono y promete volver al hospital enseguida. Pensativa, se queda mirando el móvil. Los avisos de CharlApp® se acumulan en el panel de notificaciones. En cuanto se difunda que una enfermera va a estar en alto aislamiento hasta descartar un contagio del patógeno traído de las Cíes, los chats del hospital van a echar chispas. Muchos profesionales aprovechan la mínima para vomitar su frustración contra el hospital en estos grupos, un río revuelto al que Carmela teme verse arrastrada. Tiene que adelantarse, poner en sobre aviso a la dirección médica, llamar a salud pública, hacer que todos espabilen, que pongan más medios, evitar males mayores. Tiene que contactar con Marga, pero el número al que llama no responde, está apagado o fuera de cobertura en esos momentos, inténtelo de nuevo más tarde. Además, tiene que escribir un correo electrónico para notificar el evento de manera urgente, describir las características de todas las personas en seguimiento por salud laboral, es decir, personal de medicina, enfermería, auxiliares, personal de limpieza y retirada de residuos... ¿y los familiares en seguimiento? ¡Buff!

—¡Hola! —una voz le habla desde la cama.

Carmela se vuelve rápidamente con sorpresa. Casi había olvidado que Andrea estaba allí, sobre su cama, completamente desnuda, mirándola con curiosidad. Un aura de perfección la envuelve, como a una maja contemporánea pintada por una inteligencia artificial imitando a Velázquez. Andrea lanza un lazo imaginario sobre el cuerpo de Carmela y tira despacio de ella. Guiada por esa fuerza invisible, la preventivista vuelve poco a poco al colchón. Andrea sonríe, graciosa y sensual, y con un último tirón, lanza a Carmela de vuelta a la cama y la cubre bajo las sábanas. Allí abajo no hay hospitales, no hay infectados, no hay enfermedades de declaración obligatoria. Al menos no por ahora. Las listas de verificación solo marcan zonas erógenas. Solo ellas, mirándose la una a la otra como dos adolescentes. Como no pudieron hacerlo cuando fueron adolescentes. Carmela se entregaba a esos pocos y recientes encuentros olvidando todo lo demás. Pero hoy no. Hoy su mente está muy lejos de allí y lo percibe en su mirada y su actitud, más preocupada de lo normal.

—Tienes que irte, ¿verdad? —pregunta. Carmela siente que algo se rompe en su interior. Es el miedo a perderla. Permanece en silencio, sin saber qué contestar. Finalmente le devuelve la mirada, pero antes de que diga nada, Andrea la tranquiliza—. No te preocupes. Podemos vernos la semana que viene, si quieres. Tampoco es que sea el fin del mundo.

Y así, la famosa hidalga Margarita Erauso y su noble escudero, Eusebio Panza, emprenden su marcha más allá del dique del Charco dos Nenos, hacia la isla Norte de las Cíes. No van a lomos de un mal rocín, ni sobre un hipogrifo violento que corra parejo con el viento. Pero van en un cuatro por cuatro, que a los siglos vino a ser lo mismo. Recorren las leguas que del campamento les separan del faro do Peito, en la isla Norte. Permanecen siempre atentos a cualquier movimiento entre los árboles y la maleza, siempre en un concentrado mutismo, queriéndose decir muchas cosas, pero sin atreverse a quebrantar el silencio que tensa su sensorio. Nada encuentran, no obstante, en su periplo. Nada más que una isla desconocida por cuanto desierta se halla.

Pedrito sale con pies ligeros por el camino que sube hasta el faro de la isla del Medio, seguido por un nutrido escuadrón de valientes jubiladas. Aunque está asfaltado desde hace años y aquí sí hay camino, hacen el camino al andar. Transcurre esta senda por encima de la cafetería del campamento, pasando por delante de las oficinas del gerente del camping, de la casa forestal y del antiguo convento, hoy punto de información para turistas. Pedrito se adelanta con paso firme y decidido, a su paso normal, la verdad, más rápido que la media. Deja atrás a las jubiladas, que charlan y parlotean, ríen y hasta sacan fotos a los paisajes para enviarles a sus nietos. Qué viaje más entretenido nos está quedando, chicas. Y Chelo no quiso venir, ella se lo pierde, va a morirse de la envidia. Pedrito las espera a cada tanto. Pero quien espera, ya se sabe, se tira de los pelos, aun con el nivel de paciencia que caracteriza a nuestro Pedrito. Cuando era un pequeño y rollizo *scout*, siempre lo dejaban de último y esto le hizo prometerse que no dejaría nunca a nadie atrás. Así que no tiene más remedio que abrazar su espíritu de señora. A paso de geisha continúan el camino, pero no oyen más voces de auxilio que el de las altas copas de oscuro follaje, con su bien acompasado y monótono zumbar.

A Marga le suda el canalillo. A Pedrito, los pies. Pero al abogado buceador se la suda todo, así que toma el liderazgo del grupo de la guía *Starlight*, su grupo, porque él se está haciendo más y más duro por momentos. Qué suerte tienen de contar con un verdadero hombre como él. Ya va dando indicaciones a los demás, explicando cuestiones que nadie le ha preguntado. Lanzando miraditas a las chavalitas del grupo. Van cruzando el dique que une ambas islas y recuerda que la noche anterior vio pasar a dos parejitas y les dijo: «¿Un paseíto con las chavalas, eh?» Ahora uno de ellos estaba mordido. Joder. Es espeluznante. Aterrador. ¿Tienes miedo ya?

Berta va encontrando el ritmo. Pan. Queso. Chorizo. Pan. Pan, queso, chorizo, pan. Pan, queso, chorizo, pan. Pan, queso, chorizo, pan. Pan, queso, chorizo, pan...

Estoy en el asiento del copiloto del todoterreno de Eusebio, detenido a un costado de la calzada. Más allá de la ventanilla, el bosque se extiende espeso y silencioso. Entre mis manos, sujeto el marco con el retrato de Marcelino. Bajo la vista buscando su rostro, pero la foto ya no está. En su lugar, una imagen del alcalde de Vigo, Caín Fidalgo, vestido de Julio César, me devuelve la mirada. Extrañada, miro hacia mi izquierda. Sentado en el asiento del conductor, el gato negro y de patita blanca me mira fijamente. ¿Qué haces aquí? ¿Dónde está Eusebio? El gato lanza un maullido apagado, salta sobre mí, ronronea en mi regazo. Se frota contra mis pechos, que se mueven y suenan como si tuviera un cascabel entre ellos. Vuelve a maullar y salta por la ventanilla, perdiéndose entre los árboles.

Instintivamente, salgo del cuatro por cuatro y lo sigo. Michi, michi, michi, lo llamo. No quiero que el gato entre en el bosque. Podría ser peligroso. Las sombras bailan detrás de los árboles. La cola del gato serpentea entre las plantas bajas del sotobosque. Cuanto más lo sigo, más espeso se vuelve. Las ramas no me dejan avanzar. Intento apartarlas y la tela de mi sotana se va enganchando en el ramaje. Al ver a una mujer, me detengo. Es la novicia otra vez.

Ha traspasado los límites del convento. Está más allá de donde se le permite pasear. Mirando siempre atrás, avanza con sumo cuidado. Y, sin embargo, no se ha dado cuenta de que yo, la mujer vestida con sotana, he seguido su rastro. Sube y sube bosque arriba por un camino apenas trazado, evitando dejar huella alguna. ¿Adónde te diriges, novicia, por estos caminos de Dios? ¿Quién te enseñó? El bosque termina

dando paso a un alto rocoso, por el que la novicia asciende con la gra-
cilidad de quien conoce el terreno que pisa.

Arde sobre el cielo azul el frío sol de la tarde de invierno. Solo unos
ojos expertos advierten en lontananza opacas nubes que anuncian
tormenta. La novicia se acerca hasta el borde de las rocas que, gracio-
samente cinceladas por el agua, el viento y la sal, terminan en acanti-
lados que se asoman a un océano de horizontes infinitos. ¿No querrás,
joven novicia, quitarte la vida, lanzarte al pecado mortal? Una mano
aparece entre las rocas. Le sigue un brazo, una oscura cabeza y un
cuerpo que se abalanza sobre la novicia. ¿Es otra de esas cosas?

Estoy a punto de acudir en su ayuda, pero me detengo al oír la risa
de la novicia y la voz de un hombre que la abraza contra su cuerpo,
sentados a horcajadas sobre un trono de piedra. ¿Quién es ese hombre
que la mira y la desnuda? ¿Es un otomano fugitivo, uno de esos turcos
que asolaron estas rías, que mataron a tus padres y violaron a tus
hermanas? Ella lo encontró un caluroso día de fin de verano, mientras
recogía moras silvestres de los zarzales. Él estaba allí, entre los árbo-
les, observándola, a escasos metros. Sus ropas, raídas por la vida de
náufrago, dejaban entrever un hirsuto y ancho pecho de moldeados
pectorales esculpidos en el barco del turco al que servía. Su visión ha-
bría asustado a cualquiera de las otras monjas. Pero en ella ha hecho
surgir una emoción que solo la contemplación del crucificado había
conseguido alumbrar.

Les observo parapetada tras el tronco de un árbol. De lo que que-
da de su estropeado pantalón bombacho, el hombre saca la mano
cerrada. Con tiento ceremonial, mira a la novicia y abre el puño, ha-
ciendo aparecer un humilde colgante elaborado con unos cordones
y unas pequeñas caracolas traídas por el mar. Tras una sonrisa de
aprobación por parte de la muchacha, el hombre coloca la artesanía
alrededor de su delgado cuello. Veo cómo juntan las manos, cómo se
miran y pienso que no puede ser pecado un cariño siendo tan verda-
dero. Las mejillas de la niña se encienden con los rubores de la auro-

ra. Hunde sus manos entre los cabellos de él, que, en rizados bucles de azabache, caen sobre sus hombros contorneados por una vida en la mar y mesa con sus dedos la barba, oscura y cerrada, que resalta unos labios turgentes y solícitos, que no se atreve a besar. Siente sus fuertes manos sobre su cintura asiéndola cuando se escabullen entre las rocas y desaparecen.

¿Qué harás, niña, si las hermanas supieran de tus furores de juventud, de tu fararirirá? ¿Qué harán las mujeres de esta isla cuando sepan que guardas, cuidas y festejas los placeres de un amor prohibido?

La luz que se cuela entre las hojas de los árboles parpadea. Las nubes de tormenta se acercan a toda velocidad. Al final de un camino entre los árboles, Iria, la arqueóloga, vestida con una bata de hospital y agarrada a un soporte de suero y medicación intravenosa, me saluda. El sol desaparece tras el manto violáceo de las nubes. El viento agita las ramas. Una bandada de gaviotas surca el cielo muy cerca de los árboles, graznando de desesperación.

INSTAPIC

Cayetana Polo

@petateypalacaye

[Foto con una cuadrilla de búsqueda].

Aquí estamos, buscando a los enfermos que parecen haberse esfumado del camping. A veces hay que dejar de pensar en nosotros mismos y echar una mano a los demás, ¿no creéis? Os leo en los comentarios.

#cies #islascies #happy #glamping #influencer #destinostarlight #ferricancelado #enfermedad #contagio #prayforcies #ayudando #solidaridad

Error en la subida

Post no publicado

Un bache en mitad del camino despierta a Marga. Disimula poniendo cara pensativa. Eusebio sonríe y toma un desvío a la izquierda, siempre subiendo. Conduciendo llegan al Alto del Príncipe, un risco que salta a los acantilados hacia el inmenso océano Atlántico. Allí, siglo tras siglo, el viento y el agua han ido esculpiendo la roca hasta formar un trono de granito, conocido popularmente como la Silla de la Reina, desde el cual se divisan todas las islas. Marga se sienta en la dura y áspera piedra y coloca el bolso sobre su regazo. Lo agarra con fuerza. Ahí abajo, en el lado continental de la isla, el camping descansa so el pinar. Y más allá, las faldas del monte y el camino se extienden, subiendo hasta el faro principal. La tarde parece transcurrir tan tranquila... Sí, demasiado tranquila.

Como epidemióloga siempre le han enseñado que su vista es como la de un pájaro, como un ave que sobrevuela la ciudad y contempla a la población en su conjunto, una médica que, en lugar de tratar a un paciente de forma individualizada, trata a muchas personas de manera comunitaria e incluso social. Pero desde ahí no ve un carajo, y es que a veces hay que mirar más de cerca para poder discernir algo.

Marga aparta la vista de la inmensidad. Busca a Eusebio. Lo encuentra agachado entre unos arbustos, unos metros más abajo. Marga se levanta, se aleja del acantilado y se acerca al guardabosques. Al notar su presencia, este se vuelve hacia ella con cara de preocupación. Con el dedo índice de la mano derecha sobre los labios indica a Marga que guarde silencio. Con la otra mano señala algo en el suelo, se levanta y ojea unos metros más abajo, vigilante. Marga sigue las indicaciones de Eusebio y tiene que llevarse ambas manos a la boca para mitigar un pequeño grito que se escapa, sin querer, desde lo más profundo de sus pulmones. Un charco de sangre roja, fresca, sin coagular, brillando a la luz de la tarde, y restos de alimentos sin digerir cubren un área de varios metros. Marga se teme lo peor. Alguien debe de estar desangrándose en una profusa diarrea sanguinolenta. O quizás sea una hematemesis, alguien vomitando sangre. En cualquier caso, Marga se vuelve hacia Eusebio intentando transmitirle urgencia. Pero Eusebio no parece compartir su preocupación. Avanza por el camino de bajada, manteniendo su mano izquierda en alto en señal de *stop* para Marga. La epidemióloga está azorada, ansiosa, da pequeños pasos hacia Eusebio.

—Alguien se está desangrando, tenemos que encontrarlo. Toda esa sangre...

—Esa sangre no es humana —contesta Eusebio en voz baja.

Marga se echa hacia atrás con los ojos tan abiertos como puede.

—Tienes que mirar más de cerca. Y escuchar. Cierra los ojos.

—No estamos para juegos de kung-fu, Eusebio —protesta Marga.

—Cierra los ojos y escucha —insiste Eusebio.

Marga opta por no discutir y cierra los ojos con una mezcla de prisa e indignación. Y escucha. Escucha las olas del océano Atlántico, azotando con inclemencia las rocas de la vertiente occidental de la isla. Escucha la espuma alzarse con violencia y caer, de nuevo, sobre la piedra de los acantilados. Escucha la brisa marina que sopla desde el sur, húmeda y caliente, lamiendo las cimas de los riscos, descendiendo hasta perderse entre los pinos, eucaliptos y robles bosque abajo. Escucha el monótono estridular de las cigarras en el intenso calor de la tarde. Poco a poco, su mente se abstrae de todo ello, quedando tan solo el silencio. Marga abre los ojos y la boca con asombro.

—Las gaviotas. No se escuchan las gaviotas.

—Llevamos horas dando vueltas y no hemos visto ni una triste gaviota. Están en su época de cría. Deberíamos encontrarnos con ellas cada dos pasos. Ponen nidos hasta en los caminos más transitados y no hay ni rastro de ellas. Esa sangre que hemos visto no es humana. Si uno observa más de cerca, puede ver plumas cubiertas por toda esa sangre y vísceras. Alguien, o algo, ha estado alimentándose de esas gaviotas y sus polluelos y estas se han escondido o puede que incluso estén abandonando la isla. Y si ellas lo hacen, quizás nosotros también deberíamos hacerlo, Marga.

—Eusebio, me estás asustando.

—Yo también estoy asustado.

Ambos callan por un momento mientras sus cerebros cavilan qué hacer. Marga es la primera en tomar la palabra.

—Está bien. Que no cunda el pánico —resuelve, tratando de convencerse a sí misma—. No hay manera de abandonar la isla en estos momentos, así que lo menos que podemos hacer es buscar a las personas enfermas. Yo, desde luego, me niego a quedarme sentada en el camping mientras están por ahí, confusas y desorientadas, y sabe Dios en qué estado.

—Marga...

—No, Eusebio, entra en razón.

—¡Marga! —grita Eusebio, señalando el campo cubierto de helechos y arbustos detrás de ella—. Creo que las gaviotas no se han ido a ningún lado.

Marga se vuelve sobre sí misma, solo para descubrir la mayor carnicería que jamás haya visto. Los cuerpos de decenas de gaviotas, desplumadas, cubiertas de sangre, evisceradas, cubren con sus restos toda la ladera de la montaña. Marga se lleva una mano a la nariz. Eusebio repite el gesto detrás de ella. Una náusea ataca su paladar desde el vientre. Intenta controlarla, pero sucumbe, se dobla y vomita a los pies de su compañera. Ella lo toma por los hombros mientras rebusca en su bolso. Extrae un pañuelo y se lo tiende. Eusebio se limpia la boca, se recompone como puede y respira profundamente.

—Hemos tenido suficiente. Venga, volvamos al camping —sentencia Marga.

Agarrada por el cogote, la han arrastrado por la espesura. Sus plumas se han ido desprendiendo del cuerpo, enganchadas a las espinas de las silvas y las zarzas del sotobosque. Ha intentado zafarse. Ha movido sus alas rotas. Ha clavado la punta del pico en la muñeca de su agresor hundiéndola en su tensa y pútrida carne, entre los huesos y los tendones. Ha sentido cómo la sangre de su captor caía, fría y densa, resbalando por su emplumado rostro. Pero la mano que se había cerrado sobre el pescuezo se ha mantenido impertérrita a sus vanos intentos de huida. Agotada, la gaviota ha terminado por rendirse a un incierto destino.

Al alcanzar la parte más alta del bosque, su cuerpo ha sido golpeado por última vez, en esta ocasión contra una roca. Las uñas de su asesino se han abierto camino entre el plumaje blanco y gris, haciendo espacio a unos dientes que le han atravesado la piel a mordiscos, devorando, finalmente, sus entrañas calientes e indefensas.

Terminado el festín, el bípedo ha lanzado el cuerpo inerte más allá de la linde del bosque. Los restos yacen ahora junto a cientos de cadáveres de sus patiamarillas hermanas, abiertas en canal, destilando sangre fresca que tiñe la ladera con un intenso carmesí.

Ahora, envuelta en un manto gris, su mágico espíritu alza el vuelo y, tal y como había llegado a la isla muchos años atrás, la abandona, volando cada vez más alto, cada vez más lejos, cada vez más libre.

Marga se baja del cuatro por cuatro cerrando la puerta con tal ímpetu que casi la hace giratoria. Siente la furia subirle desde los pies hasta la vena yugular, pasando por los pantalones, la entrepierna, el abdomen y el pechamen, a punto de reventar de sangre desoxigenada y de pura frustración. Siente que la braga-faja le aprieta más de lo normal. Frente a ella aparece Pedrito con las manos hacia arriba y las manos hacia abajo, en signo de resignada incertidumbre. A Marga solo le hace falta verlo para entender que tampoco han encontrado a ningún enfermo, pero la aparente tranquilidad de Pedrito termina por desquiciarla.

—Ven conmigo —le espeta Marga, susurrando un grito entre dientes—. Que vengas, te digo.

Pedrito la sigue con resignado nerviosismo, sin saber qué es lo que ha hecho mal. La persigue intentando repasar todo aquello en lo que puede haber fallado, que es mucho, pero por más vueltas que da a sus indicaciones, no halla la razón por la cual Marga pueda estar tan disgustada con él.

Su superiora camina directa a la cafetería, sin correr, pero a todo lo que dan sus cortas y robustas piernas que a veces le recuerdan, con cariño, a las de un *bulldog* francés. Es ella misma la que arranca el precinto que impide el acceso y traspasa el umbral golpeando las puertas con ambas manos. Sí, sí, trae un cabreo que *pa* qué.

Una vez dentro, y a solas, se prepara para la que le va a caer. Libreta y bolígrafo de publicidad de Sumergibles Indalecio en mano, Pedrito eleva las cejas y mira a Marga con cara de corderito degollado, atento a todo lo que pueda decir. Ella se mueve de un lado al otro, caminando en el espacio que separa los mostradores de comida, ahora vacíos, de las mesas. Hace aspavientos, farfulla, relincha. Finalmente, se da la vuelta. Tiene fuego en la mirada.

—¿Y tú, qué? ¿No dices nada? —No, no dice nada—. ¡Ah! ¡Me voy a volver loca! ¡Más loca de lo que ya estoy! ¿Qué demonios está pasando, Pedrito? ¿Dónde están los enfermos? Y ahora, ¿gaviotas muertas, desmembradas, destripadas? ¡Esto se está saliendo de nuestra jurisdicción, Pedrito! Y por si fuera poco, tengo unos sueños rarísimos que me tienen la cabeza como un bombo. Y tú... ¡tú tan tranquilo! ¡¿Cómo puedes estar tan tranquilo?!

Pedrito, que ha ido apuntando todo en su libreta, hasta eso de la jurisdicción y los sueños, levanta la cabeza. Mira a su colega y se encoge de hombros. Marga chifla como un hervidor de agua puesta al fuego demasiado tiempo, solo que en su caso lo que le hierve es la sangre, la sangre que le falta a su colega.

—Es en los momentos de mayor estrés cuando más hay que mantener la calma, Marga. Lo dicen...

—¡No! Ni se te ocurra terminar esa frase...

—... todos los...

—Pedrito...

—... manuales de epidemiología.

Marga se lleva las manos a las sienes, se sienta en una silla y deja caer la cabeza sobre la mesa. Cierra los ojos y choca la frente con la superficie de madera, con pequeños y repetitivos golpecitos. Pedrito se acerca a ella, despacio, muy despacio. Si no fuera porque la conoce bien, pensaría que Marga podría estar infectada. Ese pensamiento pasa por su preventivesca mente, pero lo desecha con igual rapidez. Hay un motivo más sencillo que ese y ya se sabe que la explicación más sencilla suele ser la más probable. Lo leyó hace poco en un sobre de azúcar.

—Marga —susurra Pedrito sentándose a su lado y poniendo una mano sobre su hombro—, es normal estresarse y perder los nervios en esta situación. Y también es normal tener pesadillas en coyunturas como esta. Le puede pasar hasta a la más experimentada, como tú.

—¿Me estás llamando vieja? —contesta todavía con el rostro apoyado contra la mesa.

—Lo que digo es: si nosotros perdemos el control, ¿qué será de esta gente?

Marga se incorpora despacio y se vuelve hacia Pedrito con el gesto torcido de contagiada resignación. Es su forma de darle la razón. Que no le pida más. Está a punto de decirle algo cuando un estruendo metálico los abduce de su momento de corporativa intimidad. Un estrépito de cazos y sartenes que proviene de la cocina de la cafetería. Ese inconfundible ruido de cacharros que caen y chocan los unos contra los otros. Marga salta como un resorte. Los ojos se le abren como platos. Pedrito tiene todos los pelos de punta. Se levantan de la silla con sigilo. Pedrito agarra a Marga por el brazo, intentando llevarla hacia la salida, pero esta se resiste y le hace un gesto señalando la puerta de la cocina. Vamos a ver qué pasa, le dice con la mirada. Puede ser un enfermo, le contesta Pedrito con las cejas. Si es una persona enferma, es nuestro deber ayudarla, insiste Marga ocularmente. Pedrito se rinde ante el telepático argumento.

Como si caminaran sobre un alambre, se acercan a la puerta de la cocina. En su interior continúan los ruidos, un cuenco aquí, un plato allá. Pegadas sus cabezas la una a otra, se asoman a través del grueso cristal de ojo de buey, pero no alcanzan a ver al culpable de tal bullicio. Algo parece acercarse, así que se agachan súbitamente. Marga muestra su intención de abrir un poco la puerta. Pedrito la mira, nervioso, pidiéndole precaución. ¿No será mejor ir a pedir ayuda? Marga entreabre la puerta con cuidado. Sobre una mesa metálica, lo ve, un hombre clava sus dientes y devora a manos llenas algo que no alcanza a distinguir. Es Xacobe, el guía del punto de información, el que se había desmayado el día anterior en esta misma cafetería. Marga deja que la puerta se cierre y, valiéndose del palo de una escoba situada a su derecha, bloquea la puerta pasándolo por las asas de la misma. Xacobe parece oírlos y corre hacia ellos. Tiene la boca y las manos teñidas de púrpura, y Pedrito y Marga emiten un grito de horror al verlo aparecer tras el ojo de buey.

—¡Hola! Por fin alguien —saluda Xacobe—. ¿Dónde estabais todos?

Marga y Pedrito se miran atónitos. Xacobe intenta abrir la

puerta, pero en ese momento se da cuenta de que está bloqueada por el otro lado.

—Eh, ¿qué hacéis? —pregunta con un tinte de sorpresa y miedo en su voz—. ¡Abrid la puerta, ho!

Marga mira a Pedrito una vez más antes de dirigirse al guía:

—Xacobe, ¿verdad? ¿Cómo te encuentras?

—Estoy mejor... ¿Es usted la doctora, no es así? Me desperté hace un par de horas y tenía un hambre atroz. Me comería una vaca cruda, se lo aseguro. El camping estaba desierto, así que me he venido a la cafetería a comer alguna cosa. No me he cocinado nada, de verdad. Ya he visto que han cerrado la cocina, por lo de la intoxicación, ¿no? Yo creo que lo mío ha tenido que ser un golpe de calor. Soy de tener la tensión baja, como mi madre —ríe nervioso Xacobe.

—Tienes la cara llena de sangre o...

—¿Sangre? Ah, no. He encontrado unas cerezas en la despensa. Están de temporada, riquísimas, del Bierzo...

Aliviado, Pedrito, que del susto había caído al suelo de culo, se levanta dispuesto a liberar a Xacobe de su culinaria reclusión, pero Marga se interpone. Ya está hasta el moño de tanto despiporre.

—Lo sentimos, Xacobe, pero estamos ante una situación muy difícil y no podemos asegurar que tus síntomas, aunque compatibles con un golpe de calor como bien dices, no se deban a la infección que está asolando el camping y, en concreto, esta cafetería en la que te hemos encontrado varias veces.

—Pero ¡dejadme salir! —protesta Xacobe—. No podéis tratarnos así, ¡ni que tuviéramos la peste! Esto no me parece profesional.

—La verdad es que a mí tampoco —confiesa Pedrito a Marga por lo bajo.

—Lo hacemos por tu propio bien, Xacobe. Todos los enfermos han desaparecido y no me gustaría que te convirtieras en un desaparecido más. Así que, cariño, te vas a quedar aquí quietecito comiendo lo que quieras. Tienes baño ahí atrás, si no me equivoco, y si necesitas alguna cosa, no dudes en decírnoslo y te la traeremos encantados, ¿okey? Pero tú no sales de aquí, por ahora. ¿Se me entiende?

—¡Somos derechos y tenemos personas! No somos números ni apestados, tenemos nombres y apellidos: Xan, Bieito... Iria... ¿Qué ha sido de ella? No la he vuelto a ver desde que salió del punto de información.

—Iria está en buenas manos, está en el hospital bien atendida... —tranquiliza Marga a Xacobe. Al punto, se detiene—. Un momento, un momento ¿qué quieres decir con que no la volviste a ver desde que salió del punto de información? ¿No cenaste aquí esa noche?

—No, las cenas de aquí son un poco grasientas y me resultan pesadas, la verdad. Además, con estas temperaturas apetece algo más ligero...

Los morritos de pato regresan al rostro de Marga. Cuando eso pasa, Pedrito sabe que tiene que dejarla pensar. Piensa, patito, piensa. ¿Y si...? ¿Y si la cafetería no fuese la fuente de infección? ¿Y si no fuese solamente una intoxicación alimentaria como se había sospechado desde el principio? Es decir: ¿y si la fuente primaria de contagio no fuese alimentaria? Por eso los cálculos no han relacionado ningún alimento concreto con los casos de infección. Sí, a veces ocurre. Pero a veces también se pasan cosas por alto. Maldita sea, farfulla Marga. Mete la mano en el bolso y saca su libreta, abriéndola con renovado enfado. Extiende la palma hacia Pedrito para que le pase el bolígrafo y empieza a calcular a mano alzada, como a ella le gusta. Suma, multiplica, se lleva una. Hace más números que Pitágoras. Está claro, ahora sí. Todos los casos primarios tienen una cosa en común, y no es la comida. Es ella. Es Iria.

Marga sale de la cafetería escopeteada en dirección a su tienda. Su pie choca contra la raíz de un árbol, que la hace trastabillar hasta el punto de casi caerse de bruces. La rabia que lleva encima es la peor de todas: la que tiene contra sí misma. ¿Cómo había podido ser tan tonta? Una vieja estúpida, se dice. Una ciega, una primeriza, una médica con un cursillo lo habría hecho mejor que ella, una experimentada epidemióloga con más años de carrera de los que le gusta admitir. Y así y todo, ha caído en el error que se aprende en la primera lección del manual de epidemiología. Lo común, lo habitual, la había llevado simplemente a ver los riesgos más comunes y habituales. Su ojo crítico tenía conjuntivitis crítica. Necesita revisar con urgencia la mochila de la arqueóloga que tiene en su tienda. Quizás, con suerte, contenga alguna libreta con anotaciones sobre dónde ha estado, algún viaje reciente, o algo que haya estado manipulando. Esa información puede ser la clave.

Entre inútiles lamentos y posibles esperanzas, Marga llega al avance de su tienda y se detiene en seco. El cierre no está echado, como ella lo había dejado. Quieta, muy quieta, acerca la oreja a la tela de la entrada. No quiere ni respirar. ¿Hay alguien ahí dentro?

Así aprenderá esa metomentodo a no ir haciéndole cosquillas a quien no debe. Bien mirado, le está haciendo un favor a ese capibara de circo dándole una lección que nunca olvidará. No te metas con Casimiro es la moraleja de su historia y de su estancia en el camping. Su camping.

Casimiro sonríe orgulloso ante su hazaña. Todavía sujeta la bolsa, apoyada sobre la mesa de su oficina. Mejor será que no la deje ahí, que la ponga detrás de la silla, no vaya a ser que alguien la vea. Si se quedará con ella o si se la devolverá al día siguiente, todavía no lo ha decidido. Sobre la marcha. Hay que saborear estos momentos, se dice a sí mismo. Un nuevo éxito de su gestión. Una maniobra de reducción de daños. En esa bolsa se hallan, sin género de dudas, las pruebas que ese batracio de escritorio pretende usar en su contra. Casimiro no se está defendiéndose, eso sería mezquino, egoísta. Está defendiendo algo más importante, algo más relevante, algo tan esencial como son las islas Cíes. El honor de todo el turismo gallego está en sus manos, pesa sobre sus hombros. Es un David luchando contra el Goliat de la inspección pública y la burocracia. Es un adalid, ni más ni menos, de la libertad. Pronto compondrán la epopeya *Casimiro* para que los gallegos le recuerden como es debido.

A pesar de todo, de sus heroicas y justificadas razones, no puede decir que haya disfrutado de ello. No ha disfrutado de entrar en la tienda de la epidemióloga, o como a él le gusta llamarla, la *epidemioloca*. No ha disfrutado al sentarse en la cama, todavía deshecha, de esa señora, mitad mujer, mitad monstruo marino. No ha disfrutado de hurgar entre sus cosas, de meter la mano en su maleta y juguetear con los dedos entre la ropa interior de Marga. No ha disfrutado al pasar las anchas bragas de esa hembra por sus narices, inhalando cada partícula, cada aroma entrelazado a las hebras del textil. No ha disfrutado mordiendo las costuras y restregando la prenda primero contra su pecho, bajando hacia su vientre y frotándola, finalmente, contra su pubis, abultado y férreo como el mástil de un barco a punto de surcar los mares de la pasión. Ha tenido que guardarse aquella braga-faja en el bolsillo del pantalón para no dejar pruebas de su necesaria pesquisa. Todo ello lo ha hecho sin más motivo que la pura devoción hacia su trabajo. Exigencias del guion.

Y es que cuando vio la bolsa lo supo. ¿Acaso ha pensado ese *bulldog* afrancesado que puede engañar a Casimiro con un truco tan burdo? Ese ardid de esconder lo más valioso dentro de un objeto en apariencia irrelevante como es una bolsa de plástico, de esas que se adquieren en un supermercado y que a veces Casimiro utiliza para proteger su peinado. Como quien guarda un anillo de brillantes dentro de un osito de peluche, esa hidra de Lerna ha querido esconder sus tesoros a la luz del día. ¡Qué osado retar a la inteligencia superior de Casimiro! Solo ha necesitado un rápido vistazo a su interior para saber que estaba en lo cierto. Dentro de la bolsa, una mochila. Y dentro de la mochila, *¡voilà!* Una libreta forrada con una tela de ante color damasco titulada «diario de campo» y una caja de cuero con una cinta de papel pegada sobre la que se había escrito las palabras «caja de muestras» han confirmado sus sospechas. Información y evidencias que ahora obran en su poder. Lo único que tiene que decidir es en cuál de todos los acantilados que circundan la isla debe perderse todo ello. Qué lección para Margarita Erauso, qué lección.

Pero sí, mejor será que la esconda. Si su perspicaz oído no lo engaña, ya está escuchando las voces de los campistas que han vuelto de esa absurda cruzada en busca de personas infectadas. Si esa gente quiere tomar el aire por la isla, ¿quiénes son esos de Salud Pública para coartar su libertad? Menos mal que está Casimiro para defender sus derechos. Menos mal.

De vuelta en el hospital, Carmela ha perdido la cuenta de los cafés que lleva encima. Tiene el estómago cerrado. Le pesan los párpados, está cansada y de mal humor, pero la adrenalina que corre por sus venas la mantiene con una lucidez que no siente desde hace tiempo. Lo único que ha comido son tres bombones de una caja que le regaló un residente al terminar la rotación, ya no sabe ni cuándo.

Empieza a preparar un correo electrónico con la notificación del evento, describiendo las características de las diecisiete personas en seguimiento por salud laboral, entre las que se encuentran personal de medicina, enfermería, auxiliares, limpieza y retirada de residuos, laboratorio y transporte sanitario. Le extraña ver que no hay familiares en seguimiento. ¿No se ha avisado a los parientes de la paciente? Incluye esta pregunta en el correo para saber si desde Salud Pública han hablado con ellos.

El contacto de la enferma trasladada desde las Cíes, la enfermera que la atendió y que refiere una fiebre de treinta y siete coma seis grados de temperatura mediante autotoma, continúa en seguimiento por salud laboral y no ha manifestado ningún síntoma hasta el momento. Carmela incluye una consideración de cosecha propia: le parece un periodo de incubación demasiado corto, poco probable pero no imposible. Borra fiebre y pone febrícula. Suena el teléfono, otra vez. Es de salud laboral, otra vez. Les ha llamado una enfermera, otra vez. No, no es la misma. No, esta no tiene fiebre ni febrícula, pero tiene vómitos y diarrea. No, no ha atendido a la paciente, pero cenó con la que tiene febrícula. Por indicación suya, ambas profesionales se encuentran en cuarentena en sendas habitaciones de la Unidad de Alto Aislamiento.

Carmela revisa por cuarta vez la historia clínica del caso primario y de los casos secundarios, la enfermera que la trató y la que cenó con ella. Repasa las valoraciones de salud laboral, las pruebas de laboratorio, los comentarios de microbiología, de medicina interna... Se esfuerza por recordar la conversación con Marga y las noticias que han ido apareciendo en los medios de comunicación. Intenta buscar una coherencia en todo lo que está pasando, pero cada vez que se acerca a una idea tiene la sensación de que esta escapa a su comprensión. Llama a Marga sin muchas esperanzas y salta de nuevo el buzón de voz. Se sirve otro café y da una quinta vuelta a todas las piezas de este extraño puzle, mirando de reojo a la caja de bombones ya vacía, tirada en el cubo de la basura. Se pasa la mano por la cara. Decide que es hora de levantarse y acercarse a ver a las enfermeras confinadas. Quiere hacerlo ella misma.

No sabe bien por qué, pero un sentimiento de culpa la corroe. Si hubiese esperado a que la dirección médica le hubiese dicho algo, o si hubiese esperado a que le diesen indicaciones concretas desde la Consellería o si no hubiese presionado para tener preparada la unidad de alto aislamiento lo antes posible, tal vez las enfermeras no se hubiesen infectado. O tal vez sí, pero al menos ella no tendría tanta responsabilidad en el asunto.

Mientras recorre el pasillo, Carmela ve a la subdirectora de enfermería acercarse por el fondo con cara de preocupación. Le entran ganas de esconderse.

—¡Carmela, contigo quería yo hablar! —la preventivista se teme lo peor—. ¿Ya sabemos si ha crecido algo en los cultivos? —pregunta Rosalía con una autoridad que estremece a Carmela.

—Aún no, todavía hay varias de las pruebas pendientes de resultado. Esperemos que puedan arrojarnos algo de luz lo antes posible.

—Entonces aún no sabemos lo que les pasa a mis chicas... —replica Rosalía resoplando de impaciencia. Entre sus manos, sujeta una caja de cartón—. ¿Pero les han sacado las muestras para el protocolo de accidente biológico o no?

—Los de salud laboral se las sacaron en cuanto empezaron con síntomas. Los de cuidados intensivos nos han adelantado que ya le hicieron las pruebas a la paciente y ha sido negativa para todo lo que recoge el protocolo, así que quedarían descartados tanto el VIH como la hepatitis B y la hepatitis C —responde Carmela.

—Bueno, esos de microbiología estarán muy ocupados escribiendo ya un artículo científico con todo esto. ¿Y qué dicen los de interna? No, no me lo digas, estarán dándole vueltas a los diagnósticos diferenciales más raros que se les ocurran —se queja Rosalía con las manos estrujando la caja.

—Desde interna aún no saben qué puede ser. Están esperando a ver si los cultivos o las analíticas apuntan hacia alguna afección concreta. Por el momento solo tienen los marcadores de infección elevados y algún síntoma general y eso puede ser compatible con un millón de cosas —responde Carmela. Se hace un silencio entre las dos profesionales. Rosalía se queda mirando fríamente a Carmela, como buscando una respuesta. Carmela la mira directamente a los ojos—. Rosalía... yo... lo lamento, siento mucho que nuestras compañeras se hayan infectado. Si hubiese actuado de otra manera...

—¿De otra manera? No, Carmela. Los equipos de protección estaban en su sitio, los protocolos revisados y actualizados y que no te quepa duda de que mis chicas son las más preparadas. Como profesionales sanitarios sabemos mejor que nadie a lo que nos enfrentamos en el día a día. Nosotras solo hemos hecho lo que es nuestro trabajo: prestar una atención de la mejor calidad a quien lo necesite y evitar en la medida de lo posible los riesgos asociados a la atención sanitaria, tanto para pacientes como para profesionales. No cargues con esta losa. No es tuya. Ve a ver a mis chicas y diles que la Rosalía les manda que se recuperen cuanto antes. Yo me voy a llevarles estas magdalenas a las enfermeras de la Urgencia —indica la subdirectora blandiendo la caja de cartón—. Si no les llevo algo dulce a media tarde, se ponen como *gremlins*. Son magdalenas que hacen unas monjitas de clausura, resurreccionistas creo que son. *Ora et labora*. Están rellenas de una mermelada de fresas riquísima, una receta secreta, *cuidao*. Y vienen cargadas, eh, te chorrea la boca de mermelada.

La subdirectora levanta la vista, hace una señal a alguien y echa a andar rápidamente. Carmela respira, con una sensación más ligera y el ánimo renovado, y continúa su camino. Rosalía tiene razón. Ella, al igual que muchas de sus compañeras, tiene que visitar a pacientes infectados de tuberculosis pulmonar, de varicela, de meningitis meningocócica o de alguna otra enfermedad transmisible. Ella, al igual que sus compañeras, sabe a lo que se expone cada vez que lo hace. Además, en su caso, esas visitas constituyen una labor indispensable, aunque insuficientemente valorada, para asegurarse de que se ponen en práctica las medidas de prevención y control de la transmisión de las enfermedades. ¿Es un riesgo? Sí, sin duda, pero gracias a esas indicaciones que traslada con frecuencia tanto a pacientes como a profesionales, cientos —si es que no miles— de personas evitan males mayores. Y ella tiene el privilegio de formar parte del virtuoso círculo de la prevención. Si es que, pensándolo bien, la medicina preventiva es lo más.

Con esto en la cabeza, Carmela llega a la unidad de aislamiento, saluda a las enfermeras del control y al personal facultativo. Se asoma al cristal del primer box de aislamiento. Olalla, la segunda infectada, está recostada, parece dormida. Avanza hacia el siguiente box, Xiana, la enfermera presuntamente infectada tras tomar muestras de la paciente evacuada de las Cíes, está mirando por la ventana. Parece abstraída. Carmela golpea con los nudillos en el cristal queriendo llamar su atención, toc-toc-toc. Con la mirada perdida, Xiana parece no reaccionar.

Mar en calma en un atardecer... El sol ha iniciado ya su último descenso. El calor empieza a dar un pequeño alivio. Las chicharras van amainando en su cacofónico coro, que pronto será sustituido por el cantar de los grillos. La tarde llega a su fin dando paso paulatino al oscuro manto de la noche estival, que empieza a extenderse desde el este crepuscular. Una leve brisa marina trae consigo su consabido olor a mar, a algas y sal. Pero esta vez hay algo más en su aroma. Más que un aroma, es un hedor, un hedor que resulta insoportable. Amargo, rancio, podrido, viaja en el espacio transportado por esta ventolina de poniente. Flota en el éter atravesando el campamento, sorteando cada obstáculo e infiltrándose por debajo de la puerta de la oficina del gerente del camping.

Casimiro se encuentra todavía en su interior. Ha aprovechado este tiempo de reclusión para hacer anotaciones en el manuscrito de sus memorias: *Diario de un hombre emprendedor*, por C.C. Carneiro. Una obra maestra rechazada por algunas editoriales que no han sabido entender la clarividencia de sus dogmas, pero que a buen seguro verá la luz muy pronto. Con su pluma estilográfica Pestian Zamarelli, Casimiro garrapatea nuevas ideas aquí y allá.

Sin quererlo, sus narinas se expanden, se elevan pizpiretas olisqueando un nuevo olor. ¿Qué es eso?, se pregunta. Acerca su nariz hacia su sobaco. No, por supuesto que no es él, pero por si acaso. Es otra cosa. Una cosa apestosa, no hay duda. No lo quiere ni pensar, pero a su mente se asoma la hipótesis de una avería en los sistemas de saneamiento de la isla. Los campistas se van a poner como una moto, y con razón, si descubren que este año Casimiro ha desviado los fondos previstos para preparar las alcantarillas para la nueva temporada en acondicionar su oficina, poner un aparato climatizador —que le está viniendo de perlas estos días, todo hay que decirlo—, cambiar aquella silla tan incómoda por la que tiene ahora, más ergonómica, y mejorar la decoración, una cosita aquí, un detallito allá, algo tan importante, por otra parte, como es favorecer un buen ambiente laboral. El suyo, concretamente. Quien dice desviar, dice priorizar.

No le queda más remedio que guardar el manuscrito de sus memorias en el cajón de la mesilla y acercarse, sigilosa pero elegantemente, hacia la zona de aseos comunitarios y poner a prueba su hipótesis con la esperanza de equivocarse. Casimiro cruza los dedos para no llevar la razón, solo por esta vez, aunque es algo que, a su juicio, no ocurre con frecuencia. Así que avanza, como quien no quiere la cosa, mirando hacia ninguna parte en especial, ¡qué va! Agudiza sus receptores olfativos a medida que se va acercando a los baños; el olor no parece provenir de sus instalaciones.

—¡Señor Carneiro! —grita esa agónica gárgola por sus gargantas.

—¿Qué quiere ahora? ¡No ve que estoy ocupado! Quizás los funcionarios como usted dejen caer el bolígrafo cuando sus caprichosas y cebadas tripas les exigen el aperitivo de las dos de la tarde, pero yo me dedico en cuerpo y alma a este camping, el más importante de la toda la costa atlántica, desde que me levanto hasta que me tapo con las sábanas de la noche.

—Yo también estoy trabajando, Casimiro —ladra Marga de muy mal humor—, y sin duda podría hacerlo mejor si no tuviese sus zarpas hurgando entre mis cosas.

—¡Qué maneras! ¡Ni se le ocurra señalarme con ese dedo suyo, que a saber en qué lugares ha estado! ¡Muestre un poco de educación, si es que sabe lo que es eso! Y esas acusaciones que lanza... no debería hacerlas sin ninguna prueba que las soporte, doctora Erauso.

Con el follón, algunos campistas empiezan a arremolinarse en torno a Marga y a Casimiro. Berta y Eusebio se acercan también. Huele a movida.

—Ha desaparecido una mochila de mi tienda y no se me ocurre otra persona más que usted para habérsela llevado. Y créame que tengo pruebas.

—Por favor —ríe Casimiro—, admítalo. Su credibilidad pasa por sus momentos más bajos. Nadie la tiene en cuenta aquí.

Bueno, quizás su secretario, ese perrillo faldero suyo de las gafitas. Me acusa usted de ladrón, ladrón, ladrón sin ser yo nada de eso.

—¿Ah, sí? Y entonces, ¿qué hacía esto en mi tienda? —replica Marga mostrando una moneda, y no una moneda cualquiera, sino la moneda de Casimiro.

El rostro del gerente se descompone por un momento debido a su numismática negligencia. ¿Cómo podía haber sido tan descuidado y haber dejado su moneda en la escena del crimen? Sin duda, aquella mujer es gafe. ¡Reacciona, Casimiro!

—¡Devuélvame eso! —lanza la mano, intentando agarrar la moneda—. ¿De dónde la ha sacado? Ya sé. Con toda seguridad, me la ha hurtado para poder incriminarme. Está intentando destruir mi reputación para meter aquí a su amigo, pero no lo va a conseguir, se lo aseguro, no lo va a conseguir, ¡a Dios pongo por testigo!

—¿Pero de qué está hablando? ¿Qué amigo? ¡Usted delira! ¡Suélteme la mano ahora mismo, botarate! ¡No le pienso devolver su moneda hasta que me devuelva la mochila que ha sustraído de mi tienda! ¡Entre en razón, señor Carneiro, se lo pido!

—Pero ¿qué están haciendo? —interviene Eusebio.

Marga y Casimiro forcejean, mientras Eusebio intenta mediar y separar a ambas fieras, ajenas a lo que se les viene encima.

Toc-toc-toc. Los nudillos de Carmela golpean de nuevo el cristal del box de aislamiento. Escuchas, desde lejos, el sonido de tu nombre. ¡Xiana!

Desde hace un rato, has empezado a no sentirte tú misma. Los sonidos y las imágenes llegan a tu cabeza con un retardo cada vez mayor. Llegan difuminadas, como si se proyectase una película al otro lado de una fina cascada de agua. La doctora

Peleteiro está ahí, al otro lado de esa catarata. Esa maldita doctora que ha ordenado que te encierren en contra de tu voluntad. «Aislada», por decirlo de una manera que suene más legal. No todo es negativo. Te sientes lejos de todo, sí. Pero también lejos del dolor. El hospital está lleno de pacientes y de muchos profesionales que podrían sacar partido de empezar a vivir como tú lo estás haciendo, lejos de una realidad dolorosa. Algo dentro de ti está creciendo, algo que te impele a conectar con otras personas y compartir esa nueva perspectiva de un mundo sin dolor ni sufrimiento. Consigues articular algunas palabras y respondes a la llamada de la doctora. Pero hay otra llamada que se oye más allá. ¿Quién será esa mujer? Sientes que te necesita, que tienes que salir de ahí y acercarte a ella. Protegerla de lo que se avecina. Ahí está otra vez esa tirana que te tiene atrapada, haciendo un ruido de lo más desagradable.

Carmela repite el gesto otra vez con más intensidad. Toc-toc-toc. Carmela se pregunta si la infección no te estará afectando a la audición. Lo repite una tercera vez, un poco más fuerte. TOC-TOC-TOC.

—Doctora Peleteiro, no me esperaba su visita —dices todavía con la vista perdida en la ventana—. ¿Qué quiere de mí?

—Hola, Xiana. Solo... solo quería saber cómo estabas.

Guardas silencio. Tras unos segundos, inspiras profundamente. Te cuesta centrarte, te cuesta elegir las palabras.

—¿Pues no lo ves? A la perfección. De vacaciones en una habitación de trece metros cuadrados, con un enorme cristal con vistas a la unidad de cuidados intensivos por el que todo el mundo me mira como a un bicho raro y sin poder tocar a nadie, ¡a nadie! Ni siquiera a mi propia madre, hasta que lo indique la doctora Peleteiro. Sáqueme de aquí, doctora, todo esto no es necesario.

—Entiendo tu frustración, Xiana —Carmela, ofuscada, hace de tripas corazón reprimiendo la idea de mandarla a la mierda y tratando de sacar su lado más amable pero con contunden-cia—. Aunque un contagio de una profesional con experiencia era posible, también era muy poco probable. Ya sabes a lo que nos exponemos cuando entramos en contacto con pacientes que tienen enfermedades contagiosas. En estos casos los proto-colos son inflexibles. Sabes que, entre otras cosas, sospechamos de una enfermedad infecciosa de alta patogenicidad. Si no, no estaríamos montando este operativo. Ten paciencia, Xiana, ha-remos todo lo posible para que estés bien atendida y esto acabe cuanto antes. Mientras, lo siento mucho, pero debes continuar en aislamiento.

No contestas. Te llegan palabras sueltas. Frustración, sí, estás frustrada, bastante. Inflexible, y una mierda, bien que se sal-tan los protocolos cuando quieren. ¿Continuar en aislamiento? Sientes cómo la furia te sube desde las entrañas a tu cuello, no puedes evitar emitir un gruñido. Tienes que salir de ahí, como sea. Te giras y con los ojos amarillentos y la cara rojiza comien-zas a gritar:

—¡Escucha, doctora de pacotilla, voy a salir de aquí con o sin tu consentimiento! Este es un trato que nadie se merece —te acercas a paso firme—. Tengo que salir de aquí cuanto antes. Tú no puedes parar lo que me está pasando... —Te detienes de pie frente al cristal y apoyas las dos manos sobre la ventana. Gri-tas—. ¡No puede parar lo que le está pasando al mundo! —coges impulso hacia atrás y golpeas con la cabeza el cristal, justo de-lante de Carmela. Una brecha rojiza aflora sobre tu frente, caes al suelo y comienzas a convulsionar. La luz del box pasa de azul a roja. Suena un pitido estridente. El personal médico comienza a ponerse los equipos de protección individual a toda velocidad. Tu cuerpo convulsiona violentamente en el suelo mientras la sangre brota de tu frente marchita.

Pedrito sale de su tienda de campaña. Por fin ha podido descansar un segundo, arreglar un poco sus cosas y, lo más importante, ponerse las perneras del pantalón desmontable. Fiz, su novio, odia esa prenda. Pero por muy poco estética que le parezca, tiene que reconocer su irrebatible utilidad: ¿que hace calor?, se convierte en un pantalón corto; ¿que hace frío?, tiene un pantalón largo. Pedrito, por su parte, tiene que admitir que las perneras, al usarlas menos, conservan mejor el color original de la prenda, así que cuando se las pone, el pantalón tiene un aspecto bicolor, más clarito por encima de la rodilla y más oscuro de la cremallera para abajo. A Pedrito, la verdad, le resulta la mar de gracioso. Irremediablemente, Fiz ha acabado por acostumbrarse. En este caso, además, no se ha puesto las perneras de su pantalón desmontable porque tenga frío —hace todavía unos treinta grados y son casi las diez de la noche— sino por algo mucho más relevante. A estas horas, a principios de verano, el sol aún está cayendo y es el momento favorito de los animales más mortíferos del mundo, es decir, los mosquitos, para cebarse sobre las pobres piernas de Pedrito. Esos dulces y fornidos muslos de montañero consumado que siempre se llenan de picaduras en verano. Hace mucho que ha aprendido que entre la integridad de su blanquecina piel y la estética, lo más inteligente es escoger la primera.

Con la mochila al hombro, emprende el camino de vuelta hacia la zona común con la intención de reencontrarse con Marga. Toca cenar, y aunque la cafetería esté inoperativa, Pedrito se ha traído del velero unas deliciosas latas de mejillones en escabeche, sardinillas en aceite y agujas en salsa de vieiras. Pedrito sucumbe ante la exquisita oferta de la industria conservera gallega. El hambre le nubla el juicio, le produce jaqueca y mal humor. Siempre se piensa mejor con el estómago saciado, en su opinión. Después de cenar, podrán evaluar las nuevas medidas a tomar ante los últimos acontecimientos. Este brote está resultando de lo más entretenido y pedagógico. No obstante, un sentimiento de inseguridad empieza a aflorar en su fuero interno. Algo no va bien. Decide, sin embargo, no preocuparse en exceso. Marga siempre tiene un roto para un descosido y la gente está cooperando un montón, algo que no es nada fácil de conseguir. Con eso, ya tienes muchísimo ganado. Lo dicen todos los manuales de epidemiología. Hay que involucrar a la comunidad en las intervenciones planteadas. La participación es la clave de todo. ¿Ves? ¡Ahí están! Pedrito puede ver a los campistas alrededor de Marga y la oye hablar. Aunque no acierta a escuchar lo que dice a esta distancia, es innegable que todo el mundo la mira con gran atención. Seguro que está tranquilizando al personal, ganándose su confianza. Tan campechana ella, no hay otra igual.

Antes de dirigirse hacia allí, Pedrito echa la vista atrás, atraído por los últimos rayos de luz que se proyectan paralelamente desde el horizonte. Oh, es la hora dorada. Pedrito toma su cámara, apunta a poniente y dispara una foto. Lentamente, baja la cámara, para observar un bulto al final del camino. A lo lejos, donde la senda termina, empiezan a proyectarse dos o tres sombras muy alargadas, avanzando hacia el campamento. ¡Por supuesto! ¡Más buenas noticias! Tienen que ser los enfermos que vuelven al camping. ¡Por fin! Pero espera. Pedrito mira hacia el horizonte. El sol ciega sus ojos por un momento. No puede ver bien. No puede ser. Con una mano, tapa la luz que le viene directa sobre los ojos y divisa por fin a los enfermos, caminando apresurados en su dirección, cubiertos de una sustancia viscosa, roja, amarilla, marrón, que parecen vómitos, sangre y heces. Sí. La brisa, cargada con su olor putrefacto, lo confirma. Pero lo más preocupante es su actitud de muy pocos amigos.

Algo en Pedrito se mueve, erizándole hasta el último de los pelillos, y eso que tiene muchos repartidos por todo el cuerpo.

Su corazón le dice, ¡necesitan ayuda, atiéndelos! Pero su mente le dice, ¡corre, insensato! Y sale disparado hacia el grupo, hacia Marga, pegando alaridos. ¡Están aquí! ¡Han vuelto! ¡Están aquí! ¡A la cafetería!

—¡Suélteme, le he dicho! ¿Será posible? —intenta decir Marga mientras forcejea con Casimiro.

—¡Suelte usted la moneda, gorgona! —refunfuña Casimiro apretando los dientes.

—Vamos, dejen de pelearse, por favor, van a acabar haciéndose daño —intercede Eusebio, que apenas puede separarlos. De dónde sacan tanta fuerza estos dos, se pregunta.

Escuchan entonces los gritos de Pedrito. ¡Están aquí! ¡Han vuelto! Marga y Casimiro se vuelven hacia el origen de tales alaridos, lo que Eusebio aprovecha para separar a ambos contrincantes e interponerse entre ellos. Marga mira, sin entender, a Pedrito, que corre en su dirección como alma que lleva el diablo, extendiendo los brazos en todas direcciones. Forzando la vista, observa más allá, hacia el final del camino. Una procesión de figuras comienza a aparecer, caminando apresuradamente hacia donde ellos se encuentran. Son sin duda los enfermos. Marga está a punto de exhalar un suspiro de alivio, pero antes de hacerlo, su garganta contiene el aliento. Ella ha visto esa forma de moverse, esa forma de caminar. Aunque están a cierta distancia, Marga recuerda con claridad su altercado con Xan el día anterior e identifica, en los enfermos que regresan al camping, la misma actitud, la misma disposición violenta y confusa que en el camarero. Da un paso atrás alejándose de Casimiro y mira a Eusebio. Este siente la intensidad de la mirada de Marga.

—Hay que meter a todo el mundo en la cafetería, ¡ahora! —indica la epidemióloga.

Eusebio asiente.

—¡Todo el mundo a la cafetería! No se acerquen a los enfermos, ¡vamos! —grita Marga.

Pedrito llega corriendo, casi sin resuello. Intenta recuperar el aliento por un segundo, pero no es necesario. Una única mirada basta para entenderse. Simultáneamente y sin tiempo que perder, se vuelven hacia el resto de los campistas:

—¡Vamos, a la cafetería! ¡Por favor, hágannos caso!

Algunos campistas se muestran extrañados, sin entender. Acaban de aparecer sus maridos, hijas, novios, amigas, ¿y estos dos les piden que no se acerquen a ellos? ¿En esa situación? ¡Están locos! Muchos salen al encuentro de sus esposas, hijos, novias y amigos. Otros se mantienen en sus posiciones, paralizados, confundidos, sin prever lo qué está a punto de ocurrir.

El teléfono de Carmela, ese perverso instrumento de tortura, había sonado media hora antes. Ha sido Martiño Míguez, el director médico del hospital, que por fin se dignaba a pasarse por el hospital y que la citaba para una reunión de emergencia. Bueno, él no había dicho de emergencia. Había dicho urgente, pero Carmela lo ha notado más alterado de lo habitual, que ya es decir.

Carmela ha acudido nerviosa a la reunión. Se esperaba que estuviera allí toda la cúpula del hospital. La situación no era para menos. En apenas unas horas desde el episodio de agresividad de Xiana, el saldo de personas afectadas por la nueva infección se ha elevado a casi una decena. Los dos facultativos de cuidados intensivos que entraron a atenderla acabaron mal parados, con los equipos de protección desgarrados, fruto de las mordeduras y arañazos propinados por la propia paciente. Ante lo extremo de la situación, dos miembros de la seguridad del hospital corrieron la misma suerte, viéndose como condimentos en mitad de una ensalada de violencia, a pesar de realizar varias descargas a la paciente con dispositivos de electrochoque. La situación no se calmó hasta que un celador entró en la habitación de aislamiento y, acercándose sigilosamente a Xiana, le inyectó una jeringuilla cargada con una dosis de propofol capaz de inducir un coma profundo a un elefante puesto hasta la trompa de anfetaminas. Tenían un bonito problema entre manos porque el hospital no está lo suficientemente equipado como para mantener a tantos casos y contactos de una enfermedad infecciosa de alta patogenicidad. Así que sí, Carmela ha dado por hecho que a esa reunión acudiría todo *chichirimundi*: el gerente con la responsable de sistemas de información y calidad; los responsables de atención primaria, atención hospitalaria, de procesos asistenciales y enfermería; del área de gestión, las responsables de recursos económicos y de recursos humanos, así como las personas encargadas de comunicación del hospital y otras invitadas, como las jefaturas de servicio de medicina preventiva —es decir, ella misma—, salud laboral, urgencias, medicina interna, cuidados intensivos, enfermedades infecciosas y microbiología clínica. Carmela no podía estar más equivocada.

Al abrir la puerta de la sala de reuniones, se ha encontrado tan solo al propio director médico que la había citado a ella, a Rosalía —cómo no— que la recibió con una mirada de éramos pocos y parió la abuela, y a un hombre de elevada estatura vestido con un traje verde caqui y muchos galones colgados de la pechera. De las demás personas que a su juicio deberían haber estado allí, ni rastro.

—¿Qué esperabas, alma de cántaro? —le dice Rosalía después, sacándose un café de la máquina, de esas que solo se revisa una vez cada cuatro años, cuando hay un cambio de contrato de los proveedores de las máquinas de *vending*—. Si es sábado por la tarde. A mí porque me pilla de guardia, y tú porque sin hacer guardias, metes más horas en el hospital que un espantapájaros en un campo de maíz. Y yo pensando que con el calor que hace ahí fuera iba a estar aquí mejor que en ningún otro sitio. Pues se ha puesto la cosa calentita. —Olisquea el brebaje resultante de pasar agua caliente por latiguillos revestidos de restos de cal y torrefacto revenido—. ¿Cortado o con leche?

—Con leche, por favor —responde Carmela, dado que es la única forma de tomarlo sin que salga como entra—. No he podido parar de mirar al ojo de cristal durante la reunión. Se lo ha cambiado, ¿verdad? Es como mucho más grande que el otro ojo, ¿no? Yo es que no sabía a dónde mirar. —Carmela coge su café, y se dirigen al despacho de Medicina Preventiva mientras parlotean por el pasillo.

—Y con esos ojos azules que tiene, o ese ojo azul, ya no sé cómo decirlo. Debe de ser un ojo nuevo. Ha sido una reunión complicada, desde luego. Digamos que le ha faltado altura de miras.

En ellas ha recaído la responsabilidad de elaborar las instrucciones que el personal del hospital debe cumplir durante las próximas horas para conseguir cortar la transmisión, ha sentenciado el director médico al empezar la reunión. Después de despachar por teléfono con la subdirectora de Atención Primaria y con el subdirector asistencial, le indicaron que deben tener las instrucciones de prevención y control de la infección listas cuanto antes. La Comisión de Dirección del Hospital quiere un borrador encima de la mesa sobre el que entrar a trabajar y que podría estar aprobado el lunes por la tarde o el martes por la mañana. En este punto, el comandante [BIIIIP] ha lanzado una mirada de sorpresa hacia el director médico. Pero si algo pasó por su cabeza, se lo ahorró, porque había permanecido en silencio castrense durante toda la reunión.

—¿Qué hacía allí aquel militar? —dice Carmela rompiendo el silencio.

—La verdad es que no tengo ni idea —responde Rosalía—. Justo antes de que llegaras, Martiño me contó que era comandante del Ejército de Tierra destacado en Galicia, y que lo han enviado para coordinar las tareas de apoyo al hospital. Qué quiso decir con eso, lo desconozco.

—Me figuro que se refiere a levantar un hospital de campaña. Yo entiendo que una fiebre hemorrágica de origen desconocido puede dar miedo, sí. Pero ¿tan mal estamos? —se pregunta Carmela que todavía no sale de su asombro al pensar en cómo se han sucedido las cosas en tan pocas horas.

—No estamos mal, Carmela, estamos peor. Igual tú no lo notas, pero yo ya oigo un runrún que se extiende por el hospital. Hay gente que piensa que van a evacuar a todos los pacientes.

—Pero eso no tiene sentido... —replica Carmela—. ¿Qué narices vamos a hacer con la cantidad de pacientes que tenemos que atender, ya sean ingresados, en consultas externas o a domicilio? ¿Nos los comemos con patatas? Madre mía, lo que hay que oír, ¡evacuar todo el hospital! La mera idea es como para indignarse —añade indignada—. ¿Crees que por eso han llamado al Ejército, para pedir ayuda?

—¿El director médico pidiendo ayuda? ¡Sobre su frío y tieso cadáver! Sería como reconocer un fracaso. Por eso cuesta tanto mejorar las cosas en nuestro sector, Carmeliña, porque implica reconocer que están jodidas —sentencia Rosalía—. No, no tiene sentido plantear evacuar todo el hospital, pero la gente se está poniendo muy nerviosita. Y por si fuéramos pocos, los sindicatos están aprovechando para espolear al personal y hacer que acudan en masa a la manifestación que han convocado a las afueras del estadio de fútbol donde se va a celebrar el evento ese de las Olimpiadas, y hay unos cuantos que ya se han ido para allí. Aunque también te digo que alguien tiene que protestar por la situación que tenemos en los servicios públicos gallegos. Yo porque estamos en esta situación, que si no también me iba para allí a dar guerra. Resumiendo, que una presencia autoritaria quizá no nos venga tan mal, Carmela. Hazme caso, que de imponer autoridad tengo el culo pelado —asegura Rosalía sin una pizca de orgullo.

—Creo que al menos estamos en un escenario sensato, o al menos lo más sensato que puede ser dadas las circunstancias — concluye Carmela—. Eso sí, nos hemos quedado con una tarea que nos va a absorber completamente. Seguimos pendientes de lo que nos digan desde los servicios de medicina interna y de microbiología clínica para caracterizar mejor el agente etiológico, así que por el momento tendremos que sectorizar todo el hospital aplicando medidas de forma empírica. No va a ser nada fácil.

—Bueno, en peores plazas hemos toreado. Mis enfermeras están preparadas para cualquier eventualidad. Tú ponles una situación difícil que ellas la superan con nota. Pongámonos en marcha. Yo me encargo de los de mantenimiento y de los de personal. Creo que vamos a necesitar levantar algún tabique de pladur y reforzar la plantilla, que tiren de la bolsa de trabajo —añade la subdirectora de enfermería, como siempre, dispuesta a echarse al hombro los proyectos más complejos y a sacarlos adelante.

—De acuerdo. Yo me encargo de los planos, de establecer los flujos de circulación de personas, de evacuación de residuos y de tener todo lo necesario para las precauciones de aislamiento —responde Carmela, a lo cual añade—: ¿Y qué pasa con el hospital de campaña? Supongo que quien venga a montarlo tendrá que aplicar nuestros protocolos. Al fin y al cabo, los pacientes que van a tratar son los que tiene asignado nuestro hospital. Que... a todo esto, ¿cuándo empezarán a montar el hospital de campaña?

Algo cansadas y confusas y, lo que es peor, sintiendo los primeros estímulos del café de la máquina en sus vacíos estómagos, las sanitarias vuelven a quedarse en silencio. Ambas tienen mucho trabajo que hacer, pero quieren aprovechar hasta el último resquicio de esta tormentosa calma para respirar antes de adentrarse en la parte más intensa del huracán. Rosalía mira por la ventana del despacho. Ahí tienes tu respuesta, comenta señalando al exterior. Al otro lado de la ventana, una hilera de camiones de color verde oscuro se estaciona en orden marcial. Sus puertas, marcadas con un círculo blanco y una cruz roja en el medio, indican que el desfile está a punto de comenzar.

‖‖

Galivisión. Entretenerte es nuestra misión.

—¡*Boas noites!* *Benvindas e benvindos*, queridos televidentes, a esta retransmisión especial del que es ya un acto histórico: la candidatura de la ciudad de Vigo a sede de los Juegos Olímpicos. Esta noche nos acompaña nuestra compañera, la periodista Ánxela Pazos, ¿qué nos cuentas, Ánxela?

—Buenas noches, Armando. Está todo preparado para vivir una gran noche que, como decimos, es ya histórica para la ciudad de Vigo, para Galicia, para España y puede que en unos años, para el mundo, si es que Vigo llega a ser elegida como sede de unos futuros Juegos Olímpicos, que no tenemos ninguna duda de que lo será muy pronto.

—¡Esa es la actitud! Cuéntanos, Ánxela, ¿qué vamos a ver esta noche los que disfrutamos del evento desde nuestras casa?

—Uy, agárrate el peluquín, que vienen curvas. La organización del evento, el Concello de Vigo, no ha escatimado en gastos para demostrar que nuestra ciudad es una urbe moderna y, sobre todo, con un capital deportivo, social y económico que la hacen tan digna o más que cualquier otra sede que hayan acogido los Juegos Olímpicos. Londres, París, Los Ángeles. ¡Que se aparten que llega Vigo! Mira, tendremos un espectáculo de baile, música y luces, que tanto le gustan a nuestro alcalde, que nos relatará la historia de nuestra ciudad desde sus inicios prehistóricos hasta la actualidad. Tendremos un discurso del propio Caín Fidalgo, principal impulsor de esta iniciativa olímpica. Habrá, por supuesto, un desfile de deportistas gallegos de las principales disciplinas olímpicas. Tendremos a la Orquesta Filarmónica de Galicia acompañando al aclamado contratenor Christian Borrelli en su interpretación del himno gallego, para dar paso finalmente a una esperadísima actuación de nuestras próximas representantes en el Festival de Eurovisión, nuestras queridas Chuchungeiras. Como apoteosis final, el evento será clausurado por unos fastuosos fuegos artificiales que iluminarán la ría de Vigo como nunca antes se haya visto.

—Pues menuda programación de alto voltaje nos espera.

—Ya te digo, Armando. ¡Nos va a dejar muertos!

—El estadio de fútbol de Balaídos está hasta la bandera. Casi veinticinco mil espectadores que han venido a disfrutar de este evento único y tomar un poco el aire. Después del calorazo que nos ha tenido asfixiados durante todo el día, obligándonos a estar resguardados en casa, ahora por fin podemos salir a tomar la fresca, ¿no es así, Ánxela?

—*Abofé que sí*, Armando. Veinticinco mil quinientas personas, entre espectadores que han conseguido entradas para presenciarlo todo en directo, pero también muchas *celebrities* y personalidades que han sido invitadas al evento: artistas, deportistas, políticos, autoridades...

—Yo la verdad es que tengo curiosidad por ver cómo discurre esa telenovela que nos tiene en vilo desde hace días, entre el alcalde de la ciudad, Caín Fidalgo, y el presidente de la Xunta, Álvaro Yáñez-Santiso. Este último todavía no ha confirmado su presencia en el acto, pero fuentes cercanas nos han dicho que es muy posible que finalmente acuda.

—Eso se dice, se cuenta, se rumorea. Habrá que ver si es cierto. Que si viene, que si no viene, que si da su apoyo a esta iniciativa... Porque los ánimos están un poco caldeados y vendría bien un poco de paz, creo yo.

—Desde luego. Hay que recordar también que, además de esos dimes y diretes que hemos presenciado estos días entre ambos mandatarios, Caín Fidalgo, en gesto no exento de polémica, ha invitado al evento a los turistas damnificados por ese bloqueo marítimo hacia las islas Cíes del que hemos estado también muy pendientes y que a estas horas parece que todavía continúa... Algo que los analistas políticos han interpretado como una auténtica provocación por parte del alcalde de la Ciudad Olívica.

—Pues atento, Armando, que ahí llega Caín Fidalgo al palco de autoridades. Lo vemos saludar a los espectadores y a otras personalidades del palco. Llega también, ahora sí, lo vemos, se confirma su presencia, Álvaro Yáñez-Santiso, presidente de la Xunta. Camina, sí, parece que va a acercarse al alcalde de Vigo... No, se da la vuelta. Se ha sentado. Pues no ha habido saludo entre ambos. No se han dado la mano. Gesto significativo.

—Totalmente.

—Ha acudido al evento pero no ha habido saludo. Digamos que se mantiene una fría cordialidad entre ambos.

—Aunque es un acercamiento.

—Todas las luces se apagan. Parece que va a dar comienzo el espectáculo. Silencio en el estadio. Ya empieza.

INSTAPIC

Cayetana Polo

@petateypalacaye

[Vídeo en directo]

¡Qué maravilla, los enfermos han aparecido! Están volviendo al camping. No sé si lo podéis ver. Si no, cuando se suba el vídeo. ¡Qué ilusión! Los reencuentros con la familia y los amigos son lo mejor. Cari, enfoca, enfoca bien. ¿Qué pasa? ¿Por qué no apuntas? Mirad cómo se abrazan, qué riquiños. No solo los cuentos de Disney acaban bien. ¡No se acerquen a los enfermos!, se oye gritar a una señora. **¡Todo el mundo a la cafetería!**, grita un chico a su lado. Cara de confusión. Se le borra la sonrisa. Mira fijamente a cámara, está pasando algo raro, **No sé qué sucede, voy a preguntar. Hola, disculpa, soy Caye...**

La imagen se emborrona. La cámara ha caído al suelo. Una hebra de hierba aparece en primer plano. Se oyen gritos cada vez más altos. Piernas corriendo. La cabeza de @petateypalacaye produce un golpe seco al caer sobre el césped. Le falta una oreja y parte de la mandíbula. De una herida en el cuello, un líquido rojo y espeso brota a borbotones. Su mirada inerte apunta a la cámara. Sus pupilas se van dilatando. Su piel, palideciendo. A los pocos minutos, Cayetana se levanta y se marcha, dejando el móvil en el suelo, emitiendo para todos sus seguidores. Un chorro de sangre salpica la cámara. Fundido a rojo.

Error en la subida

Post no publicado

¡No se acerquen a los enfermos!, grita Marga. ¡Todo el mundo a la cafetería!, exclama Pedrito. ¡Cerrad las puertas, que no entren!, berrea Casimiro. La escena sucede así, muy deprisa, entre gritos, entre movimientos confusos de quienes escapan. Los que se esconden, aquellos que huyen buscando refugio en sus tiendas y quienes salen al encuentro de sus allegados antes desaparecidos. Estos últimos son los primeros en sucumbir. Creyendo que los enfermos caerían en sus brazos, exhaustos y agradecidos, entre lágrimas de un emocionante reencuentro al filo del crepúsculo, caen, sí. Pero caen sobre ellos, convertidos en una jauría armada de garras y fauces, hambrientas y furiosas, entre alaridos de dolor, estupefactos a la reacción de sus seres queridos. Una mujer es devorada por su marido aún sin ser consciente de lo que ocurre. Un padre intenta deshacerse de sus hijas. Una le muerde el cuello mientras la otra se abre paso a través de su vientre, masticándole las tripas. Otros campistas intentan separar a las personas infectadas de sus presas. Estos son los segundos en el menú. Nuevos infectados aparecen, como una segunda oleada, tomando por sorpresa a quienes todavía se encuentran en el campo de batalla ejerciendo de buenos samaritanos. Aún sin saber lo que está pasando, los dientes de un auténtico desconocido, quizás de una señora con la que se había cruzado en el baño o del chaval que caminaba delante en la cola de la cafetería, se hunden en sus carnes con sabor a arena y a crema de protección solar factor cincuenta. Aquellos que se han refugiado en sus tiendas, sirven de postre para los infectados que, todavía con hambre, todavía con sed, buscan saciar su antropófago instinto.

Desde la terraza cubierta de la cafetería, totalmente acristalada, Marga y Pedrito observan cómo las tiendas se agitan, fruto de las luchas que se están librando en su interior. Oyen los gritos de las víctimas. Gritos que se van ahogando en su propia sangre al colmar sus gargantas o que se apagan ante un dolor insoportable. Intentan llamar la atención de quienes aún no han caído bajo la furia de los infectados para que se refugien en la cafetería. Pero es demasiado tarde. El caos y el pánico se han apoderado del camping. Una mujer corre con un bebé sobre sus brazos y desaparece entre las tiendas del sector B. Varias jubiladas aporrean con sus bastones de marcha nórdica a un infectado. Durante un momento, parece que ganan la batalla, pero un ejército de las tinieblas llega por detrás de ellas, ganándoles la guerra. Un hombre se defiende lanzando las sillas y hasta las mesas de la terraza del bar contra todo aquel que se le acerca. Pero cuando ya no puede más, fruto del esfuerzo, se rinde al holocausto caníbal de sus captores.

Vamos dentro, exclama Eusebio, no os quedéis en la terraza. Tardan unos segundos en procesar esta información, helados sus miembros, arreactivos ante el estupor de la carnicería que están presenciando. En instantes que parecen eternos, van saliendo de su atenazamiento, de su incredulidad, y se abalanzan torpemente hacia el interior de la cafetería, todavía con las morbosas imágenes invadiendo sus mentes. Temerosos, intentando contener el pánico, aseguran puertas y ventanas, y se agazapan tras los muros de las ventanas, queriendo ver, pero sin atreverse a hacerlo, recuperando la respiración, mirándose los unos a los otros, reconociéndose entre sí. Pedrito, Eusebio, Berta, Marga, Casimiro. Quizás quede alguien más ahí afuera. Algún superviviente. No lo saben. Lo único que saben es que la sangre y las vísceras inundan lentamente, como las sombras de la noche, el campamento más importante de la costa atlántica.

La desconfianza se ha apoderado del hospital. Los rumores circulan por todo el recinto. La información es confusa y nadie sabe exactamente lo que está sucediendo, cuántos casos hay, quién está sano y quién es sospechoso de estar enfermo.

Sobre la mesa del despacho de Carmela se extiende el plano del hospital. Incontables rayas de distintos colores señalan las habitaciones que se están utilizando para mantener aisladas a las personas infectadas y en cuarentena a los casos sospechosos, respectivamente. Su número no para de aumentar. No ha terminado de redactar el protocolo, que ya ha saltado por los aires. No se encuentran ni los restos. Según este documento, cada nueva persona afectada debía ser acompañada —por no decir escoltada— a una habitación individual del ala de aislamiento. No obstante, las personas infectadas se han ido volviendo cada vez más y más agresivas. En medio de esta situación, mantener las precauciones de aislamiento de contacto se ha vuelto misión imposible. Por ello, se ha optado por someter a las personas infectadas a una contención de tres o cinco puntos, según el nivel de agresividad y las características físicas. Esto ha funcionado durante la primera media hora. Porque a partir de la cuarta agresión, los celadores han empezado a negarse a acompañar a los nuevos casos. Cada nueva agresión ha obligado a Carmela a expandir el sector dedicado al aislamiento.

Mareada de tanto sectorizar, destapa un rotulador de punta gorda y dibuja otra raya, de color rojo intenso, un rojo definitivo, para atravesar, como una estocada final, la vertical del edificio. El director médico del hospital, que algo tiene que hacer, ha dado la orden de bloquear las puertas intermedias, dejando solo una entrada practicable en cada planta, con una puerta que únicamente puede abrirse desde fuera. Así, se ha segregado el hospital en dos alas: para las personas no afectadas, el ala este, y para los casos sospechosos o confirmados, el ala oeste o, como la ha bautizado el propio personal de mantenimiento al ir clausurando sus puertas, el *ala maldita*. Allí, las personas infectadas y sospechosas de estarlo se agolpan en las habitaciones y pasillos. Además, gracias a la ayuda del destacamento militar desplegado, se han establecido controles muy estrictos para entrar y salir del complejo hospitalario.

A pesar de todo, el protocolo que se había diseñado, y que en teoría debería facilitar el manejo de las personas infectadas y minimizar el riesgo de transmisión de la infección, en la práctica se ha reducido a «sospechar y empujar». Por los pasillos se habla ya de una enfermera que desarrolló síntomas después de almorzar con otras siete compañeras. Se cuenta que sus propios colegas las empujaron a todas, almuerzo incluido, hacia la temida ala maldita.

Por suerte, no toda esperanza está perdida. El servicio de salud laboral se ha propuesto crear una comisión de expertos para estudiar si algún tipo de vestuario de trabajo o alguna bolsa de basura extrafuerte y perfumada podría ayudar a proteger de la infección al personal sanitario. Su lema será *«Frente a la mordedura, ¡ponte armadura!»*. También han exigido que la semana que viene o, a más tardar, la siguiente de la siguiente, se instalen dispensadores de solución hidroalcohólica en todos los pasillos del hospital, así como impulsar una compra centralizada de mascarillas protectoras y guantes de látex, aunque todavía no se haya determinado el mecanismo de transmisión de la enfermedad. Ya trabajan en la campaña «Frente a los no humanos, ¡higiene de manos!».

Por su lado, la Gerencia del hospital y la Consellería de Saúde se están empleando a fondo en preparar una nota conjunta para difundirla a los correos electrónicos institucionales, esos que nadie lee, con el lema «Objetivo: cero contagios», para que los relevos de cambio de turno y cambios de guardia no acudan al Hospital Central de Vigo y se distribuyan entre otros hospitales de la zona. En este sentido, desde los servicios de emergencias han dado indicaciones para que las ambulancias dejen de descargar más pacientes en las Urgencias de este centro.

Si esa es la situación en el hospital, Carmela no quiere ni pensar qué estará pasando con Marga y con los campistas de las Cíes o qué harán con ellos cuando regresen a tierra. Toma el teléfono e intenta contactar una vez más con la epidemióloga. Su móvil vuelve a estar fuera de cobertura en estos momentos.

Si al menos pudiera hablar con ella y saber algo más sobre la enfermedad.

Carmela se gira hacia el ordenador y lo desbloquea. De tanto mirar la pantalla se le van a quedar los ojos como a Santa Lucía. Entra en la intranet del hospital y abre sesión. Le cuesta un poco recordar su nombre de usuario y contraseña. El estrés y el cansancio acumulado hacen mella en la preventivista. Entra en la aplicación de Laboratorio. A estas alturas, los resultados microbiológicos de la paciente trasladada de las Cíes ya deberían haber salido. Introduce el nombre, Iria Barreiro, y el número de historia clínica.

`Paciente no encontrado/a.`

Qué extraño. Carmela vuelve a introducir tecleando más despacio, fijándose en cada letra del nombre, Iria Barreiro, y el número de historia clínica en la aplicación y pulsa el botón de intro.

`Paciente no encontrado/a.`

No entiende. Sin cerrar la aplicación de laboratorio abre la aplicación de documentación clínica y repite el proceso: nombre de la paciente, Iria Barreiro, número de historia clínica, intro.

`El número de historia no existe.`
`Introduzca un número válido.`

Cada vez más nerviosa, Carmela revisa los datos y vuelve a realizar la consulta a la aplicación. Pero todas las veces la pantalla le devuelve el mismo resultado.

`El número de historia no existe.`
`Introduzca un número válido.`

Carmela golpea el ratón contra la mesa y se caga en la informática y hasta en Bill Gates. Prefiere que la empujen al ala maldita antes que tener que llamar al infame Centro de Atención al Usuario. La preventivista vuelve su rostro hacia la ventana y echa un vistazo al *parking*. Estrábica de cansancio, solo acierta a ver el ondulante ballet de los plásticos del hospital de campaña, que, colgados de improvisados travesaños, apenas dejan entrever antropomórficas siluetas que flotan tras ellos, como sombras chinescas interpretando una danza macabra, iluminadas con el fulgor del atardecer.

Una de esas figuras es la de Rosalía que, con los brazos en jarra, se erige impasible junto a los plásticos del hospital de campaña. En el exterior, el sol empieza a flaquear después de haber brillado con intensidad a lo largo de todo el día y emite ahora una luz anaranjada, cuyos destellos se entrelazan con la inminente oscuridad.

La presencia de Rosalía, como la del edificio del hospital, aunque seriamente tocada por los acontecimientos de las últimas horas, se mantiene aún sólida, en pie. Cuando el comandante del batallón pasa frente a ella, a pesar de estar afanado en las tareas de montaje del hospital de campaña, no puede evitar sentir su imponente presencia. Rosalía le sostiene la mirada. La tensión se palpa en el ambiente, como se podrían palpar las dilatadas venas de sus sienes humedecidas por el extenuante trabajo de un duro día. Se miden con la mirada. Él lleva consigo la seguridad de ser quien dirige a una compañía de cien soldados; ella, la de ser quien manda sobre un batallón de mil quinientas enfermeras.

—¿Están cómodos? ¿Les traigo más café para que sigan aquí jugando con los plastiquitos? —le pregunta Rosalía con ironía.

—Nuestros hombres trabajan lo más rápido que pueden, subdirectora. Nuestro mando ya ha transmitido al suyo que necesitaremos al menos seis horas para desplegar el operativo.

—En seis horas, querido comandante, no quedará en pie ninguna de mis chicas. A estas alturas «mi mando» es lo último que me preocupa. Creo que está al tanto de la situación. Si no, le invito a que me acompañe al «ala maldita» y, de un rápido vistazo, comprenderá lo que estamos viviendo ahí dentro —dice Rosalía señalando al edificio del hospital.

El comandante lleva el uniforme impecable. Sus botas recién lustradas resplandecen con un siniestro color cobrizo bajo la luz crepuscular. Tras unos segundos de silencio, el comandante responde:

—Subdirectora, entiendo su preocupación...

—No necesito que lo entienda —lo interrumpe Rosalía con sequedad—. Necesito que la comparta y me ayude. No podemos seguir así. Nuestros celadores se están negando a llevar a los pacientes al área sectorizada, no nos quedan cintas de contención ni habitaciones individuales, nuestros profesionales están dejando de atender a las personas contagiadas por miedo a ser agredidos o infectados. La situación es insostenible.

El comandante no parece estar acostumbrado a que lo interrumpan. Dilatando las aletas de sus fosas nasales continúa con su discurso.

—Estaba diciendo que entiendo su preocupación, pero no tengo autorización para intervenir en disputas civiles. No puedo desplegar a mis hombres sin una orden directa desde Madrid.

Madrid, Madrid, piensa Rosalía, que no se deja amedrentar y continúa argumentando. —Ojalá, comandante, esto fuese una disputa civil. El hospital puede colapsar si no hacemos nada. —Respira de forma tranquila y pesada, como intentando arrastrar al comandante a las profundidades de la preocupación por el bienestar de profesionales y pacientes—. No podemos trabajar en estas condiciones. Hay un goteo incesante de personas que desarrollan un síndrome infeccioso agresivo y usted tiene en su mano la llave para detener todo esto: un pelotón de hombres y mujeres armados hasta los dientes y con el entrenamiento necesario para pacificar situaciones de conflicto.

El comandante reflexiona por un momento. A pesar de sus diferencias, puede percibir muchas cosas en común con su interlocutora. Ante todo, esa enfermera que tiene delante es una persona entregada a su trabajo y a los demás, y eso se intuye solo con escucharla. Mira al hospital. Suspira profundamente.

—Rosalía, entiendo la gravedad de la situación. Voy a comunicarme con mis superiores y ver qué podemos hacer. No puedo prometer nada, pero haré lo que esté a mi alcance para ayudar en esta crisis.

Rosalía asiente sin retirar la mirada de los ojos del comandante. En su dilatada carrera como gestora se ha topado con distintos tipos de «no puedo prometer nada». Algunos que se convertían en soluciones reales, y otros, en un proyecto olvidado en un cajón para el resto de la eternidad. Al menos ha logrado llamar la atención del comandante sobre la urgencia del momento.

—Gracias, Comandante [BIIIP]. No olvide que cada minuto cuenta. Espero que podamos encontrar una solución antes de que esta situación llegue a un punto de no retorno.

El comandante asiente y continúa con sus labores. Rosalía se da media vuelta y camina con paso firme hacia la puerta del hospital. Su hospital. Entra en el edificio con el último rayo de sol que cae sobre la ciudad de Vigo. Se calza una mascarilla, una bata desechable y unos guantes y se dirige a la primera línea de una crisis que parece estar fuera de control.

CAPÍTULO VI

_Noche del segundo día

Queridos fieles, ¡qué alegría tan grande siento! No podéis imaginar el gozo que me produce veros aquí, a los parroquianos de siempre —¿cómo no?— pero, especialmente, a tantas nuevas caras que hoy os congregáis en la casa del Señor, que es también vuestra casa. Siempre seréis bienvenidos a vuestra Iglesia. No penséis que me engaño. Bien sé que muchos de vosotros habéis venido aquí a resguardaros de las altísimas temperaturas que estamos soportando estos días. La Iglesia es fresca y tiene aire acondicionado. A quienes os habéis acercado con esta intención, voy a deciros una cosa: ¡habéis hecho muy bien! No os avergoncéis por buscar refugio bajo el ala amantísima del Señor, porque para eso vivió, para eso murió, para eso resucitó volviendo de entre los muertos: para protegeros de todo mal. Sé que otros habéis acudido, curiosos, a escuchar con gran atención a este siervo del Todopoderoso, temerosos y contrariados —lo comprendo— ante las revelaciones que estoy ofreciendo a los devotos feligreses de esta humilde congregación. Algunos de vosotros venís de otras parroquias, de otras iglesias; algunos no sois creyentes —todavía—, pero mis palabras os impelen, ¿no es verdad? Todo eso es irrelevante. Todos sois iguales a mis ojos, como todos somos iguales ante el omnisapiente ojo del Altísimo. Todas vuestras almas son igual de valiosas para él. Pero cuidadlas, porque igual de apreciadas o ¡incluso más! son vuestras almas para las impías manos de Satán. Sí, me habéis oído bien,

¡Satán he dicho! ¡Satán existe! Y sus codiciosas garras están sobre nosotros, acariciando con sus puntiagudas zarpas nuestras frágiles vidas.

El cielo está rojo como la sangre. El asfalto ebulle como la brea. Y, sin embargo, este calor que experimentamos son tan solo las inflamadas pavesas que se elevan desde las demoníacas moradas. Los esbirros de Lucifer están preparando las ascuas del Infierno para ser lanzadas sobre nuestras cabezas. Arden las almas de los pecadores y tú, ¿quieres que tu alma arda también con ellas por toda la Eternidad? El Juicio Final está cerca. Los Jinetes cabalgan ya sus monturas y pronto sonarán atronadoras las trompetas. Y cuando ello suceda, los muertos andarán sobre la tierra. Las señales están aquí, pero, corderos míos, no podéis verlas. Yo puedo mostraros las señales. Yo puedo mostraros la senda. Arrepentíos. Traed a vuestros amigos, a vuestras familias. Traedlas al único camino: el camino de la salvación.

Dentro de la cafetería, todos permanecen estáticos, en silencio. Berta presiona ambas palmas sobre la boca para ahogar los sollozos, que mueren en un seco gemido en su paladar blando. De tanto sujetar unos grandes lagrimones, Berta siente en los ojos un penetrante dolor que le atraviesa la cabeza y baja por la nuca hasta la espalda. Son lágrimas de desesperación y estupor. Son lágrimas por sus compañeros de trabajo, por los campistas, por ella misma. Eso, ¡¿qué va a ser de ella?! Los alaridos de la carnicería que han presenciado hace unos instantes resuenan todavía en su cabeza. Cada poco tiempo, no sabría precisar cuánto, un nuevo grito se eleva en la distancia como un eco que le hace revivir la escena una y otra vez. Totalmente en estado *shock*, Berta ha sido testigo de cómo Noela, la monitora de tiempo libre, su amiga *Starlight*, ha caído presa de los mordiscos de un adolescente embutido en un flotador con forma de unicornio. En el suelo, el chico contagiado ha aplastado la cabeza de Noela contra una roca y Berta ha visto cómo sorbía sus sesos. Acostado sobre ella, la testa ondulante del unicornio de plástico parecía lamer también su sangre. Berta se ha quedado paralizada hasta que, como si hubiese olido su miedo, aquel violento púber ha dejado de comerse a su amiga, ha girado la cabeza para mirarla a ella con unos ojos amarillos llenos de furia y un sangriento apetito. Entonces, y solo entonces, pudo salir de su parálisis y echar a correr hacia la cafetería, siguiendo las indicaciones de unas voces que parecía oír desde muy lejos.

La luz del crepúsculo ha dado paso a una insondable oscuridad. Las tinieblas se han adueñado de las islas. Unas pocas farolas arrojan una amarillenta iluminación sobre el camping. Con las luces de la cafetería totalmente apagadas, las alargadas figuras de los contagiados se proyectan en su interior como sombras que deambulan a la espera de sus presas.

Todos guardan un silencio sepulcral. Tanto que les cuesta discernir si los ruidos que oyen provienen del exterior o de dentro de la propia cafetería, de tan cercanos y nítidos que se escuchan. Entonces, un golpe seco les llega desde la cocina. Las puertas metálicas tiemblan ante el empujón de un cuerpo detrás de ellas. La sangre se les congela. La respiración se les corta. Los músculos se les tensan. La adrenalina vuelve a recorrer sus cuerpos, preparándolos para lo que tenga que venir.

—¿Qué está pasando? —musita una voz que viene de la cocina.

Marga y Pedrito se miran.

—Xacobe... ¿sigues ahí? —pregunta Pedrito.

—Claro, me habéis encerrado, ¿adónde voy a ir? —responde Xacobe—. ¿Podéis abrirme la puerta, por favor?

—Eso depende. ¿Cómo te encuentras? —interroga Marga.

—Me encuentro mejor, por favor, dejadme entrar. ¿Qué está pasando? He oído muchos gritos, no quiero estar aquí solo —protesta Xacobe asustado.

Marga se mira con el resto del grupo.

—Xacobe... Esta infección está produciendo episodios de agresividad y violencia. Ahora mismo no podemos arriesgarnos a retirarte el aislamiento. Te pido que permanezcas ahí dentro durante unas horas más. Si no desarrollas otros síntomas, entonces podremos dejarte salir. ¿Te parece bien?

—¡Ni se le ocurra meternos aquí a uno de esos desgraciados! —masculla Casimiro.

—Usted cállese, que nadie le ha dado vela en este entierro. Si se hubiera ocupado mejor de gestionar su camping no estaríamos en esta situación —resuelve Marga en contra del gerente, el cual se revuelve y retoma su postura de ovillo contra la barra del bar—. Xacobe, es mejor para ti que te quedes en la cocina. Tanto si estás infectado como si no, estarás más seguro ahí dentro, créeme.

Xacobe no responde, pero se oye cómo se retira de la puerta arrastrando los pies.

Marga se gira hacia Eusebio con gesto de alivio. Por fin, alguien que le hace un poco de caso.

La linterna de Pedrito alumbra su libreta. Hojea las páginas adelante y atrás. Revisa anotaciones, pensamientos, ideas. Revisita mentalmente el Manual de Control y Manejo de Enfermedades Infecciosas, pero no recuerda ningún patógeno que haga que la gente se vuelva así de rabiosa. Va a tener que pedir que le devuelvan el dinero.

Repasa y repasa. Piensa y piensa. ¿Ante qué nos encontramos?

Le cuesta concentrarse y recupera un viejo truco de la carrera, recitar la lección en voz alta. Pedrito empieza a recordar sus lecciones. Tiempo, lugar y persona, con eso lo calculas casi todo, le decía su profesor de epidemiología. Aunque también decía que la homosexualidad era una enfermedad. Será mejor que lo consulte con Marga.

—Marga, he estado repasando y pensando. Tengo una duda sobre cómo calcular el número básico reproductivo a partir de la tasa de ataque.

—Pedrito, creo que ahora eso no es importante —responde con los ojos cerrados y la cabeza apoyada contra la pared—. Ya harás un informe completo cuando vuelvas a tierra.

—Si es que vuelves a tierra —corrige Casimiro.

—Shhhhh —contestan todos.

—Creo que me ayudará a tranquilizarme un poco —dice Pedrito a Marga.

—A mí también me vendría bien pensar en otra cosa —secunda Berta, arrastrándose hasta los epidemiólogos.

—Está bien —acepta Marga todavía con los ojos cerrados—. ¿En qué has estado pensando, Pedrito?

—Verás: tenemos una primera generación de casos, es decir, los comensales del restaurante. Yo me aventuraría a calcular que alrededor de nueve de cada diez de los comensales terminó enfermando. Eso significa que la enfermedad tiene una tasa de ataque del noventa por ciento. ¡Ahí es nada! Vale, todavía no hemos podido conocer el agente infeccioso, ni las características exactas de la exposición ni los tiempos transcurridos entre la primera y las siguientes generaciones de casos, pero con la cantidad de infectados que hay, seguro que se han dado más cadenas de transmisión. Si en apenas cuarenta y ocho horas se han dado múltiples cadenas de transmisión, eso nos dice que el periodo de incubación es realmente corto.

—Típico de los virus, ya te lo he dicho —dice Marga poco convencida. Por supuesto, sabe que hay virus con periodos de incubación largos.

—No sé, Marga... El caso es que, aunque la relación no sea directamente proporcional, recuerdo haber visto un diagrama en un manual de epidemiología avanzada que relacionaba la tasa de ataque y el número básico de reproducción.

—Pero ¿qué diablos es el número básico de reproducción? —pregunta Berta entre curiosa y confusa—. A mí eso no me lo explicaron en la facultad.

—Ni a mí tampoco —confiesa Pedrito—. El número básico reproductivo representa el número medio de personas a las que puede infectar un caso. También se le llama erre cero. Por ejemplo, el sarampión tiene una erre cero de 15. Eso significa que un caso de sarampión puede infectar de media a otras quince personas más o menos.

—Y esas quince a otras quince.

—Eso es. Un caso de ébola, sin embargo —continúa Pedrito—, infecta de media a dos personas. Cada enfermedad tiene un número básico reproductivo diferente según su mecanismo de transmisión, el periodo de incubación, el tiempo que tarda un caso en dejar de ser contagioso, el número de personas susceptibles de contraer la enfermedad en la población o el número de posibles contactos. Un montón de factores.

—Por eso —interrumpe Marga— es tan difícil calcular este índice, Pedrito.

—¡Qué cálculo ni que piedra en el riñón! —replica Casimiro.

—¡Shhhhh! —contestan todos.

—Estaba pensando que la gripe de 1919 tuvo un número reproductivo básico de 2 y una tasa de ataque del 80 %.

—¿Y? —pregunta Berta.

—Pues que acabó con la vida de entre 50 y 100 millones de personas en todo el mundo —silencio en la sala.

—¡Eso eran otros tiempos! —Marga intenta quitarle hierro al asunto—. Ahora lo importante es esperar. A que vengan a rescatarnos o a que se les pasen los síntomas a estas personas.

—Personas... Querrá decir monstruos... —*rosma* Casimiro.

—¿Cómo dice? —pregunta Marga abriendo los ojos y buscando a Casimiro en la penumbra.

—Ya me ha oído. He visto suficientes películas como para no darme cuenta de lo que tenemos entre manos.

—¡No sea ridículo! ¿No ve que son personas enfermas?

—Sí... enfermos sedientos de carne humana, de tripas, de sesos. ¿Qué enfermedad produce eso, me lo puede explicar?

—¡Pues eso es lo que hay que investigar! Hay muchas enfermedades que pueden alterar el comportamiento de los animales y, por ende, de los seres humanos, ¿sabía? Y este calor... El calor intenso aumenta los episodios de violencia, señor listillo.

—Claro, y también me va a decir que hay casos de histeria colectiva...

—Exacto. Hay casos de histeria colectiva en los cuales los sujetos se imitan los unos a los otros sin saber por qué. Esto, en medio de una ola de calor y un brote de una enfermedad desconocida en una cuarentena forzosa como en el que nos encontramos puede ser un cóctel difícil de digerir para algunas personas.

—Problemas de digestión es lo único que no tienen esos monstruos de ahí fuera. Esos...

—Ni se le ocurra terminar esa frase —lo interrumpe Marga—. Sé muy bien lo que está pensando. Pero ¿sabe lo que ocurre cuando ponemos una etiqueta a las personas que son diferentes? Que las deshumanizamos. ¿Es eso lo que quiere?

—Ellos quieren descuartizarnos y a usted le preocupa que los deshumanicemos. ¡Ahora me dirá también que es vegana! —exclama Casimiro.

—Yo puede que me haga vegana después de esto —dice Berta para sí.

—Yo lo que le digo es que soy una mujer de ciencia. No me dejo llevar por películas ni cuentos para no dormir —sentencia Marga.

—La realidad supera a la ficción, doctora... Pero ¿sabe lo que no es un cuento? Que el más fuerte es el que sobrevive. Hay que salir ahí y plantar batalla al enemigo.

—Y tildarlos de monstruos es lo que legitima su deseo de abrirse paso a machetazos, ¿verdad, señor Carneiro? Si viviésemos en un país de esos donde cualquier loco puede comprar un arma, estoy segura de que ya se habría puesto a pegar tiros como un lunático.

—Se llama legítima defensa. Yo no sé vosotros —expone hablando para todo el grupo—, pero no pienso quedarme aquí a esperar a que esos monstruos, perdón, *enfermos*, entren por una ventana o por la misma puerta y nos devoren uno a uno. Tenemos que salir a combatirlos, no podemos dejar que se queden con el mejor camping de la costa atlántica...

—¡Mirad! —interrumpe Berta, y señala por la ventana a un hombre que deambula entre los cadáveres devorados de los campistas—. Creo que es el abogado... ¿Qué hace? ¿Por qué no se esconde? Oh, no... Noela...

Las constelaciones se han caído del firmamento. ¿Dónde está la estrella polar señalando al norte? ¿A dónde se ha ido la Vía Láctea que antes salpicaba la bóveda celeste? Nada. Un desierto cósmico se ha instalado sobre tu cabeza, sustituyendo a los astros que otrora te guiaban, dejándote perdida, sin rumbo. Antes eras una guía *Starlight* surcando el espacio. Y ahora, ¿qué eres ahora? El cielo es un opaco tapiz, un vacío que te succiona, un agujero negro que tracciona tu cuerpo y tu mente con su insoportable gravedad hacia un horizonte de sucesos del que nada puede escapar. Desde el interior de la singularidad, una voz te llama, susurra tu nombre —Noela—. El tiempo se ha vuelto infinito, insignificante. Súbitamente, todo comienza a moverse, a girar a tu alrededor, al principio con calma , pero cada vez a mayor velocidad. Y entonces, un gran estallido. Un *Big Bang*. Empiezas a caer por un agujero de gusano, precipitándote en el interior de un caleidoscópico anillo, empujada por la única fuerza de esa voz que te reclama. Mientras caes y caes, como Alicia en la madriguera, puedes adivinar, al otro lado del anillo, la figura de una mujer encadenada a una cama, iluminada por un haz de luz, atravesada por decenas, quizás cientos de tubos. Es ella quien te llama —Noela—. El anillo por el que te precipitas refulge, cambia de dirección con violencia. Te sientes subir, bajar, caer, ascender por un cilindro fulgurante. Delante de ti, a lo lejos, pero cada vez más cerca, se abre un portal que te muestra un paisaje, unas islas, una playa, un camping. Llegados a este límite, la velocidad se vuelve insoportable y el agujero de gusano te escupe, cayendo en tu propio cuerpo, rodeada de tiendas de campaña, pinos, una farola que amarillea el ambiente. En este universo, ¿lo que antes era horizontal ahora es vertical? No. Simplemente estás tirada en el suelo, sobre un charco de tu propia sangre. Unos pies pasan a tu lado. Te levantas torpe, traste y testaruda, pero en silencio. Es un hombre que camina, como tú lo hacías poco tiempo atrás, sin rumbo. Pero ahora conoces tu misión: debes conectar. Tienes que compartir tu misión con ese hombre que te da la espalda. Tú le darás una sorpresa. Te acercas más y más a él y un recuerdo chisporrotea en tu cerebro. Un hombre que con lascivia te había mirado, asumiendo que tú ibas a tirarte a su masculino cuello de un momento a otro. Es el mismo hombre que ahora tienes delante. En aquel momento habías sentido asco. Ahora, en cambio, puede que ese hombre tenga razón. Ese cuello se ve tan apetecible... Sientes unas ganas irresistibles de pasar la lengua por el esternocleidomastoideo más apetitoso que jamás hayas visto. Sientes un deseo irrefrenable de hacerle cosquillas con los dientes, de mordisquear su carótida, que oyes latir con fuerza, como una invitación a un bufet irrechazable.

Terminas de incorporarte y sales a su paso , dispuesta a conectar con él, a invitarlo a participar de esa nueva comunidad a la que acabas de unirte. El sujeto en cuestión se vuelve sorprendido, levanta una mano y, soltando un alarido, clava una navaja multiusos sobre tu teta izquierda. Tú te miras el pecho. Por suerte, en tu nuevo universo, ya no existe el dolor ante una cuchillada trapera. Con una macabra sonrisa, te lanzas por fin sobre el cuello de ese hombre, que tanto lo había deseado, arrancándole el pescuezo de una dentellada.

Carmela ya no sabe quién está trabajando, quién está infectado y quién está hasta los ovarios. A estas alturas, la tensión ha hecho mella hasta en quienes están aparentemente sanos y se comportan con marcada hostilidad. A medida que el sol se oculta en el horizonte, los pacientes se han vuelto cada vez más agresivos y los sanitarios están cada vez más desbordados, sin forma humana de seguir el protocolo de sectorización, el de aislamiento o ninguna otra indicación. La situación se ha vuelto tan compleja que ya nadie quiere acercarse al ala sectorizada, ni pacientes ni personal. En muchos casos, los celadores y auxiliares ocultan que han sido agredidos, generando nuevas cadenas de transmisión en otras partes del hospital.

Por los pasillos retumban los gritos, golpes y portazos. Los teléfonos no dejan de sonar, trasladando preocupaciones y problemas que ya no tienen solución. Después de un día tan intenso y sofocante, Carmela necesita sentir el aire del exterior, una brizna de calma que le permita recapitular y serenarse. Camina por los pasillos y galerías hasta llegar a las urgencias del hospital, desiertas debido al desvío de las ambulancias a otros hospitales. Desde el control de enfermería, alcanza a ver las ventanas de varios boxes de aislamiento. Ve a Rosalía en el interior de uno de ellos. Le vendrá bien charlar con su compañera para seguir pensando juntas. Sigue sin entender por qué no es capaz de encontrar la historia clínica de Iria Barreiro, la paciente evacuada de Cíes. Es como si hubiera desaparecido del sistema informático del hospital.

Se acerca a la ventana. Rosalía parece concentrada realizando algún procedimiento al paciente al otro lado del cristal. Está a punto de tocar la ventana con los nudillos pero se detiene. La escena le resulta tétricamente familiar. Ya no más toc-toc-toc a través del metacrilato.

Carmela abre la puerta con sigilo y musita el nombre de la subdirectora de enfermería. Rosalía... No responde. Sigue trabajando sobre el paciente. Un escalofrío le recorre la espina dorsal. Tratando de calmarse, se dice para sí misma que Rosalía tal vez esté muy concentrada y no la haya oído. Quiere susurrar *Rosalía* una vez más, pero un chorro de sangre sale disparado desde la camilla. Carmela se detiene, se tapa la boca. Una cascada de intestinos se precipita desde el vientre del enfermo y se esparcen por el piso del box de Urgencias. Rosalía se lanza sobre ellos y los devora con fruición, como solo las enfermeras saben devorar una caja de dulces en su habitación de descanso. Carmela no puede evitar emitir un gemido de estupor. Rosalía detiene el masticar y deja caer un trozo de epiplón de sus fauces.

Con la mirada velada y perdida, olisquea el ambiente, lanza un gruñido y gira en seco la cabeza hacia Carmela.

La preventivista cierra la puerta y corre por el pasillo sin rumbo, todavía con la visión de Rosalía en la cabeza: los ojos amarillos, la piel pálida y la boca, los dientes y las mejillas cubiertas de grasa intestinal, restos de comida a medio digerir y coágulos de sangre, mucha sangre chorreando desde su boca. Ojalá fueran chorretones de mermelada de fresa de esas magdalenas que tanto le gustan, pero va a ser que no.

Hace ya rato que nadie dice nada. Todos guardan silencio, agazapados en el interior de la cafetería. Cuanto menos ruido hagan, menos llamarán la atención de los infectados. Lo malo es que ese vacío va siendo ocupado poco a poco por pensamientos que avivan el fuego de sus peores miedos.

Sentado en el suelo, Casimiro habla consigo mismo. Si esos monstruos están sedientos de sesos, entonces yo soy a quien mayor peligro le espera entre todos nosotros. En cuanto me vean, reconocerán mi inteligencia superior, la cual se huele a leguas. Deben protegerme. Al igual que los vivos ansían mi éxito, estos enfermos ansían mi cerebro. La mía es la única mente privilegiada entre nosotros, aquella que puede idear el plan magistral para sacarnos a todos de aquí.

Un largo mutismo sigue al discurso que Casimiro acaba de dar, sin querer, en voz alta. Todos se miran entre ellos hasta que no pueden más. Explota entonces una carcajada tras otra, que algunos intentan reprimir poniendo la mano sobre la boca, saliéndoles la risa por las narices y llevándose consigo una propulsión de mocos, aerosolizados en todas direcciones. Berta cae sobre Pedrito; Pedrito se apoya en Marga, Marga se dobla contra la pared. Se miran de nuevo y vuelven a reírse a carcajadas. Casimiro los observa con repulsión, siente que la rabia inunda su cuerpo y aparta la mirada de tan bochornoso espectáculo.

Tomando fuerzas de no sabe dónde, Marga toma la palabra:

—Puede estar usted tranquilo, Casimiro. Si les atrae el cerebro, creo que está usted más que a salvo. Y si lo que buscan es carne humana, la suya les resultaría indigesta. Su mal es la antropofagia, no la zoofilia, ¡so burro!

Todos ríen de nuevo, con un ataque de risa todavía mayor que el anterior. Casimiro no puede más. Vuelve su mirada al grupo, una mirada de auténtico odio. Pausadamente, se pone en pie frente a los demás. La luz de las farolas que entra por las ventanas recorta su figura en la oscuridad, haciéndole parecer gigantesco. Las risas van apagándose. A Eusebio, en cambio, no le impresiona.

—No se enfade, Casimiro. Venga, siéntese antes de que le vean los de ahí fuera —sugiere Eusebio.

—Si creen que voy a dejar que me conviertan en el objeto de sus miserables burlas, están ustedes muy equivocados. Pero mucho. Mírense: un paleto recoge-ramas, una simple recepcionista de un camping y dos médicos con un cursillo escondidos detrás de la barra de una cafetería, esperando a que alguien venga a salvarles el trasero. Pero ¿saben qué? ¡Que nadie va a venir a salvar a cuatro inútiles pelagatos como ustedes! —dice la silueta sin rostro de Casimiro.

—¿Y a ti, Casimiro? —replica Berta—. ¿Quién va a venir a salvarte a ti? —Casimiro se mantiene en silencio. Aprieta los labios. Aprieta los puños. Aprieta los ojos. Berta vuelve a apoyar su espalda contra la pared—. Ya entiendo.

—No, Berta, bonita —dice Casimiro, que empieza a moverse hacia la puerta—. No entiendes nada. Precisamente en tu pregunta está la diferencia entre vosotros, petimetres, y yo. Porque mientras vosotros pensáis en quién vendrá a salvaros, yo sé que nadie va a venir a salvarme, nadie más que yo mismo. —Coloca una mano sobre el pomo de la puerta, la abre de par en par, y con medio cuerpo fuera, se da la vuelta y señala a Berta—. Y por cierto: estás despedida. —Y sale corriendo, perdiéndose en la oscuridad del camping.

Casimiro corre, o más bien trota, por el camino del camping. En su mente solo hay un objetivo: llegar a su oficina. Allí podrá pensar con mayor claridad. Trazar un plan, el plan perfecto, para salvar su vida, su valiosa vida. Está confiado, porque está seguro de que su destino no es sucumbir ante la muerte en un camping, aunque este sea el mejor camping de toda la costa atlántica. Sería un final demasiado vulgar para él. Pero debe ir con cautela. No hay que tentar a la suerte. Así que avanza con rapidez, intentando no hacer ruido, mirando a un lado y a otro sin perder la atención del camino. Avanza con una presión en el pecho, con un dolor en la sien. La visión se le enturbia por un segundo y, al recuperarla, le parece ver a alguien al final de la senda. Se frota los ojos, vuelve a mirar y la figura ha desaparecido. Aprieta el paso. Las ramas crujen a su lado, la luz mortecina de la farola se cuela entre las copas de los árboles, las estrellas giran sobre su cabeza cada vez a mayor velocidad. Presa de la ansiedad, Casimiro puede sentir el aliento de esos monstruos sobre su cogote. Llega, no sabe cómo, a la puerta de su oficina. Busca las llaves en los bolsillos del pantalón, con ambas manos, delante, detrás, a un lado, al otro, aquí están, aquí están ellos también, varios infectados salen de entre los arbustos, caminan hacia él, le tiemblan las manos, las llaves se le caen, se acercan, recoge las llaves, no quieren entrar en la cerradura, los tiene cada vez más cerca, quiere abrir la puerta, pero su instinto le dice que se dé la vuelta para protegerse, la espalda contra la puerta, las manos delante de él, no quiere ni verlos, los contagiados le rodean, la madera cruje, la cerradura chasquea, la puerta se abre a sus espaldas y unos brazos arrastran a Casimiro dentro de la oficina, que se cierra de un portazo.

—Cerrad esa puerta, *ho* —susurra Eusebio. Un susurro que parece un grito en medio del silencio.

Pedrito pega un salto y la cierra con cuidado de hacer el menor ruido posible. Pensativo, apoya su cuerpo contra la puerta.

—No pensaba que fuera a decir esto, pero quizá Casimiro tenga algo de razón. No en que seas un paleto recoge-ramas, ni tú una simple recepcionista y, por supuesto, yo no llamaría un cursillo a cuatro años de especialidad, un máster y casi un doctorado...

—¿A dónde quieres llegar, Pedrito? —pregunta Marga impaciente.

—Pues a que quizá tenga razón en eso de que nadie va a venir a salvarnos. Aunque consigamos sobrevivir hasta mañana, ¿quién nos asegura que no nos dejarán aquí, en aislamiento, hasta que todo pase? ¿Hasta que no quede nadie susceptible de llevar la enfermedad a tierra? Si quisieran salvar a alguien, ¿no creéis que ya habrían enviado a algún equipo especial?

La pregunta se queda flotando en el ambiente, como flota la humedad en una noche tórrida. Mirándose los unos a los otros, empiezan a pensar que quizá Pedrito y, por ende, Casimiro estén en lo cierto. Al fin y al cabo, es evidente que al haber cortado las comunicaciones con la isla, el proceso de aislamiento ya ha comenzado y la forma más eficaz para contener la propagación de la enfermedad es no dejar que nadie, absolutamente nadie, salga de la isla. Este pensamiento ya ha pasado por la cabeza de Marga durante el día, pero no ha querido compartirlo, ni siquiera darle credibilidad para sí misma. Sería perder toda esperanza. Pero a medida que han pasado las horas y no han recibido ninguna señal de tierra, esta idea ha ido ganando espacio en su mente. La estrategia tiene que cambiar.

Marga se pone de pie y limpia las manos contra los pantalones desmontables.

—Ya está bien de esperar —resuelve—. Necesitamos un plan mejor que quedarnos en esta cafetería mirándonos los unos a los otros, contando los minutos y las horas. Si nadie va a venir a buscarnos, entonces tendremos que ser nosotros quienes salgamos de la isla por nuestros propios medios. A partir de ahora, ya no estamos en las Cíes para contener un brote ni para salvar el culo de ningún director general. Señoras y señores, a partir de ahora estamos aquí para sobrevivir a la que puede ser nuestra última noche. Y por mi difunto Marcelino, ay, Marcelino, que yo pienso salir de esta isla vivita y coleando, aunque sea volando como una gaviota.

Emocionados, les gustaría aplaudir el discurso de Marga. Pero no quieren hacer ruido, así que se limitan a agitar las manos como haría un grupo de sordomudos. Se miran, pero sobre todo miran a Marga, esperando a que continúe, a que les haga partícipes de su plan maestro para salir de esta situación.

—Bueno, ¿quién tiene alguna idea? —los ánimos vuelven a caer por los suelos—. Vamos, venga, alguien tendrá alguna buena propuesta. Berta, Eusebio, vosotros sois los que mejor conocéis las islas de entre los que estamos aquí. Tendrá que haber alguna forma de volver a tierra ante una emergencia. ¿Un bote salvavidas? —niegan con la cabeza—, ¿una lancha hinchable? —niegan una vez más.

—Eh... yo...

—Espera Pedrito...

—Es que Marga...

—Ahora no, que estamos pensando...

—Pero es que yo...

—¡Calla un momento, Casas!

—¡Pero es que yo tengo una idea! —grita en un susurro Pedrito.

Marga se da la vuelta lentamente y Berta y Eusebio estiran sus cuellos hacia Pedrito. Todos lo miran.

Casimiro se cubre los ojos todavía. No ha recuperado el aliento, pero sabe que tampoco tendrá tiempo para ello. Su cuerpo en tensión espera ya a ser mordido, masticado, eviscerado, desmembrado si cabe, morir en medio de los más horribles sufrimientos. No está preparado para eso, pero ¿quién lo está? Dispuesta está la carne para sentir los dientes penetrando su epidermis, perforando su peritoneo hasta dar con sus entrañas y ser devorado, pasto de la violencia de sus propios campistas. Campistas por los que antes de ayer se desvivía y que ahora lo van a desvivir a él. Éntrenme ya los colmillos como las astas al toreador. Hay que ser torero. Poner el alma en el ruedo. Pasan los segundos, no obstante, sin que nada de esto suceda.

Lentamente, un sentimiento de sorpresa, curiosidad y algo de coraje, le permite apartar poco a poco las manos de los ojos, milímetro a milímetro. Al abrirlos, sin embargo, se encuentra sumido en la más absoluta oscuridad. Aunque no puede ver nada en la oficina, sabe que alguien o algo comparte la estancia con él. Sea lo que sea, no esconde su respiración, como si quisiera hacerle saber que está ahí. Muy poco a poco, Casimiro levanta el brazo, buscando con la mano el interruptor de la luz que se encuentra al lado de la puerta. Una voz le detiene.

—No lo hagas. No la enciendas. Odian la luz. Por eso nos atacan. La luz les hace daño.

Casimiro quita la mano del interruptor y agudiza el oído.

—Xacobe, ¿eres tú?

—Sí —contesta la voz al otro lado de la habitación—. Me escapé de la cocina por la puerta trasera. Siempre estuvo abierta. Lo que pasa es que no quería irme. No quería estar solo. Pero al ver que no me creíais, pensé que lo mejor sería buscar algún lugar más seguro. Llegué hasta aquí. El pestillo no estaba echado. Llevaba un rato escondido cuando oí que alguien intentaba abrir la puerta y, a través de la mirilla, vi que eras tú.

—Gracias por abrirme, de verdad. En cuanto pase todo esto, pienso nombrarte empleado del mes. Me has salvado la vida. Y ahora yo voy a salvártela a ti. Vamos a salir de esta isla juntos, tú y yo. Nos necesitamos. Dentro del cajón de mi escritorio guardo un kit de emergencia, con una pistola de bengalas y un teléfono con conexión vía satélite. Debemos buscar un punto lejano al camping, lejos de estas bestias. Desde allí, podremos contactar con tierra y enviar una señal para que vengan a buscarnos.

—Suena bien, sí. Seguro que lo consigues.

—Vamos, Xacobe... yo también estoy cansado. Lo noto en tu voz. Pero no puedes darte por vencido. Todavía tengo mucho por vivir... quiero decir, tenemos.

—Siempre has sido un egoísta hijo de puta, Casimiro. Así es como has llegado hasta donde has llegado. Y estoy seguro de que esa actitud te llevará aún más lejos. Pero llegará el día en que, si no cambias, tu egoísmo será tu perdición. Te lo aseguro.

Casimiro aprieta los dientes. Se siente hablando con el fantasma de las navidades futuras.

—Si soy tan egoísta como dices, ¿por qué te ofrezco una vía de escape, eh? Vamos, no seas tan desagradecido. Puedes pudrirte en esta isla, Xacobe, si eso es lo que quieres. Si prefieres morir a venir conmigo, acepto tu elección.

—Los dos sabemos que solo quieres utilizarme. En cuanto puedas, me dejarás tirado o me usarás como escudo humano. Nadie te importa y por eso no le importas a nadie, Casimiro.

—Mira, ya basta de tanta cháchara. Voy a encender la luz, voy a sacar el teléfono vía satélite y la pistola de bengalas del cajón de mi escritorio y nos vamos a ir de aquí a toda mecha.

—Ni se te ocurra encender la luz. Sabrán que estamos aquí. Les atrae, ya te lo he dicho.

Casimiro acepta y se arrastra hacia donde debe de estar el escritorio. Con una mano delante y otra en el suelo, avanza torpemente. Por fin choca con la pata de la mesa, y la rodea hasta ponerse frente al cajón. Xacobe no está sentado en la silla, como presuponía. Estará acurrucado en una esquina, como el mindundi que es. Con los dedos índice y corazón toquetea el cajón hasta encontrar su cerradura. Se da cuenta de que no tiene las llaves. Xacobe parece leer su mente y un llavero se desliza por el suelo hasta su pierna.

—Se te cayeron cuando te empujé dentro de la oficina.

—Gracias.

Busca la llave más pequeña y la introduce en la cerradura. El cajón cede. La mano de Casimiro lo examina palpando su interior. Encuentra los dos estuches de plástico que busca, uno con el teléfono y otro con la pistola de bengalas. Extrae, además, una linterna. Su mano se topa, también, con algo igual o más importante que todo ello. Su *Diario de un hombre emprendedor, por C.C. Carneiro*. No puede dejarlo ahí. Su pie choca contra algo debajo del escritorio. Es la bolsa con la mochila que se había llevado de la tienda de la *epidemioloca*. La suerte sonríe a los valientes. Con la mano izquierda la recupera y la coloca sobre la mesa. Saca la mochila de la bolsa y recorre su superficie y sus costuras, intentando encontrar la cremallera. La abre e introduce ambos estuches dentro de la misma. Antes de hacer lo mismo con el manuscrito, lo abraza, lo besa. Cierra la mochila y se la echa al hombro.

—Ya lo tengo todo —dice mientras comprueba que no le falta nada—. Salgamos de aquí. Lo mejor será llegar a la playa y, desde allí, avanzar hacia la isla Norte y el dique de abrigo. La arena retrasará a esas cosas y con el mar detrás de nosotros podremos cubrirnos las espaldas. Vamos, no perdamos más tiempo —apremia Casimiro.

—Espera un poco, estoy muy cansado. Necesito unos minutos más.

—¿Qué pasa? ¿Tienes miedo, Xacobe? ¿O no quieres venir? —pregunta Casimiro, ansioso.

—¡Claro que quiero ir! Tengo que ir. Tengo que estar con ella. Es todo lo que veo cuando cierro los ojos.

—Muy bonito, Xacobe, eso es. Piensa en ella. Piensa en tu novia o en lo que sea que tengáis hoy en día los jóvenes. Cualquier cosa que te mantenga sobre los talones.

—No lo entiendes, Casimiro. Tengo que ir con ella. Me necesita.

Casimiro empuja el cajón para cerrarlo y toma de nuevo el llavero. Esta vez, al tocarlo, percibe al tacto la sustancia que lo recubre que, en un principio, le recuerda a una espesa melaza. Los sentidos de Casimiro se activan al instante. No puede ver el llavero ni el viscoso líquido que la cubre, pero no le hace falta mucha imaginación para concluir que no puede ser otra cosa que la sangre del guía turístico. Casimiro sujeta con fuerza la linterna con su mano derecha. Coloca el dedo pulgar sobre el botón de encendido sin presionarlo y apunta hacia la esquina desde la que se deslizaron las llaves, mientras rodea la mesa hasta colocarse en el lado opuesto y más alejado a esa esquina. Xacobe continúa hablando...

—Cierro los ojos y la veo, en esa cama, atravesada de tubos, rodeada de espectros que la torturan. Nos duele. Suéltenla. ¿Por qué no la dejan ir en paz? Me necesita, necesita mi ayuda. Y yo la necesito. Ella nos llama. ¡No somos nada sin ella! —exclama Xacobe.

Casimiro aprieta el botón y enciende la linterna apuntando directamente a Xacobe, o lo que queda de él. Desfigurado y cubierto de sangre, se cubre los ojos con los miembros superiores, en parte seccionados, una mano con dedos cercenados y un antebrazo amputado a la altura del codo. Se arrodilla y se revuelve sobre sí mismo, buscando la esquina. Llora. Casimiro retrocede hacia atrás presionando su cuerpo contra la pared pero sin dejar de apuntar a Xacobe con la linterna.

—Salí de la cafetería y me atacaron. Conseguí huir, pero me mordieron —gime—. ¡Aparta esa luz de mí, hijo de puta! No quiero hacerte daño. Lo único que quiero es reunirme con ella. Iré contigo. Haré lo que me pidas. Te ayudaré. Necesito llegar hasta ella como tú necesitas volver a tierra. Si vas conmigo no te atacarán.

Casimiro se ha ido moviendo sigilosamente hasta la puerta. Cambia la linterna de mano, y manipula el llavero hasta dar con la llave correcta. No puede estar seguro de que los infectados no están al otro lado, pero tampoco puede quedarse ahí dentro con uno de ellos. Pone la misma mano sobre el pomo y lo hace girar muy despacio.

—No me hubieras servido antes y mucho menos ahora. Lisiado y a punto de convertirte en uno de esos apestados. No es que te lo merezcas, pero tampoco me sorprende que termines así. Siempre fuiste un don nadie, Xacobe. ¡No me das pena!

Casimiro abre la puerta con rapidez y sale. Xacobe se abalanza sobre él, pero Casimiro cierra tras de sí a tiempo para dejar a Xacobe dentro de la oficina. Desde fuera, introduce la llave en la cerradura y hace girar el pestillo, mientras Xacobe forcejea al otro lado y lanza su cuerpo una y otra vez contra la puerta, que resiste sus embestidas.

—No te pongas así. Le daré saludos a esa novia tuya, si la veo —ríe Casimiro con retranca. A grandes zancadas, vuelve a desaparecer en la senda, buscando el camino hacia la playa.

Xacobe continúa golpeando la puerta durante unos segundos.

Poco a poco, comienza a desistir. La sangre deja de brotar de sus heridas. Las luces se apagan en sus pupilas. Su respiración se vuelve densa y mecánica. Fuera, vuelve a reinar el silencio de la noche. Silencio, hasta que Xacobe salta por la ventana partiéndola en mil pedazos, aterriza en el suelo del camino y lanza un aullido al que le siguen otras decenas de aullidos. Ha llegado la hora de conectar.

—No es un mal plan —admite Eusebio sopesando la propuesta de Pedrito—. Coger los kayaks y remar hasta el barco de tus amigos. El único problema sería llegar de aquí hasta el pañol sin que nos vean.

—¿Está muy lejos? —pregunta Pedrito.

—¡Qué va, está ahí en frente! Mira —responde Berta, sacando un mapa del camping que siempre lleva en el bolsillo del chaleco por si algún campista extraviado le pregunta cómo llegar de un punto a otro—: está justo frente a donde nos encontramos ahora mismo, cruzando el camino principal. El pañol da al lago que une ambas playas, la de la isla Norte y la isla del Medio, en la que estamos nosotros. Quizás desde ahí tengamos más oportunidades de mantenernos alejados de esas... personas.

—¿Y está abierto?

—Para mí sí —dice Berta guiñando un ojo y mostrando un manojo de llaves con un llavero en el que pone *Starlight* con letras plateadas—. Es lo bueno que tiene ser una simple recepcionista.

Su esperanzadora sonrisa contagia a Pedrito y Eusebio. No solo las cosas malas se contagian.

No es un plan perfecto, pero es lo mejor que tienen. Eusebio se gira hacia Marga, que ha permanecido en silencio durante demasiado tiempo. Algo impropio de ella, a no ser que haya vuelto a quedarse traspuesta.

Marga vuelve la cabeza hacia Eusebio y lo mira medio bizca.

—No he vuelto a quedarme traspuesta —se defiende—. Estoy pensando.

—¿En qué piensas? ¿No te gusta el plan? Yo creo que puedes remar un kayak sin ningún problema, también los hay dobles para ir de dos en dos, podemos ir juntos en uno y así yo...

—¡Pues claro que puedo remar un kayak yo sola! ¿Qué te has creído? No es eso.

—Perdona, yo solo quería decir...

—Llevo un rato dándole vueltas sobre el origen de todo esto y no paro de pensar en que no podemos irnos así sin más.

—¿A qué te refieres? Antes dijiste que teníamos que centrarnos en sobrevivir.

—Sí, lo sé, pero... —Marga se vuelve hacia Eusebio con énfasis—. Tenemos que ir al convento.

—¿El convento de San Estevo? —Eusebio cree no entender a Marga. Querrá rezar un padrenuestro.

—Sí, ese, ¿o es que acaso hay más conventos en la isla?

—No que yo sepa.

—Pues eso —replica Marga irritada. Eusebio sigue sin entender—. Antes de que los enfermos nos atacaran me di cuenta de que el nexo de unión entre los primeros casos no es la comida de la cafetería, sino la arqueóloga.

—Iria...

—Y quitando la cafetería del camping, el convento fue el último lugar que... Iria visitó antes de caer enferma. Estuvo allí trabajando. No he podido encontrar su diario. Supongo que estaría en la mochila que encontramos en el campo de trabajo, pero estoy casi segura de que ese botarate de Casimiro la robó de mi tienda, quizá pensando que era mía. Maldito mameluco. Pero me juego mi puesto de funcionaria de carrera a que esa arqueóloga encontró algo en el convento. Tal vez... —Marga hace una pausa queriendo decir algo sobre sus sueños, pero se detiene—esté relacionado con lo que está pasando ahora. No sé. Entre el calor y el estrés, debo de estar volviéndome loca, Eusebio.

—No, de eso nada, Marga. Ya sé que eres una mujer de ciencia. Pero hasta un paleto recoge-ramas puede ver que tienes una relación especial con esta isla. Delirios o no, si tu intuición es correcta y eso que encontró Iria ha desatado todo esto, lo más cauto sería alejarnos del convento lo máximo posible, ¿no crees?

—Al contrario, Eusebio. Tenemos que ir y clausurar la fuente de infección. Identificarla al menos. Si algo sale mal, si no conseguimos salir de aquí para contar lo que ha pasado y alguien regresa a la isla en los próximos días o en los próximos meses, podría infectarse de nuevo y todo esto no habrá servido para nada. ¿Para qué vine aquí, Eusebio? Tú lo dijiste, ¿recuerdas?

Eusebio permanece en silencio durante un instante hasta que su rostro se mueve del recuerdo a la resignación. Sabe que Marga está en lo cierto.

—Viniste del mar para ayudarnos, como las sirenas.

—Como las sirenas —repite Marga—. Nunca nadie me había comparado con una sirena y ahora no quiero que me retiren el título —bromea, y esboza una sonrisa que, aunque cansada, ilumina momentáneamente su rostro—. Vine aquí para controlar un brote y jamás he huido de un reto en mis treinta y siete años de carrera profesional como epidemióloga. Ni una vez. Y créeme, no pienso achantarme ahora. Necesito saber qué hay ahí y, si es posible, dejarlo fuera del alcance de quien, más tarde o más temprano, venga a investigar qué ha pasado. Como me llamo Margarita Erauso que voy a ir a ese convento —dice cruzando los brazos sobre su abultada y caída pechera.

No muy convencido, Eusebio se gira hacia Berta.

—Berta, ¿tienes llave del punto de información?

—Sí, aquí está, ¿por? —pregunta sorprendida.

—A ver qué os parece esta idea.

La luz de los halógenos tintinea, emitiendo inconstantes y breves destellos. Las luces de emergencia iluminan vagamente los pasillos y salas del hospital. El sistema de climatización ha dejado de funcionar. La temperatura ha ido subiendo hasta volverse insoportable. Carmela avanza inquieta hacia la salida de la puerta de Urgencias. El ala maldita parece haber estallado, liberando a un séquito de carnívoros pacientes y sanitarios antropófagos, todos infectos de ira. Durante el breve trayecto que separa los boxes de Urgencias de la salida del hospital, Carmela ve a una técnica del laboratorio de anatomía patológica darse un festín con el carro de muestras, como si fuese un menú degustación para caníbales con pequeñas *delikatessen* de cada órgano y tejido, sazonado con diversas enfermedades *gourmet*. Un poco más allá, las puertas que conducen al bloque quirúrgico se abren de par en par, por donde sale el equipo de traumatología cubierto de sangre al grito de «A paciente que huye, puente de plata; a paciente que vuelve, serrucho de titanio» mientras se abren camino a serruchazo limpio entre el muro de infectados que se abalanza sobre ellos.

La puerta de Urgencias se abre y se cierra automáticamente sin que nadie entre o salga. Parece tan desquiciada como cualquier otro habitante del edificio. Carmela se concentra en su objetivo: salir por esa puerta y no volver la vista atrás. Pero es demasiado tarde. Una enfermera, con su pijama azul cubierto de sangre, corre hacia ella cual *velociraptor* hambriento. Su rostro desfigurado rezuma confusión. ¿Qué quiere? ¿Va a atacarla? Hasta ahora había conseguido esquivar todo encuentro frontal con personas contagiadas. Carmela se queda congelada sin saber qué hacer, qué decir. Está bloqueada. Corre, le dice una voz desde su interior.

La enfermera se abalanza sobre Carmela quien, gracias a un reflejo de supervivencia, consigue salir de su bloqueo y se mueve hacia un lado, esquivando el ataque de la infectada. Esta cae al suelo del pasillo y choca contra una camilla apoyada contra la pared. Carmela la sigue con la mirada, todavía algo sobrecogida. El golpe parece haberla dejado inconsciente. Carmela se acerca sin saber bien por qué. Cree reconocerla. La enfermera vuelve en sí, emite un gruñido. Tambaleándose, se pone en pie. Carmela se retira. Aún con el rostro cubierto por el cabello pegado por la sangre, Carmela consigue ponerle nombre a su desfigurado semblante. Sí, es Xiana... Esta la mira y despliega una macabra sonrisa. La preventivista retrocede. La enfermera camina, coge carrerilla y vuelve a lanzarse sobre ella. Carmela da un paso hacia atrás. Su pie se apoya sobre algo esférico que la hace resbalar. Su cuerpo cae, mientras que el de Xiana pasa por encima de ella. Una sobre la otra, desplazándose en líneas paralelas pero en direcciones opuestas, sus miradas se entrecruzan. La cabeza de Carmela pega contra el suelo. Xiana se estrella contra la ventana de un box. Su cuerpo cae sobre el marco, atravesado por puntiagudos trozos del cristal roto. Su sangre, oscura y espesa, chorrea cayendo lenta y pegajosa por la pared.

La esfera que ha hecho que Carmela se caiga en el último momento salvándole la vida rebota contra un carro de medicación y rueda hasta detenerse cerca de su cara. Todavía algo confusa por la contusión, la preventivista mueve la cabeza, intentando volver en sí. El golpe la ha pillado desprevenida. La esfera es un borrón en su espacio visual. Fija su mirada sobre ella, haciendo un esfuerzo por enfocar, como un desesperado intento por volver en sí, por no abandonarse a la oscuridad, por seguir agarrada a la vida. Carmela vuelve a fijar su intención en el objeto. La esfera va tomando forma, cada vez más nítida. Redondeada y con un dibujo, una esfera blanca con un punto negro, rodeado de un halo azul. Carmela lo toma en su mano. Es un ojo. Un ojo de cristal. ¿Martiño, eres tú? Carmela da las gracias a su director médico. A duras penas, se levanta y guarda el ojo de cristal en el bolsillo de la bata. Martiño, por fin ha sido útil. Salgamos de aquí.

Eusebio regresa al comedor atravesando la puerta de la cocina.

—Xacobe no está. La puerta de atrás estaba abierta. Se ha largado —resuelve con gesto de preocupación. Todos guardan silencio.

—Está bien —dice Marga tomando la palabra, sin dejar tiempo a que decaigan los ánimos—, repasemos el plan una vez más —todos asienten—. Berta y Pedrito: vosotros os acercaréis al pañol a recoger dos kayaks dobles y remaréis bordeando la costa hasta el embarcadero secundario. Berta, tienes la llave. Eusebio y yo saldremos por la puerta de atrás de la cafetería, y utilizaremos el camino trasero para llegar hasta el convento. Eusebio tiene la llave. Evaluaremos la situación y veremos qué se puede hacer con la fuente de infección. Una vez terminemos allí, nos dirigiremos al embarcadero secundario, donde nos encontraremos, si todo va bien. Y todo va a ir bien. ¿Alguna pregunta o sugerencia?

—Sí —responde Pedrito—. Vamos a salir ahí fuera, pero vamos a hacerlo al modo preventivista.

Suena una canción de *rock*. Un éxito de los ochenta. Una canción de preparación para la batalla. Unas manos cogen unos manteles. Otras manos, unas cacerolas. Mientras suenan las primeras estrofas, unas tijeras cortan los manteles, y cubren los brazos de nuestros protagonistas. Varias sartenes, cuchillos y espumaderas se presentan en un plano que se desplaza paralelamente sobre ellas. Dispuestos en una fila, Marga, Eusebio, Berta y Pedrito se colocan unas cacerolas uno a uno sobre sus ahora protegidas cabezas. Ya ha llegado el estribillo y se atan bien los cordones, prueban las sartenes contra el aire, guardan cuchillos en el bolso, por si acaso. Ya están listos para la acción. Y ¡chán! Acorde final.

Con sumo cuidado, Pedrito abre la puerta de la cafetería. Berta sale la primera, blandiendo una sartén en una mano y una espumadera en la otra. La cacerola de la cabeza le dificulta la visión, pero prefiere tener el cráneo protegido. Cuando empieza a descender la corta escalinata, Pedrito comienza a avanzar detrás de ella. No hay infectados a la vista, pero deben intentar hacer el menor ruido posible para no llamar su atención. Caminan lo más rápido que pueden dentro de la lentitud que requiere moverse con una olla en la cabeza y unos manteles enrollados en sus brazos y piernas e intentando mirar en todas direcciones. Sienten cada pequeño sonido que produce su cuerpo, cada pisada sobre el camino de tierra, cada tintineo de sus improvisadas armaduras. En silencio, con la espumadera, Berta señala a Pedrito la caseta a la que se dirigen. Pedrito, a su vez, le responde con una señal para que se adelante, siguiendo el plan de cubrir sus espaldas por si algún enfermo aparece. Berta apura el paso. Ella tiene la tarea de abrir la puerta del pañol. Ya está llegando y preparando la llave cuando, sorprendida, se da cuenta de que la puerta del pañol ya está abierta.

Berta observa a su alrededor y se percata de que hay un kayak apoyado contra la pared del pañol y otro apostado en la orilla, casi preparado para salir. Es posible que con todo el jaleo, algunos kayaks hubieran quedado a medio guardar. Pero les faltan los remos. Pedrito se acerca por detrás.

—Ya hay un kayak aquí y otro en la orilla, pero necesitamos remos —dice Berta por lo bajini.

—Está bien, ¿están en el pañol? —susurra Pedrito.

—Sí, pero hay un problema. La puerta ya estaba abierta. Podría haber algún infectado dentro.

A pesar del calor nocturno, Pedrito y Berta se quedan congelados ante la idea de encontrarse con un contagiado en ese sitio tan oscuro. Dudan por unos segundos.

—Tenemos que entrar. Marga y Eusebio cuentan con nosotros —dice Pedrito—. Sin los remos, no llegaremos muy lejos. Voy a entrar —Pedrito deja la espumadera en el suelo y saca la linterna del bolsillo, empuñando todavía una sartén antiadherente, no se le vaya a quedar ningún germen pegado.

—De acuerdo. Yo acercaré este kayak a la orilla y así podremos zarpar en cuanto salgas.

Pedrito le muestra el pulgar a modo de aprobación y se sumerge, muerto de miedo, en la oscuridad del pañol.

||||||||||||||||||||||||||||||||||||||||||||||||||||||||||||||||||||||||||||||||||||||||||||||||||||||||||||||||

Radio El Olivo, todo sobre la ciudad de Vigo.

—Guau, Vicenta, menudos dientes que te has puesto, ¡pareces una burra cartujana! Con esa dentadura postiza habrás vuelto a comer lo que más te gusta.

—Pues sí, Antonia, con estos dientes, me atrevo con todo.

¡SUPERDENT! Con nuestras nuevas dentaduras podrás comer hasta las comidas más duras. ¿Carnes correosas? Te parecerán las más sabrosas. ¿El corrusco del pan? ¡Bang, bang, bang! ¡Date prisa! ¡Ven y presume de sonrisa!

—Dientes, dientes, que es lo que les jode.

—*¡Vicenta!*

||||||||||||||||||||||||||||||||||||||||||||||||||||||||||||||||||||||||||||||||||||||||||||||||||||||||||||||||

Marga asoma la cabeza por la puerta de la cocina y mira a ambos lados. No hay rastro de Xacobe.

—Cariño, ¿dónde estás? ¿Cómo te encuentras? —pregunta sin recibir respuesta—. Eusebio y yo vamos a entrar en la cocina. No te asustes —la que está asustada es ella.

—Ya te dije que Xacobe no está —señala Eusebio indicando la puerta trasera, abierta de par en par.

—¡Por si acaso! Podía haber vuelto desde que tú miraste, ¿o no? Pues entonces...

Marga mira a Eusebio y menea la cabeza hacia los lados en señal de desaprobación. La epidemióloga deja al guardabosques con sus dudas y entra en la cocina. Con cautela, avanza hacia el fondo y agarra con firmeza el pomo de la puerta. Eusebio la sigue, y mientras Marga sujeta la puerta, él atraviesa el umbral e inspecciona ambos lados de la salida. Sin moros en la costa, la pareja de sexagenarios, con una cacerola a modo de casco y sartenes en ristre, se enfrentan al primer escollo: un malvado muro. Para llegar al camino trasero que transita por encima del campamento hasta el convento, deben escalar un murete que separa la cafetería de la ladera, campo arriba.

Así que ahí van, de nuevo, la Quijota con su Sancho. Este junta ambas manos mientras que la primera coloca el pie derecho sobre ellas y se impulsa con la pierna izquierda hasta alcanzar la parte alta del muro. Eusebio empuja a Marga desde las plantas de los pies hacia arriba. Con inusitada fuerza y agilidad, Marga rueda sobre el muro, ya en la ladera, y se queda ahí, boca abajo, como la experimentada militar que no es, agazapada entre los helechos, vigilando el sotobosque en la oscuridad de la noche. Todo parece tranquilo hasta donde puede ver, que no es mucho. Se gira y echa una mano a Eusebio, que ha colocado una caja de plástico para acercarse al tope del muro. Con no poco esfuerzo, debido no solo a su edad y los kilitos de más, sino también a los manteles enrollados a sus extremidades que limitan su movimiento, Eusebio consigue subirse al muro y unirse a Marga en la parte baja de la ladera. Cautelosamente suben, intentando no hacer ruido, hasta el camino, a unos veinte metros cuesta arriba.

Al incorporarse al asfaltado, se encuentran de bruces con una caseta de baños hecha de madera. O un conglomerado que parece madera. Marga mira a Eusebio con unos ojos que solo pueden significar una cosa. Se mea viva. Con todo el trajín una se olvida hasta de sus necesidades más básicas. Pero con la caseta del baño a la vista, su vejiga vuelve a dar irrefutables señales de alarma.

Eusebio dedica a Marga un gesto de incredulidad, en primer término, y una coercitiva señal para continuar el camino en segundo. Pero la mirada de Marga no deja lugar a dudas. Cuando hay que mear, hay que mear, y no hay más que hablar. Bien saben ambos que alguno de esos campistas puede estar ahí dentro, en la oscuridad de la cabina del baño, guareciéndose de la luz y esperando a propinarles una dentellada cuando menos se lo esperen. Y, como es evidente, Marga no quiere que nadie le muerda el juju en plena faena miccional. Así que Eusebio se acerca, silencioso como un capibara en plena caza, a la puerta del baño con una señal de un monigote vestido con una falda. Habrá campistas queriendo comerse sus entrañas, pero no hay que perder las formas. Con la sartén en lo alto de la mano derecha, Eusebio agarra el pomo de plástico del baño de señoras. Marga, con las piernas cruzadas intentando no mearse, pero en guardia con una sartén en cada mano, se prepara para lo peor. A su señal, Eusebio abre la puerta. Del interior del baño sale un olor a orines pero, por fortuna, parece vacío. Marga se acerca lentamente y, confirmada la buena noticia, entra a toda prisa y cierra con sigilo el pestillo tras de sí.

El silbido de un líquido expulsado con esfinteriana propulsión y su impacto contra el plástico del retrete alcanza los oídos de Eusebio desde dentro de la caseta, seguido de un suspiro de profundo alivio. En total oscuridad, Marga se recoloca la braga faja y se sube el pantalón de exploradora por encima de la mantelería enrollada a sus piernas. Con la vejiga vacía y las endorfinas posmicción inundando su corriente sanguíneo, Marga vuelve a sentirse viva por un momento. Qué placer es mear con ganas, piensa por un segundo. Pero le dura poco. Pronto recuerda su precaria situación.

Decidida a continuar, abre la puerta del baño. *Shock*. Eusebio se encuentra en medio del camino, forcejeando con algo. No, ¡con alguien! Marga se acerca tan a prisa como puede, todavía con el pantalón a medio abotonar, dando pequeños pasos para que los pantalones no se deslicen piernas abajo. Más cerca de Eusebio, Marga puede ver cómo una señora, una de aquellas jubiladas que paseaban tan contentas pocas horas atrás, intenta morder al guardabosques, mientras este la mantiene a una distancia prudencial sobre su cuerpo. En una de esas agresivas dentelladas, la dentadura postiza de la jubilada cede y cae sobre el improvisado casco de Eusebio. Repiquetea, abriéndose y cerrándose, como si tuviera vida propia, hasta que cae inerte al pavimento. Marga se encuentra ya a pocos pasos. Con ambas manos, agarra la sartén por el mango, se coloca de lado, lleva los brazos hacia su cadera izquierda, adelanta la pierna derecha y suelta un revés digno de cualquier jugadora de tenis profesional que impacta en la cabeza de la jubilada, haciéndola saltar, con todo su cuerpo, hacia la linde del camino, rodando ladera abajo. ¡Chúpate esa Manolo Santana!

Eusebio aparta de un manotazo la dentadura postiza, que rueda haciendo castañuelas sobre el asfalto. Marga le tiende la mano, que él agarra todavía con miedo en el rostro, y lo ayuda a levantarse.

—Gracias —musita el guardabosques. Él ya no necesita orinar. El pis se le ha escapado por toda la entrepierna—. Vámonos de aquí.

Y hacen bien, porque el fragor de la batalla ha llamado la atención de más contagiados. Marga y Eusebio no pueden verlos todavía, pero oyen sus pasos entre el bosque, y más atrás en el camino, sus gruñidos, sus respiraciones entrecortadas o el aire saliendo en profundas y apestosas bocanadas desde sus infectos pulmones. Ponen pies en polvorosa, mirando a diestra y siniestra.

En pocos minutos dejan el bosque atrás, pasan por delante de la nave de madera donde descansa la maquinaria de trabajo forestal y la oficina del gerente del camping, con una de las ventanas rotas y las cortinas batiendo hacia el exterior, para alcanzar, por fin, su destino. El antiguo convento.

Primero un paso, luego otro. Si Fiz lo viese en ese momento, le caería una bronca monumental. Haciéndose el valiente, metiéndose en la boca del lobo. Pedrito sabe que no es ningún valiente, pero le puede la necesidad de ayudar a los demás. En estos momentos, él solo quiere que Fiz le coma a besos. Y ahora, lo más cerca que está de algo parecido es que alguno de los infectados a los que ha venido a ayudar le coma a mordiscos. Ironías de la vida. Pedrito se concentra e intenta afinar el oído en la oscuridad, percibir algún sonido, alguna respiración que le indique si hay alguien más en el pañol. Sus sospechas dan resultado. Sus oídos captan un ruido que proviene del fondo, un barullo de cosas siendo revueltas. Pedrito decide esconderse detrás de una estructura metálica que hace las veces de estantería. El interior del pañol está dividido por estos módulos, distribuidos por la estancia, creando un laberinto de pasillos que le permite, al menos, avanzar cubriendo sus flancos. Las farolas del exterior ofrecen una tenue lucecilla amarillenta que se cuela por la puerta y por los ventanucos situados en lo alto de las paredes. En una de las baldas, Pedrito encuentra varios chalecos salvavidas. Agarra uno que parece de su talla, introduce sus brazos a través de los agujeros y se lo ajusta al torso. Prevención ante todo. Su nuevo accesorio aumenta la confianza de Pedrito, que avanza un poco más rápido por el pasillo. Rastrea con sigilo el origen de los ruidos, a la vez que busca un par de remos. Berta le ha dicho que se encuentran al fondo del pañol, pero qué bueno sería encontrarse con unos sueltos, piensa Pedrito, apoyados contra una estantería de esas. No hay suerte. Debe llegar hasta el final. Desde allí puede ver a la persona que hace esos ruidos, removiendo trastos en un arcón. Todavía no se sabe mucho sobre esta enfermedad, pero Pedrito juraría que no, que los infectados no utilizan linternas y la persona que ve de espaldas se ilumina con una.

Fuera, Berta arrastra el kayak que encontró apoyado contra la caseta y lo coloca pegado al otro, en la orilla. El miedo la hace debatirse entre quedarse ahí, junto al kayak, con el cual podría salir a flote si apareciese algún infectado o volver al pañol y ayudar a Pedrito a encontrar los dichosos remos. Espera y desespera, deseando verlo salir por la puerta zarandeando ambos remos de un momento a otro. Los segundos se estiran en su percepción del tiempo. Mira a izquierda y a derecha. Le parece que en cualquier instante algo va a salir de los arbustos para lanzarse sobre ella como había visto a otros infectados lanzarse encima de sus seres queridos. «Intenta no pensar en eso, Berta», se dice a sí misma. Aparta la vista de los árboles. Se vuelve hacia los botes y se da cuenta de que alguien ha dejado una mochila abandonada en el kayak que estaba en la orilla. Quizás alguien lo estaba devolviendo justo cuando volvían los infectados, y entre la confusión y el pánico, debió de olvidar la mochila. Pobre criatura. ¡Pobre Berta! Lo que le haya pasado a esa persona puede pasarle a ella en cualquier momento. ¡Que dejes de pensar así, tía!, se insta en un susurro, pero no puede. Decide optar por meterse en uno de los kayak y estar lista por si algún infectado se le acerca. Recoge la mochila, se sienta y la coloca sobre sus muslos. Mira hacia el pañol, mira a la mochila. Mira a los arbustos, mira a la mochila. La curiosidad se asoma entre los pensamientos de Berta. La mochila: ¿y si tiene algo útil? Recorre la tela con la mano intentando dar con la apertura de la cremallera.

En el interior del pañol, Pedrito sigue observando a esa persona que rebusca dentro del arcón. Duda. Seguramente no sea un enfermo, pero ¿y si le han mordido? ¿Y si está infectado? En cualquier caso, tiene que intentarlo. Puede unirse a ellos, hay kayaks para todos. Pedrito se acerca, aunque tampoco mucho. No quiere asustarlo, así que decide hablarle desde distancia prudencial.

—Ey, oye... ¡Hola! —dice Pedrito.

La persona da un respingo saltando sobre sí misma, se da la vuelta y enfoca con su linterna hacia todos lados. El haz de luz se posa sobre Pedrito y le ciega por un momento. Pedrito intenta apartarse, mientras sus pupilas recalibran su diámetro. Tan solo acierta a ver a alguien que se dirige hacia él con algo en la mano. Pedrito decide que es el momento de salir por patas y preguntar después. Retrocede de espaldas, intentando no perder de vista al hombre —ahora sí puede ver que es un hombre—, que camina en su dirección. Lleva un remo en la mano. Lo blande de forma amenazadora. Pedrito está cada vez más cerca de la puerta, pero antes de alcanzar el exterior, cae de culo. Se arrastra, ayudándose con los muslos, pero sin poder levantarse. Las piernas apenas le responden, atenazadas por el miedo. De esta guisa atraviesa el quicio de la puerta del pañol y continúa retrocediendo. Solo cuando ha arrastrado el culillo un metro y medio más allá del umbral, acierta por fin a ver el rostro de su agresor, saliendo de la oscuridad, iluminado por la farola. Es un rostro desfigurado e inyectado en ira. Pero no por ninguna infección, sino por su carácter, por un complejo de superioridad mezclado con un estúpido instinto de supervivencia. Berta rebusca en la mochila. Es bastante voluminosa. Hay algo de ropa, una cajita, un par de estuches de plástico, una braga faja, una libreta y un fajo de papeles encuadernados. Dos de los estuches le resultan familiares. Se parecen mucho a los que su tío Casimiro le ha mostrado alguna vez en el despacho y cuyo contenido, como responsable del camping, conoce a la perfección: un teléfono vía satélite y una pistola de bengalas. Berta agarra los papeles. De la primera hoja, lee lo que parece un título, *Diario de un hombre emprendedor...* Berta levanta la mirada hacia el pañol. ¡Tiene que avisar a Pedrito! La persona que está en el pañol es...

—¡Casimiro! Tranquilo, soy yo, Pedrito, el epidemiólogo —exclama.

El gerente se detiene en seco con el remo todavía en lo alto.

—¡Oh, no, otra vez tú! Pensaba que eras un apestado de esos. Por poco te estrello este remo en el cráneo. Por cierto, ¿qué narices llevas puesto? Es que de verdad que no estáis bien de la cabeza, eh.

—Es por protección, hombre.

—Un momento, ¿no te habrán mordido?

—No... ¿y a ti?

—Aún tienen mucho que aprender esos seres del inframundo para poder degustar esta carne selecta con sello *Galicia Calidade* —presume Casimiro—. Y ahora, si me permites, voy a seguir con mi plan maestro del que, por supuesto, no formáis parte ni tú, doctor Pedrito, ni el botijo que tienes por jefa. ¡Todo lo que ha ocurrido es culpa suya! Si esa elefantiásica beluga hubiera hecho su trabajo... Quizás no pueda vengarme de ella, pero al menos te tengo a ti para ocupar su lugar. ¡Espero que sigáis riéndoos el *bulldog* francés y tú en el mismísimo infierno!

Casimiro lleva el remo hacia atrás, cogiendo carrerilla cuando...

—¡Quieto, tío! —grita Berta apuntando a Casimiro con la pistola de bengalas—. Aléjate de él o disparo.

—¡Berta! ¿Cuántas veces te he dicho que no me llames tío en el camping ni en ningún sitio? ¡Vas a hacer que nos despidan!

—¡¿Qué nos despidan de dónde?! —rezonga Berta exasperada, harta de esa inflexible política de su tío—. ¿No ves que ya no hay nada de donde nos puedan despedir? La mitad de tus huéspedes han sido infectados por una enfermedad que los vuelve caníbales y la otra mitad es un bolo alimenticio en sus estómagos. Nuestro futuro profesional no es algo que deba preocuparte ahora mismo.

—Tranquilízate, Bertita, cariño, estás muy nerviosa —replica Casimiro intentando mostrarse más conciliador—. Baja la pistolita, ¿*okey*? No queremos hacernos daño.

—¿Y qué ibas a hacerle a Pedrito entonces? —pregunta Berta empuñando la pistola en alto.

—Me he dejado llevar un poco. Estamos todos muy nerviosos. Así que baja la pistola. La necesitamos para pedir ayuda.

—¿Así que ese es tu plan? Dejarnos aquí tirados e irte en kayak a que te rescaten a ti solo. ¡Miserable! ¡Siento vergüenza de ser tu sobrina!

—¡Que no hables de nuestro parentesco te he dicho! —exclama Casimiro fuera de sí.

—¡Cállate! —grita Berta fuera de control.

Un fogonazo sale disparado de la boca de la pistola seguida de un proyectil luminoso que atraviesa el aire en dirección a Casimiro como el vómito de un pequeño dragón. Le pasa solo unos centímetros por encima de la cabeza, perdiéndose entre las tiendas de campaña.

—¿Me... me... me has disparado? —pregunta un atónito Casimiro.

—Ha... ha... ha sido sin querer, de verdad —responde Berta aún más atónita.

—¡Verás cuando se lo diga a tu madre! —protesta Casimiro, y asestando sendos golpes de remo a Pedrito en el pecho y en la cabeza, sale caminando con vehemencia hacia Berta.

Berta corre hacia Pedrito, pero Casimiro la intercepta, arrebatándole la pistola de bengalas.

—Berta, ven conmigo —dice agarrándola de la muñeca y susurra—, soy tu *tiíto*. No quiero dejarte aquí.

Ella clava su mirada iracunda sobre Casimiro y tras unos irreconciliables segundos, se deshace con violencia de su presa y acude a socorrer a Pedrito. En el último momento, se da la vuelta:

—¿Y sabes qué, tío? No puedes despedirme. ¡Dimito!

Casimiro gira, incrédulo, sobre sus talones y, remo en una mano y pistola en la otra, se dirige con dignidad al kayak apostado en la orilla. Después de esa discusión, Berta ya no es responsabilidad suya. ¡Con lo que cuesta conseguir un trabajo decente hoy en día! Ella verá, pero se va a arrepentir. Que le den a Bertita. ¡Que les den a todos! Toma aire y continúa decidido con su plan maestro. Se sube al kayak y rema y rema por el lago en dirección a la mejor playa del mundo.

En el suelo, Pedrito yace inmóvil. Berta se acuclilla a su lado y lo agita. Pedrito parece volver en sí.

—¿Estás bien? —pregunta Berta, preocupada.

Pedrito sonríe y da una palmada sobre la cacerola, todavía cubriéndole la cabeza. Luego palmea, de igual modo, el chaleco salvavidas.

—¡Prevención ante todo! —exclama, y ambos ríen quedamente.

De repente, la cara de Pedrito muta de la sonrisa a la preocupación. Un olor atraviesa su nariz hasta clavarse en su pituitaria.

Pero esta vez no es el tufo nauseabundo que había olido cuando caían los últimos rayos de sol y la brisa de poniente traía el hedor de los infectados. No. Es algo mucho más familiar. Pedrito apunta hacia las tiendas de campaña y, alarmado, exclama:

—¡Fuego! ¡Fuego!

—Pues con estos maravillosos fuegos artificiales damos por finalizado este acto de presentación de la ciudad de Vigo como candidata a sede de los Juegos Olímpicos. Toda una declaración de intenciones, una muestra de poderío gallego, sacando a relucir todo el arsenal, poniendo toda la carne en el asador. Hay que admitir que ha sido un acto cargado de emoción y con momentos espectaculares. Ánxela Pazos, ¿cuál ha sido tu momento favorito?

—Hemos vivido tantos momentos mágicos, que es difícil elegir. Me ha encantado cómo los bailarines iban componiendo esas figuras megalíticas mientras bailaban muñeiras para luego pasar a simular unos castros celtas. ¡Y el momento de llegar a la romanización ha sido un puntazo! Qué gran idea hacer desfilar al propio Caín Fidalgo haciendo del mismísimo Julio César, con su armadura romana, su corona de olivo... que hay que recordar que es la que se les daba a los campeones de los Juegos Olímpicos.

—Y, además, ¡es el emblema de la ciudad de Vigo! El olivo, el árbol de la paz. Si es que se ha cuidado cada detalle.

—Hasta el último detalle, Armando. Y cómo han interpretado después el carácter indómito de Vigo rechazando las emboscadas de los piratas ingleses y otomanos, Francis Drake incendiando el puerto de Vigo, ¿quién lo olvida? Pero Vigo resurgiendo siempre de sus cenizas. O el submarino Nautilus de Julio Verne en sus *Veinte mil leguas de viaje submarino* surcando la bahía de Vigo y expoliando las riquezas hundidas en sus aguas para sufragarse... Y ya cuando ha aparecido el lema de la ciudad, «fiel, leal, valerosa y siempre benéfica» en honor al papel de Vigo en la Guerra de Independencia y en la Guerra de Cuba es que se me ha escapado una lagrimita... Porque los vigueses y viguesas somos así, muy guerreros, muy luchadores.

—Ahora que lo mencionas, tenemos que comentar que guerreras y luchadoras se han puesto las personas que se manifestaban en contra del desmantelamiento de la sanidad pública gallega a las afueras del estadio.

—Efectivamente, los sindicatos sanitarios ya habían comunicado que llevarían a cabo una protesta. Pero nos cuentan que ha habido mucha tensión y que, incluso, se han producido algunos altercados. Las informaciones son todavía confusas, pero parece ser que algunos sanitarios se han puesto muy agresivos y han llegado a herir a miembros de las fuerzas policiales que intentaban mantener la seguridad del evento. Supongo que podremos saber más en las próximas horas.

—Pero volviendo al espectáculo, Ánxela, a mí me ha emocionado el contratenor Christian Borrelli y su interpretación del himno gallego: una voz que nos ha llegado al alma y nos ha puesto la carne de puntilla.

—Sin duda. ¿Y qué decir de la actuación de las Chuchungueiras? Me ha encantado y cómo, en el momento final, se ponía en marcha toda la maquinaria pirotécnica para ofrecernos unos fastuosos fuegos artificiales. Vamos, yo me he quedado muerta. Una noche de morirse. Una noche que muchas personas no olvidarán nunca, me parece a mí.

—Totalmente de acuerdo, Ánxela. Cerramos así nuestra retransmisión especial de este acto de candidatura de Vigo a sede de los Juegos Olímpicos. Nos informan en directo de que las protestas a las afueras del estadio se están convirtiendo en violentos disturbios que esperamos no empañen el éxito cosechado en este evento, que sin duda pondrá a la ciudad en el mapa durante mucho tiempo. Nos quedamos con tus palabras, Ánxela Pazos: una noche que marcará un antes y un después en la historia de la ciudad de Vigo. Y recuerden que lo han visto aquí, en Galivisión, donde entretenerte es nuestra misión. Buenas noches, *boas noites* a todos.

El antiguo convento, hoy transformado en centro de información para visitantes, se erige frente a ellos. Hasta hoy, Eusebio siempre lo había visto de una forma inofensiva, amistosa, incluso celebratoria. Pero ahora, ante la presunción de que ese lugar de culto espiritual, ese emblema de la historia isleña, pueda albergar en su interior la fuente de todo mal, el origen de la infección de esta epidemia, el edificio ha pasado a tener un aspecto muy distinto. Con sus gruesos y pesados muros de color gris levantándose contra la oscuridad de la noche, el convento se asemeja más a una cueva habitada por alimañas y abyectas criaturas. Un escalofrío de repelús recorre el cuerpo de Eusebio, tiembla dentro de sus botas de montaña. Se mantiene alerta, cubriendo las espaldas de Marga, mientras esta forcejea con la cerradura. Después de varias blasfemias y resoplidos —ay, Marcelino—, la puerta cede y ambos traspasan el umbral del edificio, cerrando tras de sí.

En contraste con el caos del camping, el interior del convento se muestra inmaculado. Sus puertas han permanecido cerradas desde que el propio Xacobe cayó presa del desmayo el día anterior. A Eusebio se le antoja como una especie de cápsula del tiempo, un vívido recuerdo de los tranquilos días al sol, de las noches de brisa fresca. Parece que hubiera pasado una eternidad desde todo aquello. Ajeno al mundanal ruido, como todo convento de clausura que se precie, su hermetismo ante los acontecimientos del mundo exterior se ha mantenido intacto. Sin embargo, una nube invisible, un olor rancio y viciado anega el ambiente. Es imposible no percibirlo. Al olerlo, Eusebio empieza a ser consciente de que nada volverá a ser igual.

Las tenues luces de emergencia alumbran la entrada y la sala contigua, tiñendo la atmósfera de un verde espectral. Eusebio permanece impasible junto a Marga, pendiente de su siguiente movimiento, en una inquieta quietud.

—No me gusta nada este sitio, me pone los pelos como escarpias. Da mal rollo —dice Eusebio.

—Pues claro que pone los pelos de mal rollo. Por eso mismo estamos aquí, para descubrir cuál es el motivo de todo ello —le espeta Marga en un iracundo y confuso susurro—. ¿Me vas a enseñar dónde está ese agujero o no?

Eusebio asiente y conduce a Marga a través de la nave rectangular del edificio, atravesando una amplia puerta hacia la sala contigua. A la izquierda, el escritorio del guía turístico, y más allá, en toda la extensión de la pequeña nave, una suerte de carteles desplegados explican la fauna y la flora de las islas, salpicada de piezas antiguas, de diferentes épocas, colocadas aquí y allá como en un trastero un tanto descuidado. En medio de la sala, una zona excavada en la tierra y cubierta por un cristal expone una pequeña fosa. Marga mira a Eusebio, interrogativa.

—No, no. Esta tumba está siempre expuesta. ¡Es por allí! —señala Eusebio a la vez que toma a Marga de la mano. Al hacerlo, Eusebio siente un calor que le sube desde las puntas de los dedos hacia sus mejillas.

Con el estómago alborotado de mariposas, la conduce al fondo de la nave. Un expositor informativo oculta un par de puertas de contrachapado blanco. Marga enciende la linterna del móvil y apunta mientras baja el picaporte. La puerta da a un pequeño almacén. Nada parece moverse en su interior. Entran. Eusebio alza el brazo y tira de una cadenita. Una bombilla se enciende e inunda el cuartucho con una luz débil y blanquecina. Señala, en la pared enfrentada a la puerta, una cortina de plástico blanco rodeada de escombros. A su lado, descansan varios focos de obra. Marga agarra uno, lo enciende y cruza una última mirada con Eusebio.

Con fingida decisión, Marga siente ganas de quitarse esa tonta cacerola de la cabeza. Seguro que el riesgo de derrumbamiento tampoco es para tanto. ¡Mejor prevenir, Marga!, dice la voz de Pedrito en su cabeza. Con la mano que le queda libre arranca la cortina. Ante ella, un gran boquete en la pared la invita a entrar. Sobre el fondo oscuro del agujero, una cinta amarilla y negra interrumpe el camino con su «No pasar». Marga agarra la cinta, se agacha quejosa, y pasa su hastiado cuerpo por debajo, penetrando en el hueco de la pared. Una vez al otro lado, y al apuntar con el foco, puede ver entre las tinieblas una especie de escalinata de piedra, o lo que queda de ella, que desciende hacia la negrura. Mira hacia atrás y se encuentra con los ojos suplicantes de Eusebio, a muy pocos centímetros de la suya, rogándole en silencio que den la vuelta. Marga también tiene miedo, pero sabe que lo mejor es ignorarlo. Al miedo también. Así que vuelve su cabeza hacia la oscuridad y empieza a bajar los pedregosos peldaños de la escalera. Ya no hay vuelta atrás.

Nadie en su sano juicio entraría en ese lugar, oscuro y pedrizo. Pero Marga no está pensando. Simplemente se deja llevar por una fuerza más poderosa que ella misma. Llámalo curiosidad. Ella necesita saber. Necesita respuestas. Escalón a escalón, pie tras pie, Marga desciende y tiembla ante ese temor a lo invisible, pero, al mismo tiempo, no puede detenerse.

Bajadas las escaleras, se encuentran en un angosto pasillo

subterráneo. Vuelve la mirada hacia atrás y hacia arriba. El cuerpo le pide a gritos que dé la vuelta, que suba y salga de ahí. Al fondo del largo pasillo, algo parece moverse. Marga gira la cabeza, pero solo acierta a ver una sombra entornando la esquina.

—¿Qué ha sido eso? —pregunta Eusebio en un susurro. Marga posa un dedo entre sus labios por respuesta.

Continúan. Avanzan, apenas iluminados por la escasa luz del foco. El pasadizo se extiende inescrutable. Marga se apoya sobre las estrechas paredes del corredor. Eusebio la sigue tan de cerca que puede oler su aliento a bocadillo de chorizo. Ay, si tuviera un bocadillo en ese momento.

Avanzan en la penumbra y, tras varios metros, Marga emite un grito que apaga lo más rápido que puede colocando la palma de la mano sobre la boca. Eusebio no puede reprimir su espanto:

—¡Hostia puta!

El guardabosques, ahora también guardaespaldas de Marga, apunta con el foco hacia ambos lados del pasadizo. Allí mismo, escarbados en las paredes, se despliegan múltiples esqueletos colocados en nichos horizontales. La epidemióloga los observa y no puede contener el espanto que le producen.

—Están enterrados boca abajo —apunta Eusebio—. ¿*Te diste de cuenta*? ¡Ay, a Virxe do Carme! ¡Atados por los tobillos! ¿Pero esto qué *carallo* es?

—¡Pero no grites que vas a despertar a los muertos! —riñe Marga y hace una pequeña pausa—. Me pregunto si serán algún tipo de advertencia.

—No sé, Marga, pero advertencia o no, creo que es mejor que volvamos. El riesgo de derrumbamiento es una cosa, pero esos esqueletos han terminado de quitarme todas las ganas, *ho*.

Marga pone morros de pato y piensa. Posa su mirada sobre el oscuro vacío del pasadizo. Está a punto de retomar la marcha cuando la mano de Eusebio la detiene. Marga se gira.

—Eusebio, estos esqueletos no me dicen nada. Tengo que continuar. Si no quieres venir, lo entiendo, pero déjame hacer mi trabajo.

Al principio, el guardaespaldas no se aparta. Resignado, acaba por ceder al imperativo de Marga.

—Y yo que pensaba que iba a ser un fin de semana tranquilo...

||||||||||||||||||||||||||||||||||||||||||||||||||||||||||||||||||||||||||||||||||||||||||||||||||||||||||||||||||||||||||||||||||||||||||||||||||||||||||||||||

Radio El Olivo, todo sobre la ciudad de Vigo.

Si es usted de los que no deja de pensar en el descanso eterno de sus allegados, ¡no se preocupe más, hombre de Dios! Funerarias Hermanos Falperra le ofrece los mejores servicios tanatológicos de toda Galicia. En Funerarias Hermanos Falperra maquillamos, embalsamamos, velamos, enterramos, cremamos, pero, sobre todo, cuidamos de tu muerto como si fuera nuestro.

En Funerarias Hermanos Falperra, cuidamos de tu familia bajo tierra. Visítanos en calle de la Resurrección, 40, Finisterre.

Oferta especial: Si ha contratado un Seguro de Vida con Seguros RANDE, le haremos un descuento al instante.

Radio El Olivo, todo sobre la ciudad de Vigo.

Buenas noches, queridos oyentes de Radio El Olivo, siempre de la mano de la rabiosa actualidad. Detenemos nuestra retransmisión de *Cultura para todos, la antropofagia en el siglo XXI* para trasladarles una información de última hora.

En estos momentos se están produciendo altercados en diferentes puntos de Vigo y su área metropolitana. Según las informaciones de las que disponemos hasta ahora, los disturbios se originaron en las inmediaciones del estadio deportivo de Balaídos, donde se ha celebrado el evento de candidatura de Vigo a sede de los Juegos Olímpicos. Las protestas, que habían transcurrido de manera pacífica pidiendo una atención sanitaria de calidad, se convirtieron en violentos altercados con la policía y con asistentes que salían del evento. Las revueltas parecen haberse extendido, afectando a otros lugares de la ciudad y zonas limítrofes. La Policía recomienda permanecer en casa con las puertas y ventanas cerradas. El Hospital Central de Vigo está colapsado y el Servicio Gallego de Salud solicita que, en caso de necesitar asistencia sanitaria, acudan a otros hospitales y ambulatorios. En el ámbito deportivo, el Celta ha vuelto a perder y ocupa puestos de descenso a solo dos jornadas del final de La Liga...

‖‖

Un nuevo sonido recorre el pasadizo rompiendo el silencio sepulcral de la cripta e interrumpe los tétricos pensamientos de Marga. ¿Es una voz lo que les llama a lo lejos? Eusebio se acerca más a Marga, que urge a continuar. Ambos se detienen en seco al percibir una presencia al final del corredor, pero al apuntar con la linterna no ven nada. Paso a paso, y sin hacer caso, la luz de los focos les muestra el final del pasadizo. En la distancia se dibuja un portón. El miedo y la curiosidad se funden en una emoción irrefrenable. Continúan acercándose. Una voz, un quejido, vuelve a escucharse. Proviene de dentro de la habitación. El portón está entreabierto. Se acercan con sigilo. Antes de acceder, Marga indica a Eusebio hacer una pausa técnica al abrigo de la puerta. Su madera, carcomida por la humedad y el paso del tiempo, no da mucha confianza a Eusebio.

—¿Oíste? Hay una voz, hay alguien... Puede ser una persona infectada —susurra.

Marga lo mira. Lo que menos piensa es en ponerse a debatir en este momento.

—Voy a entrar —lo ha decidido—. Si pasa algo, salimos corriendo, ¿vale? —Eusebio asiente. Marga sonríe—. ¿Vienes? A la de tres. ¿Estás listo?

—Sí, pero... una pregunta: ¿un-dos-tres y entramos o uno-dos y entramos? Es que no es lo mismo...

Marga suspira y, sin paciencia para esperar a que Eusebio se aclare, tira de la puerta.

La puerta se cierra tras ellos. No se han dirigido la palabra en todo el evento. Han evitado hasta mirarse. Pero ahora están ahí, frente a frente, por fin, Fidalgo y Yáñez-Santiso. Los halógenos parpadean en la sala de juntas del Concello de Vigo. Nadie los ha visto llegar hasta allí, o eso les parece. Ni siquiera sus jefes de gabinete, esos perrillos falderos que no los dejan ni a sol ni a sombra. Con suerte, estarán emborrachándose a cargo de la administración o del partido, criticando a lengua suelta las manos que les dan de comer.

Y hablando de manos, precisamente las manos que se juntan en un apretón, ese tan esperado y que no se ha producido horas antes, ocurre ahí mismo, tras atravesar el umbral, en la intimidad de un despacho.

—Serás cabrón, Álvaro. ¿Tanto te costaba? —le reprocha Fidalgo sin soltarle la mano.

—Lo siento, Caín. Me debo a mi partido.

—¡Y una mierda! Te debes a tu tierra. ¿Unos Juegos Olímpicos en Vigo, en Galicia? Para cuando se celebren puede que ni tú ni yo sigamos en nuestros cargos, pero podremos mirar atrás y pensar «esto está pasando gracias a mí». Nuestro legado, Álvaro. Lo has puesto en peligro.

—Bueno, estoy aquí, ¿no, Caín? Tienes mi apoyo, y lo sabes, pero también tengo que aguantar muchas tensiones internas en mi partido y hay voces de mucho peso que me están pidiendo que dé el salto a la política nacional. ¡Presidente del gobierno! ¿Te imaginas?

—Otro gallego al frente del Estado... Ten cuidado, Álvaro, eso no siempre acaba bien.

—¿Acaso te preocupa, Caín? ¿Te preocupa mi futuro? —pregunta Yáñez dejando escapar una risa y mostrando sus dientes recién blanqueados, mientras aprieta con su mano el hombro de Fidalgo en gesto de varonil camaradería.

—Bueno... —duda Fidalgo—. Negaré haberlo dicho, pero, entre tú y yo, te considero un digno rival, Álvaro. ¿Qué sería de un héroe como yo sin una archinémesis política como tú?

—Si tú lo dices, Caín —replica Yáñez clavando su pupila en la pupila azul de Fidalgo y apretando cada vez más el hombro de su adversario—. Parece que estás contracturado. Debes de haber estado muy estresado últimamente.

—A ti también se te ve un poco tenso, Álvaro. Te tiembla el pulso —responde Fidalgo apretando más la palma de Yáñez.

Con la mano que le queda libre, Fidalgo pulsa el interruptor de la luz. A oscuras, ambos sienten con más agudeza la agitada respiración del otro, oler su fragancia seca y ácida. En la penumbra, pueden verse incluso mejor que bajo los halógenos de la sala de juntas. Allí están, frente a frente, por fin, Fidalgo y Yáñez-Santiso. Solo que ya no son Fidalgo y Yáñez-Santiso. Son tan solo Caín y Álvaro. Dos hombres que se odian. Dos hombres que se admiran. Dos hombres que se desean en secreto. Sus cuerpos se funden en un apasionado abrazo y sendas lenguas se entrelazan en un húmedo beso en la profunda cavidad de sus abiertas bocas.

Marga y Eusebio apuntan con los focos, que en haces de luz artificial disipan la oscuridad del entorno. Tres paredes y un techo. Se encuentran dentro de una pequeña estancia. En el centro de la misma, una gran tinaja de barro, como un gigantesco jarrón. Nada más. Nada ni nadie.

Suspiran de alivio y sienten cómo sus músculos se relajan por un momento. En el suelo, una piedra plana y circular se apoya sobre el cuerpo de la tinaja. Marga se acerca y la observa con atención. Acto seguido, se vuelve hacia la tinaja y la inspecciona con la linterna, desde la base hasta su parte superior. Vuelve a valorar la piedra.

—Diría que es la tapa de la tinaja —concluye Marga valorando la piedra—. ¿Crees que fue la arqueóloga quien la abrió?

—Iria...

—Sí, Iria... Me imagino que encontraría esta cripta, esta celda, esta... tinaja, vasija gigante... Qué grande es, ¿no? Quizás la abrió para recoger muestras del interior.

—Abrir una tinaja antigua, un resto arqueológico, así como así, no es muy profesional. Para preservar el posible contenido, lo lógico hubiera sido que se hubiera esperado a transportar la tinaja entera para hacerle más pruebas.

Marga continúa pensando. Eusebio tiene razón.

—¿Y si la arqueóloga se infectó tratando de manipular la tinaja y, al ir a cenar a la cafetería, de alguna manera contagiase también al camarero, y este, a su vez, al resto de comensales? Es la única cadena de transmisión que se me ocurre después de ver todo esto. Si la arqueóloga abrió la tinaja por ignorancia o por ambición, o si la tinaja se abrió sola, eso no lo podemos saber en este momento. —Marga saca unos guantes del bolso y Eusebio hace lo propio con los del trabajo.

Entonces, vuelven a oír esa especie de voz. Proviene de la vasija. Esta vez están seguros de escucharla. La tinaja tiembla, comienza a moverse desde la base hasta la parte superior. La voz surge de su interior como un grito apagado. La mano de Eusebio aferra el brazo de Marga y señala, con un foco tembloroso, la boca de la gran vasija. Una garra emerge, posándose en el borde del tenebroso recipiente. Es una garra llena de largas y afiladas uñas. Le sigue una cabeza de orejas puntiagudas. Dos ojos amarillos brillan, reflejando la luz de la linterna. Marga se levanta y se aparta de la vasija, choca con su espalda sobre el mullido cuerpo de Eusebio, congelado de terror. Otra garra sale de la vasija y ante el miedo de la epidemióloga y el guardabosques, la fiera salta desde el borde cayendo de pie sobre sus extremidades en el suelo de piedra. Se lanza hacia Marga y se cuela entre sus piernas.

La mantícora ronronea entre los tobillos de la epidemióloga.

—*Manda carallo!* —exclama Eusebio con la mano sobre el corazón.

Marga se agacha y acaricia al gato.

—Así que eras tú quien nos llamaba, ¿eh, rufián? —el gato da un maullido por respuesta—. Ya es la segunda vez que me la juegas, micifuz. ¿Era esto lo que querías enseñarme? —pregunta Marga al felino intentando que Eusebio no la oiga. El gato se sienta y empieza a lamerse la entrepierna.

—Pero ¡¿qué hace aquí ese gato?! ¡No están permitidos los gatos en las Cíes! —protesta el alma de guardabosques de Eusebio.

Marga lo ignora y mira hacia la vasija, que se tambalea todavía debido al salto del gato. La tinaja se menea cada vez más hasta perder el equilibrio y, con estrépito, cae al suelo rompiéndose en pedazos.

—¡Tápate la boca! —ordena Marga haciendo lo propio.

Un polvo blanquecino se eleva jugueteando con la luz emitida por los focos. Eusebio busca al gato, pero este, asustado por el estruendo, ha hecho mutis por el portón. Marga no quiere acercarse, preocupada porque, sea lo que sea lo que contenga la tinaja, puede ser la fuente de la epidemia. Desde una distancia prudencial, Marga intenta alumbrar los restos de la vasija.

—Mrg, tnms q rns— sabe que Eusebio tiene razón.

Antes de salir por la puerta, Marga ilumina la tinaja por última vez. A través de la apertura producida por la caída de la tinaja, sobresale un cuerpo momificado. Un colgante hecho de cuerda y conchas marinas adorna su cuello. Marga reconoce el colgante, reconoce el cuerpo. Las vacías cuencas de sus ojos inertes la miran desde el crepúsculo de los tiempos entre la vida y la muerte.

—Ayúdame a cerrar bien esta puerta. Está atascada. Me da igual que esté al fondo de un pasadizo subterráneo. Esto no puede quedar abierto para que venga cualquiera a pasearse por aquí. Cuanto más sellado quede, mejor. Venga hombre, empuja. Por los clavos de Cristo que no puede ser tan difícil. Cuidado, que te vas a hacer daño. Ya cede. Vamos, empuja, así, así, más, más, más fuerte, hasta el fondo, sí, sí, muy bien, sigue, sigue, qué duro está esto. Un poco más. ¡Sí!

El portón cede y cierra, dando un golpe contra el marco que retumba por todo el pasadizo. Al instante, Marga y Eusebio sienten que algo no va bien. La piedra cruje sobre sus cabezas. Las paredes del angosto pasillo gimen, se quejan, se retuercen sobre sí mismas. Una fina cortina de polvo empieza a caer desde el techo. Ambos se miran a través del haz de luz y las partículas en suspensión. Parece que el riesgo de derrumbamiento no era moco de pavo. Todo está a punto de colapsar.

A veces ocurre que cuanto más rápido van las cosas más lento parece transcurrir el tiempo. Los segundos se estiran en un relativo infinitesimal.

Así lo siente Berta, que no puede creer cómo el fuego se extiende sin control, de árbol en árbol y de tienda en tienda, arrasando el camping más importante de la Costa Atlántica.

Así lo siente Pedrito, corriendo a cámara lenta camino arriba en dirección al convento, mientras una horda de contagiados lo persigue, intentando devorarlo.

Así lo siente Casimiro que, flotando en un kayak sobre la ría de Vigo, no puede apartar su vista del diario que acaba de encontrar dentro de la mochila robada de la tienda de Marga.

Así lo siente Carmela Peleteiro, buscando la salida de un hospital envuelto en gritos y paredes embadurnadas de chorretones de sangre.

Así lo sienten Vidal y Prado, mientras brindan por una crisis política y sanitaria bien resuelta para todas las partes.

Y así lo sienten también, como si no pasara el tiempo, Caín Fidalgo y Álvaro Yañez-Santiso, abrazados sobre la mesa de reuniones, fumando un cigarrillo a oscuras en la sala de juntas del Concello de Vigo.

Pero sobre todo, el tiempo corre a cámara lenta para Marga, que pone un pie tras otro, que corre hacia la salida de la cripta a todo lo que da su sexagenario atletismo. Eusebio va tras ella, corriendo a pequeños pasitos, intentando no tropezarse, intentando no pensar en lo que se les viene encima. Detrás de ellos, un estruendo de rocas escupe arena y polvo en su dirección. Mientras corre, el guardabosques se vuelve y apunta con el foco hacia el fondo del pasadizo. La puerta ha desaparecido, cubierta por una montaña de piedras y tierra que avanza a medida que el techo y las paredes se derrumban. Toda la cripta está colapsando. Una lluvia de adoquines cae sobre sus cabezas. Las cacerolas a modo de casco les protegen, pero no por mucho tiempo. Continúan corriendo. Ya les queda menos. Pasan frente a los esqueletos enterrados boca abajo. Los nichos han empezado también a derrumbarse, y los huesos y las calaveras crujen como masticadas por una gigantesca boca de piedra.

Ahí están las escaleras. Ya pueden vislumbrar la blanquecina luz del trastero en obras al final del pasadizo. Tratando de no atropellarse, suben primero un escalón y luego otro, sus gemelos se tensan, sus tendones de Aquiles los impulsan hacia la salida. En el último momento, justo cuando el pasaje se derrumba por completo, Marga y Eusebio logran cruzar el umbral, una línea de meta marcada por la cinta negra y amarilla que reza «No pasar», los justos ganadores de una carrera por la vida.

Carmela sale del hospital al aparcamiento tan rápido como las piernas se lo permiten. El palpitar acelerado del corazón martillea sus sienes cubiertas de sudor. Sus conductos lacrimales están a punto de desbordarse. Lleva un nudo en el estómago. Un nudo marinero. Un as de guía uniendo el píloro con el cardias. Un peso en el pecho le impide expandir los pulmones. Empieza a sentir un pitido constante resonando en los conductos auditivos. Todo su sistema nervioso ha quedado tocado tras el encuentro con Xiana. Tiene que recuperarse. Tiene que tranquilizarse si quiere salir de allí de una pieza. Agazapada entre dos camiones del ejército, saca su móvil de la bata, entra en su perfil de InstaPic y se mete en sus listas de vídeos guardados. Pocas cosas la relajan más que ver cómo un gato tira una taza de porcelana, se mete en una pequeña caja de cartón como una saeta, usa las pequeñas garras peludas para hacer girar un volante o, simplemente, remolonea en una almohada. En definitiva, cualquier vídeo o imagen que tenga un gato en ella. Por unos segundos se traslada a ese lugar deseado, se divierte con la escena irreal, trata de pasar la mano por el elegante lomo de un esquivo *Felis catus*. El ronroneo del felino se superpone al *tinnitus*. La frecuencia cardíaca se va normalizando. Se imagina los largos bigotes haciéndole cosquillas en el envés de la mano. Se va sintiendo más como ella misma. Bloquea el móvil y se lo guarda en el bolsillo. Gracias, michi.

Mira hacia el horizonte y toma una bocanada de aire que esta vez logra expandir sus pulmones. Ante ella se extienden las telas plásticas y otras estructuras del hospital de campaña a medio montar. Un camión militar cubierto con una lona verde acaba de partir. Algunos soldados se están subiendo a otro de los camiones aún aparcados. Contrariada, Carmela se incorpora, sale de entre los vehículos y echa a caminar entre los militares buscando al comandante.

—Buenas noches, doctora Peleteiro —saluda el comandante.

—¿Qué está pasando? —pregunta señalando en derredor.

—Si quiere decirme algo, hágalo rápido que tenemos una misión y vamos a contrarreloj.

—¿Nos están abandonando? Necesitamos urgentemente su intervención ahí dentro. ¡El hospital se ha convertido en una auténtica pesadilla! —exclama Carmela señalando el edificio.

—Como le he dicho, tenemos una misión. Nuestro mando mayor ha activado una nueva operación, en la cual nuestro papel ya no incluye asistir a este hospital. Vendrá otro equipo especial autorizado para intervenir en disputas civiles —responde el comandante—. Agradézcaselo a su compañera, la subdirectora de Enfermería. Si no fuera por ella, nos habríamos marchado sin más.

—Me temo que ya es tarde para Rosalía, comandante. Y para Martiño también. —Carmela saca el ojo de cristal del bolsillo de la bata y se lo muestra al militar. Este hace una mueca de asco y dedica una nueva mirada al hospital.

—Si eso es todo...

—Una última cosa, comandante [BIIIP]. Puede que ya sea tarde para este hospital, pero quizás no lo sea para las personas aisladas en las islas Cíes, desde donde fue trasladada la paciente cero y donde podría encontrarse la fuente original de la infección. Si van a enviar un equipo especial, debería considerar el reconocimiento de esa zona. Entre las personas que se encuentran en las islas está la doctora Margarita Erauso. Ella sería una pieza clave para poder obtener más información sobre el origen y la propagación de la infección. He intentado comunicarme con ella varias veces, pero no ha habido suerte. Espero que la isla haya corrido mejor fortuna que este hospital y no sea demasiado tarde para contactar con ella.

—Eso déjelo de nuestra cuenta —responde el comandante frunciendo el ceño. No le gusta que le cambien los planes. Hace una pequeña pausa y añade—. Dígame una cosa, doctora Peleteiro, ¿a qué se dedica usted exactamente?

—Soy médica preventivista.

—¿Y eso qué demonios es? —pregunta intrigado el comandante.

—Me dedico a prevenir y controlar la propagación de infecciones, entre otras cosas.

El comandante mira hacia el edificio, hasta hace unas horas el máximo exponente de la tecnología y la pulcritud, ahora transformado en un reino de cristales rotos y luces parpadeantes.

—Vaya, me temo que no ha conseguido prevenir que una infección acabe con este hospital. Su hospital.

—¿Insinúa que todo es culpa mía?

—¡Escuche! El enemigo la ha pillado por sorpresa y le ha ganado esta batalla, pero la guerra aún está por librar. Todavía puede ayudar a que esta infección no acabe con nuestro país. Es posible que el Ejército necesite reclutar a profesionales de su perfil, doctora Peleteiro.

—¿A mí?

—¿No ha dicho usted que se dedica a prevenir la propagación de infecciones? Algo me dice que a partir de ahora su especialidad va a tener mucha demanda. Pero antes —al comandante le encantan las pausas dramáticas—, queremos algo de usted —más pausa dramática. Ahora no tiene prisa—: necesitamos a alguien que nos traiga muestras de la paciente evacuada de las islas Cíes. Y quién mejor que usted, que conoce este hospital al dedillo.

—¡¿Quiere que vuelva a entrar en el hospital?! —pregunta una atónita Carmela.

El comandante la mira a los ojos, pero es una mirada sin dureza. Un pensamiento atraviesa la mente de Carmela. Quizás ese militar tenga algo de razón. O quizás haya sabido meter el dedo en la llaga.

—Si no tiene más preguntas, doctora, debo hacerme cargo de la evacuación de la compañía.

—Sí, un momento, comandante, necesito preguntarle una última cosa. —El comandante permanece imperturbable, dando a entender a Carmela que continúe—. Ustedes ya sabían que se estaba produciendo un brote epidémico muy peligroso incluso antes que nosotros. Ya estaba en la reunión con el director médico antes de que yo llegase. ¿Cómo pudieron enterarse tan rápido? —se hace el silencio. El comandante duda por un momento si contestar a la pregunta de Carmela—. Si quieren que trabaje para ustedes, necesito saberlo.

—HygeIA —responde. Carmela pone cara de no entender—. Un prototipo de inteligencia artificial que nuestros cerebritos están desarrollando para la identificación de brotes a través de diferentes fuentes de información como redes sociales, historia clínica, cambios en los patrones conductuales, compras en las farmacias y esas cosas. Hygeia, ya sabe, la diosa griega de la salud. Pero con IA mayúsculas, de Inteligencia Artificial. —Carmela se queda dándole vueltas al tema—. Dentro de ocho horas pasará alguien a buscarla por su casa. Si quiere venir con nosotros, esté preparada y siga las indicaciones que le facilitará el soldado que irá a buscarla —añade el comandante.

—Un momento. ¿Cómo sabe dónde vivo? —replica Carmela.

—Somos el Ejército de España. Lo sabemos todo —contesta el comandante esbozando una leve sonrisa—. Si no viene con las muestras, no se moleste en aparecer. Y ahora, si me permite, tengo una compañía que evacuar. Buenas noches y buena suerte.

Marga intenta recuperar el aliento, sintiendo los pesados latidos de su corazón latino pegado a su piel. Bajo la tenue luz de la pequeña bombilla del trastero en obras, la epidemióloga no puede evitar desplomarse sobre las rodillas y con las palmas apoyadas en el suelo, su cuerpo intenta vomitar, pero ni eso consigue. Una nube de polvo invade el ambiente. Todavía sin poder respirar, la cara de Pedrito aparece en su campo de visión, haciéndole preguntas sobre su estado de salud, que qué le pasa, que si está bien. Pues obviamente, está regular, Pedrito, pero no te puede contestar. Tendrá que esperar un poco a que recupere el resuello y la cordura. Sobre todo, la cordura.

Pero Pedrito no puede esperar, grita como un poseso. Vamos, Marga, vamos, tenemos que salir de aquí. ¡Fuego! ¡Fuego!

Pedrito empuja sin misericordia las gruesas puertas del convento. Lleva a Marga de la mano, que todavía no se ha recuperado del todo de su última carrerita. Está segura de haber batido algún récord de velocidad, al menos en cripta cubierta. Pero de poco le vale, porque una vez colgada la medalla, ya está en otra carrera por la supervivencia.

Berta llega por detrás. Ambos gritan, bengala, fuego, kayaks, Casimiro, infectados. Marga no entiende nada. La situación transcurre demasiado rápido, demasiado cerca y lejos a la vez. Su agitada respiración ocupa sus sentidos. Solo oye sus pulmones y los latidos de su corazón, batiendo acelerada y violentamente. Se apoya en el marco de la puerta. Las luces de Vigo parecen más brillantes que nunca. Las sombras de los árboles se agitan fantasmagóricas. No, no son las luces de Vigo. La luz, rojiza y amarillenta, proviene del campamento. Está en llamas. El fuego está devorando todo a su paso. Tiendas de campaña, mesas, sillas, el pinar entero, seco del calor de los últimos días, arden con la furia de un volcán en erupción. El humo se eleva en una oscurísima columna que se disipa sobre la bóveda celeste, cubriéndolo de un manto plomizo en el que las llamas reflejan sus brillantes lenguas de fuego. Las pavesas comienzan a caer sobre el camino como una nieve abrasadora. Una nube cenicienta se extiende desde el camping por toda la isla formando una niebla opaca y asfixiante. Tienen que moverse. Respirar vendrá después.

Así que salen a toda prisa del convento, Pedrito, Marga, Berta y Eusebio. Quisieran echar a correr, pero a Marga y a Eusebio no les da la vida. Desafortunadamente, la muerte les pisa los talones. Están por todos lados. El fuego ha hecho que los infectados salgan de dondequiera que estuvieran, alejándose del camping. Pueden ver a algunos subir a trompicones por la cuesta que queda a su izquierda. La mejor opción es salir hacia la derecha, por el camino que conduce hacia al sur, hacia los faros que iluminan el estrecho con la isla de San Martiño. Pero Eusebio da un quiebro y se lanza con decisión hacia la izquierda. Parece evitar a varios infectados, mientras Marga, Pedrito y Berta corren en sentido contrario. Marga quiere gritar a Eusebio, que vuelva, qué diablos hace, pero el aire apenas llega a sus pulmones y el poco que lo hace los insufla anegado de humo y dióxido de carbono.

Sin más remedio, Marga, Berta y Pedrito siguen el camino, que abandona el cielo abierto y se hunde en una senda pergolada por espesas copas, volviéndolo oscuro como la boca de un lobo. Avanzan apresuradamente, sin importar lo que pueda haber delante de ellos. Detrás, cada vez más infectados se agolpan en el camino. Chocan. Se agarran de los brazos. Se caen, pero siguen avanzando los unos sobre los otros, formando una maraña de bocas que se abren y se cierran, que sueltan mordiscos y miembros que lanzan zarpazos en su dirección. Delante de ellos surge un infectado y Marga le arrea con el bolso. Aparece otro y Berta le pega un golpe de remo en la sien, cayendo a un lado del camino. El chico del flotador aterriza rodando y arrolla a Pedrito. Ambos giran durante unos cuantos metros. El chico quiere morder a Pedrito, pero la distancia del flotador se lo impide. Marga y Berta empujan el unicornio, y este sale rodando con su huésped camino abajo, como un dónut relleno de mermelada de entrañas, ira y microbios.

Ayudan a levantarse a Pedrito, que masculla ileso y agradecido, pero no hay tiempo para cortesías. Esa masa de infectados se encuentra a pocos metros. Llegan entonces a un cruce de caminos. ¿Subir, bajar? ¿Dónde estaba el embarcadero? ¿Qué dice la señal? La marabunta está cada vez más cerca. Los infectados se acercan por los otros tres caminos, ¡están atrapadas!

La masa de contagiados enfurecidos está a punto de alcanzarlos. Por los otros tres caminos de la encrucijada llegan también varios infectados con el rostro lleno de tinieblas. Están rodeadas. Sus manos tenebrosas se alzan hacia Marga, Pedrito y Berta, intentando agarrarlos. Marga se defiende con su bolso; Pedrito, con su mochila, y Berta blande el remo que no ha soltado desde que lo encontró apoyado en el pañol. Cada uno se va zafando de las garras de los contagiados, pero saben que no pueden seguir así por mucho más tiempo. Esa mole de infectados camina lenta e incesante, unos sobre otros, como una masa de cuerpos confusos aunque extrañamente coordinados. Donde unos pisan, otros colocan las manos empujando hacia su objetivo. Con las fauces abiertas, muestran los dientes que están a punto de desgarrar las tiernas carnes de Marga, Berta y Pedrito.

Un destello de luz estalla más allá de la masa, centellea tras de ella. El rugido de un motor va instalándose detrás de la mole de contagiados. La masa se detiene. No puede avanzar. Ríos de sangre comienzan a salir a chorros desde su retaguardia. Desde atrás, algo la está triturando. Los infectados con los que Marga, Pedrito y Berta peleaban han quedado paralizados por la luz. Se tapan el rostro con los brazos o se giran buscando la oscuridad. Litros de sangre y carne humana caen como confeti sobre todos ellos. La mole se retuerce, se descompone. Unas cuchillas giratorias atraviesan al grupo, en un crujir de huesos que se parten contra el metal de la segadora, que devora sus enmarañados cuerpos. La masa de contagiados queda reducida a un conjunto de miembros cercenados flotando en una papilla de sangre y carne picada que cubre el suelo, los árboles y hasta las caras de Berta, Marga y Pedrito.

Un cuerpo se asoma desde la cabina de la segadora y saluda con la mano, indicándoles que se acerquen. A Marga le ciegan las luces, pero adivina la silueta de Eusebio con sus anchos hombros y su panza incipiente. Todavía apartándose la sangre y los restos de carne de la cara, Marga reúne a Berta y a Pedrito entorno a ella y los conduce hacia la segadora. Pasan por al lado del tubo de cuchillas giratorias, donde amasijos de la cárnica cosecha cuelgan atascados aún entre el metal.

—¡No se os ocurra tocaros los ojos! —grita Marga repartiendo toallitas jabonosas.

Sorteando las enormes ruedas del tractor, se ponen a la altura de la cabina. Eusebio los saluda con una sonrisa de oreja a oreja. Es una sonrisa de pura satisfacción, de sentir, por un momento, que vuelven a tener el control de su destino.

—¡Venga, subid! El resto del camino lo haremos en esta preciosidad.

Radio El Olivo, todo sobre la ciudad de Vigo.

¡Oh, no! ¡Otra hamburguesa ultraprocesada! ¡Maldita sea, qué salchicha tan sosa! ¡Se acabó! ¡Voy ahora mismo a encargar una PICADORA DE CARNE GROSSMAN! Llama ya a nuestro teléfono y consigue nuestra Picadora de Carne Grossmann por un precio inigualable y despídete de esas carnes insulsas. Compra y prepara tu propia carne picada. ¡A tu gusto! ¡Disfruta de una dieta variada! Ternera, cerdo, pollo, caballo, tus guisos lo agradecerán y los peques de la casa ¡amarán tus filetes rusos! No dejes escapar esta ocasión y adquiere tu picadora de carne Grossmann de inmediato.

No manipular bajo los efectos del alcohol. Mantener fuera del alcance de los niños.

Radio El... todo sobre... Conexión interrumpida.

Este es un mensaje del Ejército de España. Se ha declarado el Estado de Emergencia. Permanezcan en sus casas.

Este es un mensaje del Ejército de España. Se ha declarado el Estado de Emergencia. Permanezcan en sus casas.

Este es un mensaje...

A lomos de la metálica grupa de Fátima, el tractor favorito de Eusebio, el grupo continúa por el camino que conduce hacia el Faro da Porta, el más lejano al campamento, el que mira al estrecho que separa la isla del Faro de la isla de San Martiño.

—Le puse este nombre en homenaje a mi primer amor allá en Portugal. La que me trajo por primera vez a las Cíes. Era más bruta que un arado, pero podías confiar en ella. Era una buena mujer. Eso sí, esta Fátima me hace más caso que la otra —bromea Eusebio.

—No sé cómo puedes hacer chistes en esta situación —replica Berta—. Hemos estado a punto de que nos devoren nuestros propios campistas.

—¿De dónde has sacado esta segadora si se puede saber? —pregunta Marga sorprendida y maravillada a partes iguales.

—Llevamos muchos años trabajando en la reforestación de las islas. Quitamos eucaliptos y acacias y plantamos pinos, carballos y madroños. El aparcamiento estaba justo a la izquierda del antiguo convento. Por eso me separé de vosotros. Algo me decía que la íbamos a necesitar —sentencia dando una palmada sobre el salpicadero.

—¿A dónde vamos? —pregunta Marga.

—¡Al embarcadero! —grita Pedrito, intentando hacerse oír por encima del sonido del motor de Fátima.

—Pero ¿eso no está en la otra dirección? —vuelve a preguntar Marga. Está absolutamente perdida.

—Ese no, ¡el embarcadero secundario! Fue por ahí por donde entré a la isla. Mi novio y sus amigos están fondeados un poco más allá, frente a la playa de San Martiño.

—Con un poco de suerte, el incendio los habrá despertado —especula Marga—. Ojalá puedan sacarnos de aquí.

Eusebio reduce la velocidad y Fátima traquetea por el camino de bajada al embarcadero secundario, un muelle de piedra y hormigón de unos quince metros que se adentra en el mar en dirección sur hacia la isla de San Martiño, tan solo a media milla náutica. Al llegar a la parte baja, Eusebio hace que Fátima se detenga y apaga las luces y el motor. A su derecha, una docena de contenedores verdes y cuadrados para la basura descansan como una manada de vacas pastando en el campo. Por este muelle entran ciertas provisiones y salen los residuos generados por el propio camping y sus instalaciones.

Todavía es de noche aunque, según los cálculos de Pedrito, no falta mucho para que empiece a clarear el día. De cualquier modo, el incendio continúa extendiéndose sobre la isla, iluminando el cielo de un púrpura brillante e intenso. Pedrito abre la puerta y baja del tractor. Da la vuelta por la parte de atrás y por poco se cae al resbalar con la sangre y otros restos biológicos que arrastra Fátima tras de sí. Pedrito avanza por el muelle a grandes zancadas apuntando en una nota mental, incinerar estos zapatos en cuanto pueda. Al llegar a la punta, se detiene y pone las manos en jarras. Está oscuro, pero cree divisar el Ruliña, el velero de Marina, la amiga de Fiz. Fondeado a un kilómetro escaso, la luz blanca de la punta del mástil se mece sutilmente al suave vaivén de un mar en calma.

Pedrito saca la linterna de la mochila. La enciende y la apaga intentando enviar una señal en dirección al Ruliña. Larga, larga, larga. Corta, corta, corta. Larga, Larga, Larga. ¿O era corta, corta, corta, larga, larga, larga, corta, corta, corta? Raya, punto, raya. Ay, qué lío. Extiende el brazo y dibuja un semicírculo en el aire. No hay respuesta. Deben de estar dormidos.

Berta llega junto a él.

—Aquí, aquí, ayuda. ¿Es que nadie va a venir a por nosotros? ¿Dónde está todo el mundo?

—No pueden oírte, Berta. Así solo vas a conseguir llamar la atención de los contagiados. Saca tu linterna, tu móvil, hagamos señales para que nos vean, pero no grites, por lo que más quieras.

Desde el tractor, Eusebio y Marga esperan en silencio, recuperando algo de energía. Eusebio parece cansado. Marga desde luego que lo está. Pero no piensa quedarse traspuesta ni una vez más. Que ni así descansa. De repente, algo empieza a vibrar en su regazo. Un politono emerge desde las profundidades de su bolso con un tirorirorí-tirororí-tirorirorirorirorirorí-tititiri-tititi-ri-tititiri-titití... Marga busca y rebusca en el bolso. ¿Dónde está? ¿Dónde lo ha puesto? Eusebio se pone nervioso pensando en lo penetrante del sonido. Aquí está. Marga saca el teléfono que sigue sonando. Número desconocido. Marga mira a Eusebio, sorprendida. Se vuelve al móvil.

—¿Diga?

—¿Hablo con la doctora Erauso? —pregunta una voz de mujer.

—Sí, con la misma. Estamos atrapados en las islas Cíes. Todo está en llamas y hay un brote descontrolado de...

—¿La han mordido o arañado? ¿Tiene algún síntoma?

—No, estoy bien, bueno algo cansada...

—¡Escuche con atención! Hemos enviado un helicóptero militar para recogerla. Debe estar en el Faro Principal al amanecer. Buena suerte y no la cague —dice la mujer, y cuelga.

Marga se queda mirando al teléfono y vuelve a guardarlo en el bolso.

—Pensé que no iban las comunicaciones —expone Eusebio con recelo.

—Parecían militares o habrán conseguido restablecerlas o yo qué sé. Hay que avisar a Berta y a Pedrito y salir echando virutas. Un helicóptero nos recogerá en la cima del Faro Principal. Apenas tendremos una hora para llegar allí antes del amanecer.

Marga intenta salir del tractor, pero algo bloquea la puerta. Es un infectado y no es el único. El penetrante politono del teléfono los ha atraído. Los contenedores de basura se han ido abriendo, escupiendo uno a uno a los infectados que se escondían en su interior, lejos de la luz diurna. En un instante, una horda rodea a Fátima, aporreando la carrocería y hasta trepando por sus enormes ruedas.

—¡Hasta aquí podíamos llegar! —exclama Eusebio consternado ante tal falta de decoro y poniendo en marcha el motor de Fátima. El tractor ruge y hace brillar sus intensos faros, lista para exprimir un nuevo zumo de contagiados. Algunos infectados caen, paralizados, al suelo. Otros intensifican su violencia contra el vehículo. Otros salen caminando hacia el muelle, habiendo percibido la presencia de Berta y Pedrito al final del mismo. Eusebio mete la primera marcha y aprieta el acelerador. Las ruedas rechinan sobre sí mismas por un instante y empiezan a moverse. Los infectados que se habían subido y agarrado a las ruedas son centrifugados al aire, estampados contra el suelo o absorbidos por las llantas y el eje de transmisión. Todos sucumben ante la potente rodadura de Fátima. Aplastados por el peso del tractor, sus cráneos estallan contra el suelo en un crujido y sus abdómenes explotan expulsando vísceras en todas direcciones.

Fátima avanza ahora cuesta arriba, saliendo del embarcadero. Pero parece costarle. Sube poco a poco. Eusebio tiene que acelerar a tope. Fátima sube unos cuantos metros, pero a mitad de la cuesta desiste.

—¡Vamos, Fátima, no me falles ahora! Algo debe de estar atascando las ruedas —protesta Eusebio. Un humo negro comienza a salir del motor y en pocos segundos, una llama se apodera de la parte delantera del tractor—. Marga, prepárate, vamos a tener que saltar. ¡A la de tres!

—Pero, ¿un, dos, tres y salto o...? —es ahora Marga la que duda. No hay tiempo.

—¡Tres!

Marga abre la puerta y abandona la cabina del tractor. Antes de hacerlo él también, Eusebio pone la palanca en punto muerto y deja que Fátima caiga marcha atrás por su propio peso. El tractor retrocede por la pendiente, aplastando al grupo de infectados que los perseguía. En el desnivelado camino que ha dejado la pila de cadáveres, Fátima pierde el equilibrio y vuelca. Las llamas se extienden a los contenedores contiguos, devorándolo todo, incluyendo a Fátima, que estalla en una potente explosión.

—Párate un momento, necesito descansar —dice Marga dejándose caer de culo en el suelo.

Llevan no sabe cuánto tiempo subiendo la ladera del monte. Suben por un sendero de tierra y rocas que, según Eusebio, ataja pendiente arriba hacia el faro. Permaneciendo fuera del camino principal, podrían evitar a algunos de los contagiados, ha propuesto. Pero Marga necesita un minuto, necesita parar y pensar. En Berta y, sobre todo, en Pedrito. Su compañero había venido a la isla a ayudarla con el brote, y ahora, ¿qué ha sido de él? Ni siquiera lo sabe a ciencia cierta. Todo ha sucedido tan rápido. Tras la explosión, Marga ha mirado ansiosa a la punta del muelle y al mar, buscando los desaparecidos cuerpos de Pedrito y Berta, quizás empujados al agua por la onda expansiva, junto con otros cuantos contagiados. Ha esperado verlo salir a flote, con vida, sano y salvo. Necesitaba verlo. Pero otro grupo de contagiados empezaba a acercarse desde el camino del camping. Eusebio ha tenido que tirar de ella y obligarla a levantarse para terminar de subir la cuesta a trompicones.

Pedrito ha estado bajo su tutela desde que rotó con ella en el Servicio de Epidemiología. Aunque aún tenía muchas lecciones que darle, Marga le había enseñado muchas cosas. Lo había invitado a sus restaurantes favoritos, habían compartido recomendaciones de viajes y lo había animado a seguir formándose en todo aquello que su sana curiosidad pusiera el ojo... Y todo había explotado en un instante. Un instante en el que Pedrito ni siquiera tenía que haber estado ahí. Y si estaba, era solo por ella. Por una vieja estúpida y arrogante que no había visto estallar un brote en sus narices. Las lágrimas resbalan por la cara de Marga, enrojecida por la rabia y el dolor. Golpea la tierra con el bolso. El sufrimiento le lleva al odio, el odio a la ira, la ira al miedo, y ya estaba hasta el coño de tener miedo. Eso tiene que cambiar. Ya. Eusebio llora también a su lado.

—Tenemos que salir de aquí. Tenemos que hacerlo por ellos. Si no, todo habrá sido en vano. Vamos, arriba, Eusebio.

Una fuerza surge de dentro de Marga inundando su maltrecho cuerpo como un torrente. No sabe de dónde, pero ahí está. Sube y sube por la pendiente. A Eusebio le cuesta seguirle el paso. Pocos minutos después, llegan a la incorporación al camino principal que se dirige al faro. No parece haber ningún contagiado cerca, pero Marga no duda de que llegarán. Vaya si llegarán.

Más arriba, la linterna del faro gira y gira sobre sí misma. Al otro lado de la ría, el sol naciente recorta la silueta de las montañas que descansan tras la ciudad de Vigo. Falta menos de media hora para el amanecer. Deben darse prisa si quieren llegar antes de que el helicóptero los dé por perdidos.

Marga tiende la mano a Eusebio y lo ayuda a incorporarse a la calzada. El hombre está visiblemente afectado. Su expresión de desasosiego aumenta el valor de la epidemióloga. Aunque ella ya lo ha adivinado, Eusebio señala hacia la izquierda confirmando la dirección a seguir. El camino llanea por la ladera este del monte del faro. Marga apoya las manos en las rodillas y respira hasta llenar el último alveolo de sus extenuados pulmones. Se terminó el descanso.

Una contagiada, una jubilada del grupo del IMSERSO, se acerca renqueante a Marga, que la evita arreándole un experto bolsazo. Más adelante, una madre empuja un carrito de bebé vacío. Marga consigue reducirla sobre el carrito y la impulsa por el camino cuesta abajo. El carrito y la madre pasan rodando cerca de Eusebio, que sigue a Marga unos metros por detrás. Eusebio se gira siguiendo el carrito con la vista camino abajo. Es entonces cuando puede ver un numerosísimo grupo de contagiados subiendo por la calzada. Si siguen así, pronto les darán caza.

—Vamos, Marga, ahí vienen. Apuremos el paso —dice Eusebio, queriendo animarse a sí mismo más que a Marga, que en estos momentos parece vivir una segunda juventud. Ella lo agarra y tira de él.

Continúan y alcanzan el último tramo, un estrecho zigzag que asciende para salvar la última pendiente. Un esfuerzo más y estarán a salvo.

Eusebio está cada vez más cansado. Siente que las fuerzas lo abandonan. Que su vida está siendo sustituida por otra dentro de sí. Que una oscuridad inunda su cabeza de fuera hacia adentro. Siente una llamada.

Cada vez más torpe, avanza detrás de Marga, a punto de caer. Ella tira de él, pero sabe que no puede seguirla. Los contagiados están cada vez más cerca. Uno de los más adelantados está ya a pocos metros de ellos, en el zig anterior a su zag. Ellos caminan hacia la izquierda y el contagiado camina hacia la derecha un nivel más abajo y viceversa. Suben al siguiente zig y caminan hacia la derecha, y el contagiado accede al siguiente zag, caminando hacia la izquierda. Al cruzarse, Marga y Eusebio, un nivel más arriba, tienen que evitar los zarpazos del avezado contagiado. Marga aparta sus garras de una patada y sigue subiendo por el zigzagueante camino, tirando de Eusebio en un último esfuerzo.

Llegan al final de uno de los tramos, solo les queda un par más y ya estarán en la cima. Exhausto, Eusebio agarra el brazo de Marga y tira de él. La mira a los ojos.

—Marga, mi camino termina aquí.

—Vamos, no digas tonterías.

Eusebio se remanga la camisa. Sobre su piel, morena y curtida por el sol y el agua del mar, de una herida con forma de mordedura una sangre oscura y espesa brota.

—¡Eusebio!

—Me mordieron cuando fui a buscar a Fátima. Fui un idiota, pero ha valido la pena. Quizá no habríamos llegado hasta aquí si no lo hubiera hecho.

—Eusebio...

Se miran sin decirse nada y diciéndoselo todo. Algo se resquebraja en el corazón de ambos. Algo que apenas había empezado a formarse. El contagiado se acerca y Marga le arrea un nuevo bolsazo que le hace caer por el terraplén al nivel inferior del zigzag. Siguen mirándose por un instante más. Detrás de Marga, un quitamiedos separa el camino de un acantilado, pero un hueco entre este y la roca deja un espacio en el que, como una señal del destino, sobresale una cruz de madera. Eusebio piensa, irónico, ya tengo mi tumba hecha.

—Siempre quise vivir aquí. Siempre quise que me enterrasen aquí. Y puede que así tengas algo más de tiempo para llegar hasta el Faro. Sigue subiendo, Marga, yo me ocupo de estos malnacidos.

El contagiado vuelve a la carga. Marga le arrea otra vez con el bolso, ahora con más fuerza, con más ganas y cae de nuevo por el terraplén.

Marga clava su pupila en la pupila miel de Eusebio. Con los dedos de su mano izquierda, acaricia la mejilla derecha del guarda forestal. Su guarda forestal. Y con una última mirada, se despide. Aprieta el bolso contra su cuerpo, coge carrerilla y continúa camino arriba.

Eusebio se da la vuelta. Con los brazos abiertos, da la bienvenida a los contagiados que suben como una horda por el camino. Los primeros se abalanzan sobre el guardabosques. Eusebio permite que le muerdan mientras retrocede hacia el acantilado.

Siente cómo los dientes penetran en su carne. El dolor es insoportable. Nuevos contagiados se apilan sobre él, sumando sus fauces al festín de su cuerpo. Pero aun así, con el único pensamiento de ganar más tiempo para Marga, Eusebio sigue retrocediendo. Se planta al borde del precipicio. Sonríe por última vez.

—*Imos dar un paseo, fillos de puta* —y echándose hacia atrás, se deja caer por el abismo del acantilado, llevándose consigo a toda una horda de contagiados.

Al filo del amanecer, Marga llega por fin al faro casi sin respiración. El helicóptero aparece sobrevolando la plazoleta de la terraza superior. Marga está a punto de acceder a ella cuando... No puede ser. Allí, un contagiado ronda bajo el helicóptero e intenta alcanzarlo lanzando zarpazos al aire.

Marga se esconde tras un murete y solloza derrotada. No puede más. Introduce su mano dentro del bolso y hurga con sus rechonchos dedos hasta toparse con lo que está buscando. «Aquí estás». Lo saca lentamente. «Ay, Marcelino», suspira al retrato, que le devuelve su impasible pero tierna mirada. «¿Qué hago ahora, Marcelino? Estoy tan cansada, tengo sueño, tengo hambre y no tengo más energías, de verdad... Me he quedado sola, Marcelino. Sí, ya sé que te tengo a ti. «Siempre me tendrás», fueron tus últimas palabras, pero... Tienes razón: no hemos llegado hasta aquí para rendirnos en el último momento. Gracias, Marcelino. Te tengo a ti, te tengo a ti», repite.

Vuelve la vista sobre el murete. El enfermo sigue ahí, a la sombra de las luces del faro. Apenas se le reconoce, pero es Xan, el camarero. «Es ahora o nunca, Margarita», se dice a sí misma. Y sale corriendo hacia el contagiado. Sus pies pisan el suelo con firmeza, su brazo izquierdo aprieta el bolso bajo su axila, su brazo derecho se extiende en lo alto, con el retrato de Marcelino en la mano, que estalla contra la cabeza de Xan sin que tenga tiempo a reaccionar. Sigue corriendo sin mirar atrás. Un militar desciende en una cuerda mecanizada. Marga se lanza a sus brazos. Este abraza a Marga con fuerza, la asegura con el arnés y envía una señal a sus compañeros, que levantan el vuelo del helicóptero justo en el momento en el que la horda de contagiados alcanza la cima del faro.

Marga echa un último vistazo mientras el helicóptero sobrevuela las islas de los dioses, devoradas por las llamas.

EPÍLOGO

Marga mira fijamente una grieta en la pared de lo que se podría llamar una habitación. Una mesa de madera barata con su silla a juego, un catre incómodo a más no poder y un retrete metálico en una esquina completan la decoración de la austera celda. No recuerda cómo ha llegado hasta allí. Después de que la recogiera el helicóptero, todo se había fundido a negro, y cuando se ha despertado, ya estaba allí, vestida con un pijama blanco y sin ninguna de sus pertenencias.

Resulta extraño, pero ha sido capaz de mantener la calma durante todo el aislamiento. Seguramente, gracias a algún tranquilizante que le ponen picadito en la comida. Se ha dado cuenta de que no es capaz de sentir ninguna emoción. Nada. Ni alegría de estar viva. Ni tristeza por la muerte de todos aquellos que la habían rodeado en aquel lejano brote. Alexitimia total.

Los primeros días los ha pasado presa de un profundo sueño. Si ha sido a consecuencia de los nervios sufridos durante su tiempo en las Cíes y su posterior bajón de adrenalina o debido a esa medicación, lo desconoce por completo. Eso sí, tampoco ha perdonado ni una comida. Sabía que, mucho o poco, tenía que comer para mantenerse lo más lozana posible en este encierro involuntario al que, sin remedio, se ha ido acostumbrando. Tanto, que si no fuera porque cada día algún militar se presenta ante ella para interrogarla sobre lo que ha sucedido durante aquel brote en las Cíes, habría empezado a dudar de que todo aquello hubiera ocurrido realmente. Si no fuera por esos interrogatorios y, sobre todo, por las pesadillas recurrentes. El camping, el fuego, el convento.

Ella ha contestado, se ha mostrado colaboradora, ha interpretado su papel de colega de la Administración General del Estado, una funcionaria de carrera que coopera con las Fuerzas y Cuerpos de Seguridad y no se han portado mal con ella. Incluso le han proporcionado unas gafas para ver de cerca y un ejemplar de *Carnavalito*, el libro de Pestian Zamarelli que había dejado a medio leer en su tienda de campaña de las islas Cíes y que, con toda seguridad, ahora es solo un montón de cenizas, al igual que el resto de sus cosas. Marga se ha convencido a sí misma de que la están manteniendo en cuarentena a la espera de que manifestara algún síntoma de la infección, aunque en ciertos momentos ha dudado de que vayan a dejarla salir de allí, ya sea sana o enferma. Quizás esos militares piensen que sabe demasiado.

Marga ha adivinado que no es la única persona aislada en esas instalaciones. Ha escuchado puertas abrirse y cerrarse continuamente. Algunos gritos de otras personas que parecían pedir ayuda, llorar o elevar gritos de protesta.

No sabe qué hora es con exactitud, pero, como cada día, un rato después de que le hayan servido una bandeja con la comida, la trampilla de la puerta se abre y, a través de ella, una voz le ordena que ponga su espalda contra la pared más alejada a la entrada. Marga obedece. La trampilla se cierra, el seguro se desbloquea y la puerta cede, siendo traspasada por una persona vestida con traje militar. Hasta ahora, siempre la han visitado las mismas tres personas. Sin embargo, al hombre que entra en esta ocasión no lo ha visto nunca. Un hombre de mediana edad, de altura considerable y anchos hombros, con múltiples galones adornando su pechera. Lleva consigo un maletín de cuero. Parece un pez gordo, piensa Marga.

—Buenas tardes, doctora Erauso —dice con una profunda voz de bajo barítono—. Permítame que me presente. Mi nombre es [BIIIIIP], comandante en jefe del Ejército de Tierra del Reino de España y al mando de esta operación. Me hubiera gustado visitarla antes, pero hemos estado muy ocupados en los últimos días.

—Me lo imagino —contesta Marga cordialmente.

—No estoy tan seguro de que se pueda imaginar lo que está pasando ahora mismo ahí fuera.

Marga se debate sobre si hablar o callar.

—Me imagino que habrá habido otros brotes, más allá del que ocurrió en las Cíes. Una epidemia puede dar mucho trabajo. Lo sé de buena tinta, comandante.

—Es cierto. Olvidaba que estaba hablando con una excelente epidemióloga. He oído muchas cosas sobre usted, doctora.

—Todas buenas, supongo.

—Casi todas —contesta el comandante con una media sonrisa.

El militar toma la única silla que acompaña a la mesa y hace un gesto invitando a Marga a sentarse. Marga, en su papel de niña buena, toma asiento sonriendo.

—¿En qué puedo ayudarle, comandante? —pregunta Marga—. Supongo que no habrá venido hasta aquí solo para presentarse.

—Ciertamente no —admite con sinceridad—. Veo que le gusta ir al grano y a mí también, así que seré directo. El Centro de Prevención y Control de Enfermedades de la Agencia Española de Salud Pública está elaborando un informe sobre el brote ocurrido en las Cíes y el Hospital Central de Vigo al que enviaron a la paciente en coma. Me gustaría que le echase un vistazo al borrador y me diese su opinión como epidemióloga de campo y encargada del brote. —El comandante saca una carpetilla del maletín y, colocándola sobre la mesa, la desliza empujándola con el dedo índice hacia Marga.

Ella extiende el brazo y la toma en su mano. Como en un inesperado acto ceremonial, abre la carpeta y extrae unos pocos folios de su interior. Están escritos con un procesador de texto y una marca de agua atraviesa el fondo diagonalmente anunciando la palabra BORRADOR en letras mayúsculas. Marga se echa hacia atrás y alcanza con la mano las gafas de encima de la cama. Con parsimonia, se las coloca y respira profundamente antes de comenzar a leer el documento.

Evaluación Rápida de Riesgo

Brote epidémico de agresiones por mordedura humana en las islas Cíes, Hospital Central de Vigo y Ciudad de Vigo, provincia de Pontevedra, España.

21 de junio de 20…

El 17 de junio de 20…, la Xunta de Galicia notificó al Ministerio de Sanidad la aparición de un brote de una enfermedad hasta el momento desconocida, en las islas Cíes. La definición de caso incluye a toda aquella persona que presenta un comportamiento extremadamente agresivo con tendencia a morder a otras personas y al menos uno de los siguientes síntomas: fiebre elevada, ictericia conjuntival, fotofobia, sialorrea y/o diarrea sanguinolenta. Se ha documentado la transmisión interhumana sostenida. La vía de transmisión incluye el contacto directo o a través de fómites con fluidos contaminados, especialmente con sangre o saliva. No está claro si la enfermedad puede transmitirse por otras vías. No se ha documentado hasta el momento la transmisión interespecie. Sin embargo, existen algunos signos de alarma. Los servicios de sanidad animal han comunicado una disminución importante en el número y actividad de las aves en los alrededores de las Cíes. Sin otras explicaciones plausibles podría tratarse de una epizootia. No es factible calcular la tasa de letalidad puesto que una vez que cesan los signos vitales de los pacientes sus cadáveres desaparecen.

Se ha establecido como índice o caso cero a una arqueóloga evacuada desde las islas Cíes. La paciente presentaba marcadores de infección elevados y en los cultivos no se aisló ningún microorganismo habitual. Las pruebas de microscopía electrónica muestran una estructura parasitaria hasta el momento desconocida. Los especialistas en microbiología señalan la posibilidad de que se trate de un paleoparásito al que se ha denominado *Plasmodium tenebrosum*. Se han enviado muestras al Centro Nacional de Microbiología para próximas determinaciones.

Un accidente biológico en la asistencia al caso índice inició una cadena de transmisión en el Hospital Central de Vigo, afectando a la práctica totalidad de profesionales y pacientes que se encontraban en el recinto.

El Acto de Candidatura de Vigo a sede de los Juegos Olímpicos actuó como un evento superpropagador, al producirse durante el mismo altercados que involucró al personal sanitario infectado que allí se manifestaba.

En la situación actual, el riesgo de exposición de las personas que vivan o viajen a la ciudad de Vigo fuera de las dos zonas sanitarias afectadas (islas Cíes y Hospital Central de Vigo) se considera muy alto.

Se recomienda suspender todos los viajes a esta ciudad y su área metropolitana, salvo para abastecimiento de suministros vitales y mantenimiento de infraestructuras críticas. En caso de viaje, se debe realizar una toma de temperatura no invasiva y una exploración de las conjuntivas a las personas que salgan de la ciudad. El mayor riesgo es para trabajadores sanitarios o de primera línea que participen en la respuesta a la crisis sanitaria. El riesgo de propagación de la enfermedad en el resto de España a partir de una persona infectada dependerá del cumplimiento de las medidas anteriormente mencionadas.

El Comité de Emergencias para el Reglamento Sanitario Internacional (RSI 2005) ha considerado que la transmisión continuada de la enfermedad y el riesgo de amplificación y expansión internacional de esta epidemia requieren la aplicación de medidas coordinadas a nivel internacional y la ha declarado una Emergencia de Salud Pública de Importancia Internacional.

Pedro Casas
Centro de Prevención y Control de Enfermedades
Agencia Española de Salud Pública

Al terminar de leer, Marga levanta la vista y se retira las gafas, dejándolas caer sobre su naricilla. Con los ojos abiertos y llenos de lágrimas, se dirige al comandante:

—¿Pedrito está vivo?

—Sí, lo está. Parece ser que su novio y unos amigos, que fondeaban en una cala cercana, lo salvaron cuando cayó al agua. Según tengo entendido, llevaba puesto un chaleco salvavidas y todo. Como dicen ustedes, más vale prevenir que curar. Nosotros somos más de disparar primero y preguntar después, si me permite la expresión. Lo recogieron a él ya otra chica que lo acompañaba, que no paraba de repetir que ella no era la responsable del camping.

Marga se enjuga las lágrimas en las mangas del pijama. Por primera vez en días siente algo en su interior.

—Bueno, ¿qué le parece el *report*? —pregunta el comandante retomando el asunto.

—Si Pedrito está ya trabajando, supongo que es porque hemos superado el periodo de aislamiento. ¿Es eso correcto? ¿Me dejarán salir entonces?

—Yo le he preguntado primero —contesta el comandante, mostrando sus dotes para la diplomacia—. Dígame qué le parece el informe.

—Si lo ha hecho Pedrito, doy fe de que está muy bien —responde Marga con orgullo vicario por su pupilo—. Si hay algo que quiera saber en concreto, puede preguntármelo directamente, aunque ya le he contado todo a sus subalternos. Y le aseguro que en estos días nos ha dado para conocernos a fondo.

El comandante sonríe. Marga le está cayendo bien, pero él no tiene piedad ni con su madre.

—Doctora Erauso, usted me ha preguntado si ha terminado su periodo de aislamiento. La respuesta es sí. Sin embargo, tengo poder para mantenerla aquí durante mucho tiempo más si fuera necesario. Según me han dicho, un parásito puede permanecer cierto tiempo acantonado en el interior de su huésped. Aunque eso podría decírmelo mejor usted.

—Si lo que quiere es hablar de microbiología puedo recomendarle a un par de expertos que...

—¡Basta de perífrasis, doctora! —interrumpe el comandante. Apenas ha dormido en los últimos días y, por muy en gracia que le caiga la susodicha, su paciencia está en mínimos históricos. Empieza a pensar que esos contagiados no se han comido a epidemióloga por miedo a su cháchara interminable. El párpado de su ojo izquierdo empieza a temblar espasmódicamente. Tiene que recobrar la compostura. Sonríe en un rictus forzado—. Tenemos una misión importante entre manos y necesito que se centre.

—¡Discúlpeme! Llevo no sé cuánto tiempo aquí encerrada y a mí me gusta mucho conversar. —A Marga no le gusta cómo le habla el comandante [BIIIP], pero sabe que, en esta situación, tiene todas las de perder. Sin mirarlo, alza la mano en su dirección, mostrándole la palma abierta, con aparente desgana—. ¿No tendrá por ahí un bolígrafo, comandante?

El militar introduce su mano en la pechera y extrae, de un bolsillo interno, un bolígrafo. De esos de los caros, piensa Marga, de esos que pesan. No de esos de publicidad de Funerarias Falperra que usa ella. Con el bolígrafo en la mano y el informe sobre la mesa, los morritos de pato regresan a la boquita de piñón de Marga. El patito pensador toma control y el bolígrafo danza sobre el papel, saltando de una línea a otra, dibujando anotaciones aquí y allá. El patito Marga masculla, ríe, grazna y, sobre todo, tacha, apunta, corrige. El comandante observa el espectáculo sin saber bien qué pensar. Quizás nos hemos pasado con tanta medicación, se le ocurre.

—Aquí tiene su informe —resuelve Marga tras unos pocos

minutos—. He añadido algunas cuestiones que creo que pueden ser relevantes para completar el relato. Quizá sean detalles sin importancia, pero cuando me enviaron a la isla, me pidieron que fuera exhaustiva —sonríe Marga siempre orgullosa de un trabajo bien hecho—. Veo el nivel de alarma un poco bajo, aunque me imagino que esa es su intención, no alertar demasiado a la opinión pública.

—¡Ya nos gustaría! —ríe el comandante y por primera vez Marga percibe un primer signo de sinceridad en su interlocutor—. Cuando las telecomunicaciones se restablecieron un vídeo en directo de una *influencer* se hizo viral en una de esas redes sociales. Cuando conseguimos bloquearlo, ya lo habían visto millones de personas. —El comandante se encoge de hombros. De su maletín extrae una tableta electrónica y se la pasa a Marga—. ¿La reconoce?

Marga desplaza sus rechonchos dedos sobre la pantalla arriba y abajo. Mira el perfil e inspecciona las últimas publicaciones.

—Este vídeo se publicó varios días después —apunta el comandante mientras pulsa en la pantalla para que inicie la reproducción—. Una retransmisión en directo. Si hasta se la ve a usted. Mire, aquí está. —No se acerquen a los enfermos, se la escucha gritar. Marga aparta la mirada—. Qué ironía. Al final la *influencer* consiguió hacerse famosa. —El comandante guarda la tableta —. Devuélvame el informe, si me hace el favor.

Marga asiente, cierra la carpetilla y se la devuelve, deslizándola de vuelta al otro lado de la mesa. Sin dejar de mirarla, el comandante toma la carpetilla entre sus manos. La abre y ojea las anotaciones al margen escritas por la epidemióloga que, a pesar de sus años de oficina, conserva la críptica caligrafía característica de los médicos. Por suerte, el comandante ha tenido a su cargo a suficientes afectados por el síndrome de estrés postraumático ese, que no pueden ni sujetar una taza de café sin que se les desparrame por los pantalones, como para no entender una letra un poco movida. Camina por la sala. Marga no lo pierde de vista. Es el mayor entretenimiento que ha tenido en días y lo está disfrutando. Qué buenas son estas pastillas, piensa.

—¿Comportamiento gregario? —pregunta el militar.

—Sí, eso me pareció. Creo que las personas contagiadas actúan en grupo y con, ¿cómo se dice?, sí: mentalidad de colmena. ¿No se habían dado cuenta?

—¿Anulación... de la voluntad? —consigue leer interrogativamente el comandante.

—Es lo que le digo, parece que se coordinan y obedecen a un patrón de comportamiento predeterminado. Como usted ya sabrá, no es infrecuente que los parásitos modifiquen la conducta de sus hospedadores. Por ejemplo, el toxoplasma, que produce la famosa toxoplasmosis, tiene su ciclo final en los felinos. Pero estos se infectan a través de los roedores. Se ha comprobado que las ratas y los ratones infectados por toxoplasma, en lugar de huir de los gatos, son más propensos a acercarse a ellos. Los gatos se los comen y, así, el toxoplasma infecta a los felinos y así puede alcanzar su fase de reproducción sexual. O el *plasmodium,* mismamente. No este, sino el que produce la malaria. Este parásito, que infecta a los mosquitos, tiene la capacidad de disminuir su atracción por la sangre humana durante su fase de reproducción dentro del insecto, y la aumenta cuando está listo para transmitirse a un hospedador humano. Así que este *plasmodium tenebrosum* podría tener unas cualidades parecidas. —Margarita hace una pausa—. Un parásito, ¿eh? ¡Lo dije desde un principio!

—Asombroso... —responde el comandante con sequedad intentando aparentar poco interés—. Y este dibujo, ¿es una gaviota en el mar? —pregunta mostrándole a Marga un garabato en el papel.

—¡No, no, hombre! Es una gaviota en un charco de sangre. No sé por qué, pero odian a las gaviotas. Casi tanto como la luz.

El comandante permanece pensativo. Se rasca el mentón, recién afeitado. Recupera su bolígrafo y vuelve a guardarlo en el bolsillo interno de la chaqueta.

—¿Puedo hacerle una pregunta yo a usted, comandante? —propone Marga, intentando parecer casual.

—Dispare.

—¿Qué es la Operación Asklepios? Pregunto.

—¿Cómo sabe usted de la existencia de la Operación Asklepios?

—Lo pone ahí, en la carpetilla. Por fuera dice: Operación Asklepios.

—Oh, vaya... ¡Qué descuido! —ríe para sí el comandante. Marga ríe con él. Ríen juntos.

—¿Qué es?

El comandante deja de reír. Se da un momento para calibrar la situación. Revisa de nuevo las anotaciones de Marga. Se encoge de hombros y cierra la carpetilla.

—La Operación Asklepios es un plan de respuesta ante una emergencia como esta en la que los muertos parecen no querer quedarse en sus tumbas. Si le soy sincero, no estamos seguros de dónde ha salido. Llevaba décadas metido en un cajón cogiendo polvo. Sabíamos de su existencia, pero nunca le habíamos dado crédito alguno. No está claro por quién o cuándo fue redactado. Hemos tenido que actualizarlo bastante.

—Entonces, ¿ya esperaban que esto pudiera ocurrir en las islas Cíes? —pregunta Marga curiosa. Al comandante se le dibuja una sonrisa.

—Las islas Cíes... Esas islas han tenido más tráfico que la autovía Coruña-Madrid en el puente de agosto. Y no me refiero a los últimos días o años. Me refiero a lo largo de la historia. Estuvieron los celtas, por supuesto. Estuvieron los vikingos, pero ¿dónde no han estado los vikingos? Las islas de los Dioses... Así bautizaron los romanos a las islas Cíes. Supongo que ya lo sabía. Pero lo que quizá no sepa es que hubo un romano muy ilustre bañándose en sus aguas. El mismísimo Julio César. Le costó lo suyo, no crea. Tuvo que doblegar la sorprendente resistencia de los herminios, una tribu lusitana que abandonó sus montañas en el norte de Portugal y se atrincheró en las Cíes. ¿Por qué? No es un buen puesto defensivo. Tiene demasiados arenales por los que desembarcar por no mencionar que unas islas como las Cíes, aisladas del continente, son fáciles de dejar sin suministro en poco tiempo. Y aun así, consiguieron resistir durante un año los ataques de Julio César, ¡los ataques de Roma! Ni los mismísimos Astérix y Obelix, oiga... —el comandante hace una pausa para que Marga asuma todo lo que acaba de decir—. *Mare Tenebrosum* lo llamaron los romanos. El Mar Tenebroso o el Mar de las Tinieblas. *A priori*, un lugar poco paradisíaco para unos dioses, ¿no cree? Dígame, doctora: ¿qué caracteriza a los dioses? —pregunta el comandante con cierto aire amenazante.

—¿El mal genio?

—Eso es —ríe—, mucho mal genio. Y la inmortalidad. Lo mismo que esos contagiados. Y eso no es todo. Barcos otomanos asolaron la región durante el siglo XVII y hasta el pirata Francis Drake o el explorador Julio Verne visitaron la zona. Y si hacemos caso a las leyendas, Roldán, sobrino de Carlomagno, terminó sus días en las islas Atlánticas. ¿Qué buscaban todos ellos? Si hasta la Iglesia decidió poner allí un monasterio, en una isla apenas habitada y con escasos recursos para mantenerse. ¿No le resulta intrigante? —resume el comandante.

—Sí, supongo. Pero no sé qué tiene que ver todo eso conmigo. ¿Por qué no me deja salir? Tengo cosas que hacer, ¿sabe? —protesta Marga.

—Hemos perdido a muchos buenos militares en esta crisis. Y usted, no se ofenda, una epidemióloga a punto de jubilarse, ha conseguido salir de esas islas sin un rasguño. Algo se ha liberado en esa isla —explica el comandante con asertividad— y usted, Margarita Erauso... Usted va a ayudarme a atraparlo.

AGRADECIDOS Y EMOCIONADOS

El primer manuscrito de *Bienvenidos a Cíes* pasó por las mentes revisoras de Gonzalo Artaza, Norma Borrelli, Natalia Gil, Cristina Gutiérrez, Isabel Gutiérrez, Mikel Ibarretxe, María Iglesias, Blanca Obón, Manuel Riego e Inés Rodríguez. Estaremos siempre agradecidos a estas personas, cuyos inestimables comentarios han ayudado en gran medida a dar forma a la novela que ahora tienes entre manos.

Queremos agradecer también a Fernando Simón, quien fue uno de nuestros profesores de máster allá cuando, bisoños, comenzábamos a amar la epidemiología y la salud pública, ahora compañero y amigo, por acceder a escribir el prólogo de nuestra novela, incluso antes de haberla leído.

Y gracias, por supuesto, a nuestras editoras, Eva y Silvia, y a Rosa, nuestra correctora. Sin ellas esta aventura nunca habría llegado a las librerías.

Esta historia, sin embargo, comenzó mucho antes de las revisiones, los prólogos o las publicaciones. Era junio de 2019, tras la boda de unos amigos, cuando decidimos, antes de volver a casa, pasar un fin de semana en las islas Cíes. A pesar de ser uno de los lugares más espectaculares de Galicia nunca las habíamos visitado. Recorriendo sus bien sombreados caminos, sumergiéndonos en las aguas cristalinas de sus soleadas playas, esquivando gaviotas apostadas en los más insospechados recovecos, nos preguntamos, casi por casualidad: «¿Cómo sería manejar un brote de alguna enfermedad infecciosa en una isla como esta?». O mejor, «¿Cómo sería manejar un brote sobrenatural en una isla como esta?». Esa inocente pregunta fue el inicio de un juego entre dos personas, un juego que se convirtió en un boceto, luego en un párrafo, en un hoja, en un capítulo, en escritos intercambiados, comentados y corregidos, en muchas horas discutiendo e imaginando qué haría este personaje en esa o aquella situación, riendo, reescribiendo, soñando... Amantes del cine de terror, nuestro primer instinto fue crear una historia de miedo. Pero como tantas veces ocurre, el horror nos condujo a la comedia. Como la vida misma, como el ser humano, esta novela gravita en torno a contradicciones tan humanas como el miedo y la risa, pero también el amor y la soledad, la generosidad y la envidia, la solidaridad y el egoísmo, la salud y la enfermedad, la vida y la muerte.

Contradictorio podría parecer, también, que dos hombres hayan sentido el impulso, con mayor o menor acierto, de escribir una novela cuyas protagonistas son, en su mayor parte, mujeres. Mujeres valientes, a veces vulnerables, algunas mayores, otras más jóvenes, con sus fortalezas y debilidades, tratando de sobrevivir en un mundo que se les viene encima. Y, sin embargo, para nosotros, que hemos crecido, aprendido y evolucionado rodeados de mujeres, escribir sobre ellas ha sido lo más natural del mundo. Inspirados por madres, hermanas y amigas, por nuestras tutoras de especialidad, jefas, directoras de tesis, maestras de canto, compañeras de estudios o de trabajo, átomos de estas mujeres conforman, en cierta medida, el universo de nuestras protagonistas y, sin haberlo planeado, esta novela se ha convertido en una suerte de homenaje a todas estas mujeres que mueven el cotarro. A ellas les agradecemos y dedicamos nuestra ópera prima.

Siempre agradecidos,
Christian Borrelli
Pello Latasa